Gallagher Girls

Mädchen sind die besseren Spione

© Shevaun Williams

Ally Carter arbeitete nach dem Studium ein paar Jahre in der Agrarindustrie, bis sie sich ganz dem Schreiben zuwandte. Ihre Bücher erscheinen in mehr als zwanzig Ländern und waren auf diversen Bestsellerlisten. Heute lebt und arbeitet sie in Oklahoma.

ALLY CARTER

GALLAGHER GIRLS

Mädchen sind die besseren Spione

Aus dem Amerikanischen
von Gerda Bean

CARLSEN

Veröffentlicht im Carlsen Verlag
Juli 2015
Mit freundlicher Genehmigung des Planet Girl Verlages

Die Originalausgabe ist 2007 bei Hyperion Books for Children, New York, unter dem Titel *Cross my heart and hope to spy* erschienen.

Umschlagbild @ Ali Smith
Umschlaggestaltung: formlabor unter Verwendung des Entwurfs von Zero Werbeagentur, München
Corporate Design Taschenbuch: bell étage
Druck und Bindung: CPI books GmbH, Leck
ISBN 978-3-551-31216-7
Printed in Germany

Für Faith und Lily,
Gallagher Girls der nächsten Generation

Danksagung

Ich bin allen Menschen, die geholfen haben, die Gallagher Girls ins Leben zu rufen, außerordentlich dankbar, vor allem der enorm talentierten Donna Bray, deren Unterstützung mir mehr bedeutet hat, als ich sagen kann. Außerdem bedanke ich mich bei Arianne Lewin und dem gesamten Hyperion-Team, die ich einfach nur bewundern kann.

Ich möchte auch meiner Agentin Kristin Nelson sowie Jennifer Lynn Barnes und Karen Walters für ihre unglaubliche Unterstützung danken. Und natürlich schulde ich meiner Familie, die immer für mich da ist, großen Dank.

Und zum Schluss, aber ganz sicher nicht weniger herzlich, danke ich all den wunderbaren Leserinnen und Lesern, wie Victoria Sperow, Kami Elrod, Kelsey Wehmhoff, Paul Hollingsworth, Neha Mahajan und Kara McBrayer. Für sie hat sich die Mühe gelohnt.

Kapitel Eins

Sei einfach nur du selbst«, sagte meine Mutter, als ob das so leicht wäre. Ist es nämlich nicht. Nie. Vor allem nicht, wenn du fünfzehn bist und nicht weißt, welche Sprache du beim Mittagessen sprechen musst oder welchen Namen du beim nächsten »Projekt« benutzen sollst, für das du Bonuspunkte bekommst. Nicht, wenn dein Spitzname »Chamäleon« ist.

Nicht, wenn du auf eine Schule für Spione gehst.

Wenn ihr das lest, gehört ihr natürlich mindestens der Sicherheitsstufe vier an und wisst über die Gallagher Akademie für außergewöhnliche junge Frauen Bescheid – dass es sich zum Beispiel nicht um ein Internat für privilegierte Mädchen handelt und dass wir trotz des herrlichen Gebäudes und der gepflegten Rasenflächen keine Snobs sind. Wir sind Spioninnen. Aber an diesem Januartag schien sogar meine Mutter, die Schulleiterin, vergessen zu haben, dass es schwierig ist, man selbst zu sein, wenn man ein Leben lang damit verbracht hat vierzehn Sprachen zu lernen und beigebracht bekommt, wie man sein Aussehen nur mit einer Nagelschere und Schuhcreme total verändern kann. Und dass es uns Gallagher Girls viel leichter fällt, jemand anderes zu sein. (Was unsere gefälschten Ausweise übrigens beweisen.)

Meine Mutter legte den Arm um mich und sagte leise: »Es ist alles okay, meine Kleine.« Dabei führte sie mich durch das Menschengewühl im Einkaufszentrum *Pentagon City Mall.* Überwachungskameras verfolgten jede Bewegung und trotzdem erklärte meine Mutter: »Es ist alles in Ordnung. Es gehört zum Protokoll. Es ist normal.«

Aber als ich mit vier Jahren versehentlich einen geheimen Code der Nationalen Sicherheitsbehörde NSA knackte, den mein Vater nach einer Mission in Singapur mit nach Hause gebracht hatte, war ziemlich klar geworden, dass der Begriff *normal* auf mich wahrscheinlich nie zutreffen würde.

Schließlich gehen normale Mädchen gern mit Taschen voll Weihnachtsgeld shoppen. Normale Mädchen werden nicht am letzten Ferientag in die Hauptstadt zitiert. Und normale Mädchen fangen selten an zu hyperventilieren, wenn ihre Mütter Jeans von der Stange nehmen und zur Verkäuferin sagen: »Sorry, meine Tochter würde die gerne mal anprobieren.«

Ich kam mir überhaupt nicht normal vor, als die Verkäuferin in meinem Blick nach einem versteckten Hinweis forschte. »Haben Sie die Hosen aus Mailand schon gesehen?«, fragte sie. »Der europäische Stil soll der Figur schmeicheln.«

Neben mir befingerte meine Mutter den weichen Jeansstoff. »Ja, ich hatte mal so ein Paar, aber es ist in der Reinigung kaputtgegangen.«

Dann zeigte die Verkäuferin einen schmalen Gang entlang.

Ein Lächeln huschte über ihr Gesicht. »Ich glaube, Umkleidekabine sieben ist frei.« Sie entfernte sich, drehte sich aber noch einmal um und sagte leise: »Viel Glück!«

Ich wusste, dass ich es dringend brauchen würde.

Meine Mutter folgte mir den Gang entlang und als wir in der Kabine waren, schloss sie die Tür. Unsere Blicke trafen sich im Spiegel. Sie fragte: »Bist du bereit?«

Und dann tat ich das, was wir Gallagher Girls am besten können – ich log. »Ja, klar.«

Wir drückten unsere Handflächen an den kühlen, glatten Spiegel und spürten, wie das Glas unter unserer Haut warm wurde.

»Du wirst deine Sache hervorragend machen«, sagte Mom, als ob es gar nicht so schwer oder schrecklich wäre, ich selbst zu sein. Als ob ich nicht mein ganzes Leben damit verbracht hätte *sie* sein zu wollen.

Dann fing der Boden unter uns an zu zittern.

Die Wände hoben sich, während der Fußboden sank. Helles Licht blitzte und blendete mich. Ich griff benommen nach dem Arm meiner Mutter.

»Nur ein Body-Scan«, beruhigte sie mich und der Fahrstuhl tauchte tiefer und tiefer unter die Stadt. Ein Strahl heißer Luft traf mein Gesicht, als würde mich der größte Haartrockner der Welt anblasen. »Biogefahrenmelder«, erklärte Mom, während wir unsere rasante Fahrt fortsetzten.

Die Zeit schien stillzustehen, aber ich zählte trotzdem die Sekunden. Eine Minute. Zwei Minuten …

»Gleich da«, sagte Mom. Wir fuhren durch einen dünnen Laserstrahl, der unsere Netzhautabbildungen prüfte. Augenblicke später leuchtete eine grellorange flackernde Lampe auf und ich merkte, dass der Fahrstuhl hielt. Die Tür ging auf.

Dann fiel meine Kinnlade runter.

Fliesen aus schwarzem Granit und weißem Marmor bedeckten den Boden des höhlenartigen Raums wie ein riesiges Schachbrett. Zwei Wendeltreppen wanden sich in gegenüberliegenden Ecken ungefähr fünfzehn Meter hoch in den zweiten Stock und bildeten den Rahmen für das silberne Siegel der CIA an der Granitwand, dessen Motto ich auswendig weiß:

Und ihr werdet die Wahrheit erkennen, und die Wahrheit wird euch freimachen.

Als ich vortrat, sah ich Fahrstühle – Dutzende, einer neben dem anderen. Buchstaben aus Edelstahl über dem Aufzug, den wir gerade verlassen hatten, bezeichneten den Zielort als DAMENOBERBEKLEIDUNG, MALL. Rechts davon war eine Fahrstuhltür, über der HERRENTOILETTE, ROSLYN-METRO-STATION stand.

Dann erschien eine Anzeige über der Tür: RACHEL MORGAN, ABTEILUNG FÜR OPERATIVE ENTWICKLUNG. Ich warf Mom einen Blick zu, während sich die Anzeige änderte. CAMERON MORGAN, KURZZEITIGER GAST.

Es ertönte ein lautes *Ping* und bald darauf erschien die Anzeige DAVID DUNCAN, BESEITIGUNG VON ERKENNUNGSMERKMALEN über der Fahrstuhltür mit der Bezeichnung BEICHTSTUHL SANKT SEBASTIAN, worauf ich total ausflippte, jedoch nicht von der Art *Oh-mein-Gott-ich-bin-in-einer-streng-geheimen-Einrichtung-die-dreimal-sicherer-ist-als-das-Weiße-Haus*, sondern eher wie *Das-ist-das-Coolste-was-mir-je-passiert-ist*, weil ich trotz meiner dreieinhalbjährigen Ausbildung vorübergehend vergessen hatte, warum wir hier waren.

»Komm schon, Süße«, sagte Mom, nahm meine Hand und zog mich durch die Halle, wo Leute zielstrebig die Wendeltreppen erklommen. Sie hatten Zeitungen unter dem Arm, Kaffeebecher in der Hand und plauderten. Es war fast ... normal. Dann ging Mom aber auf einen Wachmann zu, dem die Hälfte seiner Nase und ein Ohr fehlten, und mir fiel ein, dass für ein Gallagher Girl *normal* etwas sehr Relatives ist.

»Willkommen, meine Damen«, begrüßte er uns. »Bitte legen Sie Ihre Handflächen hierhin!« Er zeigte auf die glatte Oberfläche der Theke vor ihm und sobald wir sie berührten, spürte ich die Wärme des Scanners, der meine Abdrücke speicherte. Ein mechanischer Drucker setzte sich irgendwo in Betrieb und der Wächter bückte sich und brachte zwei Ausweise zum Vorschein.

»Rachel Morgan«, sagte er und sah meine Mutter an, als hätte sie nicht schon eine ganze Minute vor ihm gestanden. »Willkommen zurück! Und das muss die kleine ...« Der Mann kniff die Augen zusammen und versuchte den Namen auf dem Ausweis in seiner Hand zu entziffern.

»Das ist meine Tochter Cameron.«

»Natürlich! Sie sieht genauso aus wie Sie.« Was bewies, dass das schreckliche Ereignis, das seiner Nase geschadet hatte, zweifellos auch seine Augen in Mitleidenschaft gezogen hatte, weil Rachel Morgan häufig mit wunderschön beschrieben wird, ich dagegen meist als unscheinbar. »Steck dir das an, kleines Fräulein«, sagte der Wächter und reichte mir den Ausweis. »Und nicht verlieren – er enthält einen Ortungs-Chip und ein halbes Milligramm C-4. Wenn du versuchst ihn zu entfernen oder als Unbefugte irgendwo reinzugehen, explodiert er.« Er starrte mich an. »Und dann bist du tot.«

Ich schluckte und begriff plötzlich, warum es in der Familie Morgan nicht vorkam, dass man der Tochter den Arbeitsplatz erklärte.

»Okay«, murmelte ich und nahm den Anstecker mit spitzen Fingern in Empfang. Dann schlug der Mann mit der flachen Hand auf den Tresen, und ich zuckte trotz meines Trainings erschrocken zusammen.

»Ha!« Der Wächter lachte laut und neigte sich meiner Mutter entgegen. »Die Gallagher Akademie zieht sie leichtgläubiger groß als zu meiner Zeit, Rachel«, sagte er und zwinkerte mir zu. »Spionhumor.«

Ich persönlich fand ihn nicht besonders lustig, aber meine Mutter lächelte und nahm wieder meinen Arm. »Auf geht's, meine Kleine, du willst doch nicht zu spät kommen.«

Sie führte mich einen sonnigen Korridor entlang, der es einem schwer machte zu glauben, dass man unter der Erde war. Helles, kühles Licht sprenkelte die grauen Wände und erinnerte mich an das erste Untergeschoss in der Schule ... was mich wiederum an das Fach *Geheimoperationen* erinnerte ... was mich an die Woche der Abschlussprüfungen erinnerte ... was mich an einen Jungen erinnerte ...

Josh.

Wir kamen am Büro mit der Bezeichnung *Guerilla-Kriegsführung* vorbei, verlangsamten aber nicht unsere Schritte. Zwei Frauen winkten meiner Mutter vor der Abteilung *Tarnung und Geheimhaltung* zu, aber wir blieben nicht stehen, um mit ihnen zu plaudern.

Wir gingen schneller und drangen immer tiefer in das Labyrinth der Geheimnisse ein, bis der Korridor sich verzweigte und wir entweder den Weg nach links zur Abteilung *Sabotage und scheinbar unbeabsichtigte Explosionen* oder nach rechts zum *Büro für operative Entwicklung und menschliche Intelligenz* einschlagen konnten. Und trotz des Schildes auf der linken Seite mit dem Hinweis FEUERFESTE SCHUTZANZÜGE AB HIER PFLICHT wäre ich lieber da weitergegangen. Oder noch lieber zur Mall zurück. Überall, nur nicht dorthin, wo ich hinmusste.

Weil einen die Wahrheit zwar freimachen kann, was aber keineswegs bedeutet, dass sie nicht wehtut.

»Ich heiße Cammie.«

»Nein, dein *vollständiger* Name?«, sagte der Mann vor dem Lügendetektor, als ob ich das oben bereits erwähnte (und angeblich nicht explodierende) Namensschild nicht tragen würde.

Ich dachte an die weisen Worte meiner Mutter und holte tief Luft. »Cameron Ann Morgan.«

Der Raum war bis auf einen Edelstahltisch, zwei Stühle und einen Einwegspiegel vollkommen leer. Ich war bestimmt nicht das erste Gallagher Girl, das in diesem keimfreien Raum saß – schließlich gehören Nachbesprechungen ja wirklich zu den Geheimoperationen. Trotzdem zappelte ich auf dem harten Metallstuhl herum – vielleicht weil es kalt im Zimmer war, vielleicht weil ich nervös war, vielleicht aber auch, weil meine Unterwäsche zwickte. (Notiz an mich: Über eine Verhörmethode nachdenken, bei der zwickende Unterwäsche im Spiel ist – keine schlechte Idee!) Aber der tüchtig wirkende Mann mit der Nickelbrille war viel zu beschäftigt mit dem Drehen von Knöpfen und Drücken von Tasten, um herauszufinden, wie die Wahrheit klang, wenn sie aus mir herauskam, als sich um mein Gezappel zu kümmern.

»An der Gallagher Akademie werden Verhörmethoden erst im zweitletzten Schuljahr gelehrt«, sagte ich, aber der Mann murmelte nur: »Soso.«

»Und ich bin erst im zweiten Jahr, also brauchen Sie sich um irgendwelche komischen Ergebnisse keine Sorgen zu machen. Ich bin gegen Ihre Verhörkünste nicht immun.« *Noch nicht.*

»Gut zu wissen«, murmelte er, aber er wandte den Blick nicht vom Bildschirm.

»Ich weiß, es ist normal und gehört zu den Regeln, also fragen Sie ruhig«, plapperte ich drauflos, ohne mich bremsen zu können. »Was immer Sie wissen wollen, echt«, sagte ich. »Einfach –«

»Besuchen Sie die Gallagher Akademie für außergewöhnliche junge Frauen?«, stieß der Mann hervor und aus Gründen, die ich nie verstehen werde, antwortete ich: »Ähm … ja?«, als ob es sich um eine Fangfrage gehandelt hätte.

»Hatten Sie jemals das Fach *Geheimoperationen?*«

»Ja«, wiederholte ich und spürte, dass mein Selbstvertrauen oder vielleicht nur das, was ich gelernt hatte, zurückkehrte.

»Hat Ihr Unterricht Sie jemals nach Roseville, Virginia, geführt?«

Selbst in diesem kahlen Raum unter der Stadt Washington konnte ich die heiße, schwüle Nacht im vergangenen Semester fast spüren, die Band spielen hören und die Hotdogs riechen.

Als ich »Ja« sagte, knurrte mein Magen.

Der Lügendetektor-Typ machte sich Notizen und betrachtete die Monitore. »Haben Sie die Zielperson dort zum ersten Mal gesehen?«

Bei einer verliebten Spionin ist es ja immer *so*: Der Freund hat keinen Namen. Leute wie der Lügendetektor-Typ würden ihn niemals einfach Josh nennen. Er wäre immer die Zielperson, eine *Person von besonderem Interesse*. Ihm den Namen wegzunehmen war ihre Methode, ihn oder das, was von ihm übrig war, zu entfernen. Also murmelte ich »Ja«, wobei ich mir Mühe geben musste, dass mir die Stimme nicht total versagte.

»Und Sie haben Ihre Ausbildung genutzt, um eine Beziehung zu dieser Zielperson aufzubauen?«

»Mann, wenn Sie es so ausdrücken –«

»Ja oder nein, Miss …«

»Ja!«

Was, wie ich feststellen möchte, nicht halb so schlimm ist, wie es klingt, weil man zum Beispiel keinen Durchsuchungsbefehl braucht, um im Abfall von Leuten zu wühlen. Im Ernst! Wenn der Müll erst mal am Bordstein steht, ist das völlig legal. Das könnt ihr nachlesen.

Aber irgendwie war mir klar, dass das *Büro für operative Entwicklung und menschliche Intelligenz* wahrscheinlich viel weniger an der Sache mit dem Abfall interessiert war, als an dem, was *danach* passierte. Deshalb war ich auch völlig vorbereitet, als mich der Lügendetektor-Typ fragte: »Ist die Zielperson Ihnen während Ihrer Abschlussprüfung im Fach *Geheimoperationen* gefolgt?«

Ich dachte daran, dass Josh in der verlassenen Lagerhalle aufgetaucht war und mit einem Gabelstapler Mauern durchbrochen hatte, um mich zu »retten«. Also schluckte ich und sagte: »Ja.«

»Und hat die Zielperson Gedächtnis-Veränderungs-Tee bekommen, um die Ereignisse jener Nacht zu löschen?«

Es klang so einfach, wie er es ausdrückte, so schwarz-weiß. Ja, sicher, meine Mutter hatte Josh Tee serviert, der das Gedächtnis eines Menschen ausblendete, ein paar Stunden seines Lebens löschte und allen eine reine Weste verlieh. Aber eine reine Weste ist etwas Seltenes in jedem Leben – vor allem im Leben eines Spions –, also fragte ich mich nicht zum millionsten Mal, was Josh von jener Nacht noch wusste. Oder von mir. Ich quälte mich nicht mit Fragen, auf die es vielleicht nie Antworten geben würde, weil ich wusste, dass es so etwas wie schwarz-weiß nicht gab und mein Leben immer ein bisschen grau sein würde.

Ich nickte und murmelte: »Ja.« Ob es mir nun gefiel oder nicht – ich musste Ja sagen.

Der Typ machte sich noch weitere Notizen und drückte ein paar Tasten. »Sind Sie zurzeit mit der Zielperson auf irgendeine Weise verbunden?«

»Nein!«, schoss es aus mir heraus, weil ich mir da ganz sicher war. Ich hatte Josh nicht gesehen, hatte nicht mit ihm gesprochen und war in den Winterferien noch nicht einmal in sein E-Mail-Postfach eingedrungen, was unter den gegebenen Umständen gut war. (Außerdem hatte ich die letzten beiden Wochen bei Grandpa und Grandma Morgan in Nebraska verbracht, die keinen Breitbandanschluss haben, weshalb dort alles ewig dauert!)

Dann löste der Mann mit der Nickelbrille seinen Blick vom Bildschirm und schaute mir direkt in die Augen. »Und haben Sie die Absicht, mit der Zielperson wieder Verbindung aufzunehmen, und zwar entgegen den strengen Regeln, die eine solche Beziehung verbieten?«

Da war sie – die Frage, die ich mir selbst seit Wochen gestellt hatte.

Da war ich – Cammie, das Chamäleon, das Gallagher Girl,

das die heiligste Schwesternschaft in der Geschichte der Spionage aufs Spiel gesetzt hatte. Für einen Jungen.

»Miss Morgan«, sagte der Lügendetektor-Typ und wurde ungeduldig. »Werden Sie mit der Zielperson erneut Verbindung aufnehmen?«

»Nein«, entgegnete ich leise.

Dann schaute ich wieder auf den Bildschirm, um nachzuprüfen, ob ich gelogen hatte.

Kapitel Zwei

Wenn ihr jemals von der CIA befragt worden seid, wisst ihr genau, wie ich mich zwei Stunden später fühlte, als ich auf dem Rücksitz einer Limousine saß und beobachtete, wie sich die Innenstadt in Vorstädte verwandelte und die Vorstädte in freie Natur. Schmutzige Eishaufen wurden zu wolligen Decken aus frischem weißem Schnee und die Welt sah sauber und unverbraucht aus – bereit für einen neuen Start.

Lügen war für mich vorbei (offizielle, geheime Berichte natürlich ausgenommen). Auch Herumschnüffeln (außer bei Geheimoperationen). Ich würde normal sein! (Oder so normal, wie eine Schülerin an einer Spionageschule eben sein darf.)

Ich würde … *ich* sein.

Ich sah meine Mutter an und wiederholte innerlich das Versprechen niemals wieder einen Jungen zwischen mich und meine Familie oder meine Freundinnen oder Angelegenheiten der nationalen Sicherheit kommen zu lassen. Dann wurde mir klar, dass meine Mutter seit Washington kein einziges Wort mehr geredet hatte. »Ich war doch okay, oder?«, fragte ich und fürchtete mich fast vor der Antwort.

»Natürlich, Süße. Du warst spitze.«

Was ich, ohne eingebildet klingen zu wollen, ja bereits wusste, weil ich erstens bei Tests immer gut abschneide und weil zweitens Leute, die vor dem Lügendetektor versagen, normalerweise nicht einfach so aus streng geheimen Einrichtungen spazieren dürfen, um in ihre Spionageschule zurückzufahren.

Dann fiel mir der Einwegspiegel ein. »Du hast zugeschaut, stimmt's?«, fragte ich und war ziemlich sicher, dass sie *Du warst toll, Süße* oder *Ich finde, du hast dir Bonuspunkte verdient* oder *Denk dran, Atmen ist das Wichtigste, wenn du mit einem TruthMaster 3000 verhört wirst,* sagen würde.

Stattdessen legte meine Mutter nur ihre Hand auf meine und erwiderte: »Nein, Cam, ich fürchte, ich hatte andere Dinge zu tun.«

Andere Dinge? Meine Mutter hatte mein erstes offizielles Verhör wegen irgendwelcher *Dinge* verpasst?

Ich hätte sie nach Einzelheiten fragen können, sie bitten können mir zu erklären, wie sie einen solchen Meilenstein im Leben einer jungen Spionin versäumen konnte, aber ich weiß, dass die Dinge, die meine Mutter tut, fast immer mit der nationalen Sicherheit, mit gefälschten Pässen und ab und zu mit waffenfähigem Plutonium zu tun haben. Also sagte ich: »Oh. Okay.« Ich wusste, dass ich nicht verletzt sein sollte, war es aber doch.

Wir saßen schweigend da, bis draußen nur noch die hohe Steinmauer zu sehen war, die das Grundstück der Gallagher Akademie umgibt. Mein Zuhause.

Ich merkte, dass die Limousine langsamer fuhr und hinter der langen Reihe fast identischer Wagen hielt, die uns am Anfang jedes Semesters in die Schule zurückbrachten. Es war schon mehr als ein Jahrhundert vergangen, seit Gillian Gallagher beschlossen hatte, aus dem schlossartigen Haus ihrer Familie ein Elite-Internat zu machen, und selbst nach über hundert Jahren, in denen außergewöhnliche junge Frauen dort unterrichtet wurden, hatte keiner in der Stadt Roseville, Virginia, auch nur die leiseste Ahnung, wie außergewöhnlich wir tatsächlich waren.

Nicht einmal mein Ex-Freund.

»*Erzähl mir alles!*«, schrie jemand, sobald ich die Autotür geöffnet hatte. Sonnenlicht knallte auf den Schnee und blendete mich, bevor ich das Gesicht meiner besten Freundin erkennen konnte. Ihre karamellfarbenen Augen bohrten sich in meine, ihre braune Haut glühte und Bex glich wie immer einer ägyptischen Göttin. »War es toll?«

Sie machte einen Schritt zur Seite, als ich aus dem Auto krabbelte, hörte aber nicht auf zu quasseln, weil es bei Bex keine *Pause*-Taste gibt. Sie hat eine *Play-*, eine *Fast-Forward-* und manchmal eine *Rewind*-Taste, aber Rebecca Baxter war nicht das allererste Gallagher Girl ohne amerikanische Staatsbürgerschaft geworden, weil sie auf der Stelle trat.

»Haben sie dich in die Mangel genommen?« Dann riss sie die Augen auf und fragte mit deutlich britischem Akzent: *»Haben sie dich gefoltert?«*

Natürlich hatten sie mich nicht gefoltert, aber bevor ich die Frage beantworten konnte, schrie Bex begeistert: »Ich wette, es war der Wahnsinn!« Die meisten kleinen Mädchen in England träumen davon, einen Prinzen zu heiraten. Bex träumte davon, James Bond in den Hintern zu treten und seinen Platz mit der Doppel-Null einzunehmen.

Meine Mutter ging um das Auto herum. »Guten Tag, Rebecca. Ich nehme an, die Fahrt vom Flughafen war in Ordnung?« Dann schien sich trotz der grellen Sonne ein Schatten auf das Gesicht meiner besten Freundin zu legen.

»Ja, Madam.« Sie zog eine meiner Taschen aus dem Kofferraum. »Danke noch mal, dass ich die Winterferien bei Ihnen verbringen durfte.« Den meisten Leuten wäre die leichte Veränderung ihrer Stimme und die Verletzlichkeit ihres Lächelns nicht aufgefallen. Aber ich weiß, wie es ist, wenn man keine Ahnung hat, auf welchem Kontinent sich die Eltern befinden oder wann man sie wiedersehen wird. Wenn überhaupt. Meine Mutter stand direkt neben mir, aber Bex hatte nur eine verschlüsselte Nachricht bekommen, die besagte, dass ihre Eltern den Geheimdienst Großbritanniens MI6 in einem gemeinsamen Projekt mit der CIA vertraten und dass sie Weihnachten nicht zu Hause wären, ob ihr das nun passte oder nicht.

Als Mom Bex in die Arme schloss und flüsterte: »Du bist bei uns immer willkommen, Liebes«, musste ich unwillkürlich daran denken, dass Bex manchmal beide Eltern hatte und ich nur einen Elternteil, dafür aber oft. In diesem Moment schien keine von uns beiden mit dem Deal richtig glücklich zu sein.

Wir standen eine Minute lang schweigend da und schauten meiner Mutter, die sich entfernte, hinterher. Ich hätte mich nach Bex' Eltern erkundigen können. Sie hätte nach meinem Vater fragen können. Stattdessen drehte ich mich zu ihr und sagte: »Ich hab die Frau kennengelernt, die 1962 die Botschaft in Berlin verwanzt hat.«

Es reichte, um meine beste Freundin zum Lächeln zu bringen.

Wir gingen auf den Haupteingang zu und schoben uns durch das vollgestopfte Foyer und die breite Treppe hoch. Auf halber Strecke hielt uns jemand – oder vielmehr etwas – auf.

»Meine Damen!«, rief Patricia Buckingham, als ich nach dem Knauf der Tür zum Ostflügel – und dem schnellsten Weg zu unseren Zimmern – griff, aber die Tür öffnete sich nicht.

»Sie …« Ich drehte fester am Knauf. »Sie klemmt!«

»Die Tür klemmt nicht, meine Damen«, informierte uns Mrs Buckingham, wobei der vornehme britische Akzent den Lärm in der Eingangshalle unter uns übertönte. »Sie ist abgeschlossen«, sagte sie, als ob verschlossene Türen in der Gallagher Akademie etwas Selbstverständliches wären, was absolut nicht stimmt. Klar sind eine Menge Türen durch NSA-genehmigte Codes oder Netzhaut-Scanner geschützt, aber sie sind nie einfach nur … abgeschlossen. (Denn was hätte das schließlich für einen Sinn, wenn sich ganze Abschnitte unserer Bibliothek mit dem Thema *Schlösser: Manipulation und Zerstörung* beschäftigen?)

»Ich fürchte, unser Wachdienst hat die Winterferien damit verbracht, eine Reihe von … wie soll ich es nennen … *Lücken* im Sicherheitssystem zu schließen.« Mrs Buckingham musterte mich über ihre Lesebrille hinweg und ich spürte einen Kloß aus Schuldgefühlen im Bauch. »Und sie haben festgestellt, dass der Flügel durch Dämpfe aus dem Chemielabor verseucht worden ist. Deshalb wurde dieser Korridor vorübergehend gesperrt. Sie müssen einen anderen Weg zu Ihren Zimmern finden.«

Nach den dreieinhalb Jahren, die ich mit dem Erforschen

jedes Zentimeters der Gallagher Akademie verbracht hatte, wusste ich besser als alle, dass es *tatsächlich* andere Wege zu unseren Zimmern gab (wovon für einige feste Schuhe, ein Kreuzschlitzschraubenzieher und fünfzig Meter Abseilleine nötig waren). Aber bevor ich einen davon erwähnen konnte, wandte sich Mrs Buckingham wieder an uns und sagte: »Oh und noch etwas, Cameron, meine Liebe – bitte achten Sie darauf, dass Ihre Ersatzroute nicht das Herumkriechen im Innern von Mauern verlangt.«

Die Sache mit dem Neuanfang war schwieriger, als ich gedacht hatte.

Bex und ich gingen zur Hintertreppe, wo Courtney Bauer die Stiefel vorführte, die sie zu Chanukka bekommen hatte. Als wir am Aufenthaltsraum des zweiten Jahrgangs vorbeikamen, sahen wir, wie Kim Lee eine Ableitung der Proadsky-Position demonstrierte, die sie seit den Ferien meisterte. Wir sahen Mädchen jeder Größe, Form und Farbe und ich fühlte mich mit jedem Schritt mehr wie zu Hause. Endlich stieß ich die Tür zu unserem Zimmer auf und war mitten im Koffer-aufs-Bett-schmeißen-Manöver, als mich jemand von hinten packte.

»Oh, mein Gott!«, schrie Liz. *»Ich hab mir solche Sorgen gemacht!«*

Mein Koffer landete hart auf meinem Fuß, aber ich konnte nicht vor Schmerzen schreien, weil Liz mich immer noch drückte, und Liz kann einen trotz ihres Fliegengewichts fest umklammern, wenn sie will.

»Bex hat behauptet, dass du verhört worden bist«, sagte Liz. »Und dass es *streng geheim* gewesen ist!«

So ziemlich alles, was wir tun, ist *streng geheim*, aber der Reiz des Neuen war für Liz noch immer nicht verflogen, weil sie wahrscheinlich – im Gegensatz zu Bex, mir und siebzig Prozent unserer Mitschülerinnen – Eltern hat, die Volvos fahren, im Elternbeirat von Schulen sind und niemals einen Mann mit einem Revolverblatt töten mussten. (Wobei meiner Mutter nicht nachzuweisen ist, dass sie tatsächlich mal jemanden mit einer Zeitschrift erschlagen hat. Es ist wirklich nur ein Gerücht!)

»Liz, es ist alles okay«, sagte ich und riss mich los. »Es war nur eine Nachbesprechung, der übliche Kram.«

»Dann bist du also …«, begann Liz, »nicht in Schwierigkeiten?« Sie nahm ein dickes Buch in die Hände. »Weil Paragraph neun, Absatz sieben im *Handbuch für operative Entwicklung* deutlich darauf hinweist, dass Agenten in der Ausbildung vorübergehend –«

»Liz«, schnitt Bex ihr das Wort ab, »hast du etwa den ganzen Vormittag damit verbracht, das Buch auswendig zu lernen?«

»Ich hab es nicht *auswendig* gelernt«, verteidigte sich Liz. »Ich hab es nur … gelesen.« Was so ziemlich das Gleiche ist, wenn man ein fotografisches Gedächtnis hat, aber ich hielt den Mund.

Aus einiger Entfernung war Eva Alvarez' Stimme zu hören, die erklärte, wie fantastisch Buenos Aires an Silvester ist. Zwei Neue eilten an unserer Tür vorbei und diskutierten, wer von beiden ein besseres Gallagher Girl wäre – Buffy oder Veronica Mars (wobei die Debatte besonders interessant war, weil sie auf Farsi erfolgte).

Helle Sonnenstrahlen, die der Schnee reflektierte, drangen durch unser Fenster. Ein neues Semester begann und meine besten Freundinnen waren bei mir. Meine Welt schien in Ordnung zu sein.

Dreißig Minuten später steckte ich in meiner Schuluniform und ging mit den anderen die geschwungene Treppe hinunter zur großen Halle. Das heißt mit *fast* allen anderen.

»Wo ist Macey?«

»Oh, sie ist schon da«, sagte Liz, aber das wusste ich bereits. Der Schrank war voller Designer-Klamotten, Maceys irre teure Hautpflegemittel, die es fast nur in Europa zu kaufen gibt, standen herum und dass jemand bis vor kurzem in ihrem Bett geschlafen hatte, war auch nicht zu übersehen.

Als ich unserer vierten Mitbewohnerin zum letzten Mal begegnet war, hatte sie sich auf einen dreiwöchigen Aufenthalt in den Schweizer Alpen mit ihrem Vater, dem Senator, ihrer Mutter, der Kosmetik-Erbin, und einem berühmten Fernsehkoch vorbereitet. Aber Macey McHenry war vorzeitig zurückgekehrt. Und jetzt war sie nirgends zu sehen.

Bex schaute sich um. Sie blickte über die Köpfe der Siebtklässler vor uns. »Sie hat gesagt, sie muss in der Bibliothek etwas recherchieren, aber das ist schon Stunden her. Ich hab gedacht, sie würde uns hier unten treffen und …« Ihre Stimme verhallte, während sie sich immer noch umsah.

»Geht ihr schon mal essen«, sagte ich und löste mich aus dem Gewühl. »Ich suche sie.«

Ich öffnete die schwere Tür der Bibliothek und betrat den großen Raum, in dem sich Bücherregale aneinanderreihten. Um ein loderndes Kaminfeuer gruppierten sich bequeme Ledersofas und alte Eichentische – und mittendrin saß Macey McHenry. Ihr Kopf ruhte auf der neuesten Ausgabe des Monatshefts *Molekulare Chemie,* rosa Rouge prangte auf ihren Wangen und Sabber lief aus ihrem Mund auf die hölzerne Tischplatte.

»Macey«, flüsterte ich und berührte ihre Schulter, um sie vorsichtig wach zu rütteln.

»Was? Hä … Cammie?« Sie rappelte sich auf und blinzelte mich an. »Wie spät ist es?«, schrie sie, sprang hoch und riss dabei einen Stapel Karteikarten zu Boden.

Ich bückte mich, um ihr beim Aufheben zu helfen. »Das Willkommens-Dinner fängt gleich an.«

»Toll«, sagte sie und klang wie jemand, der das kein bisschen toll fand.

Die glänzenden schwarzen Haare standen ihr vom Kopf ab und ihre normalerweise strahlenden blauen Augen sahen müde und trüb aus. Wider besseres Wissen fragte ich: »Hattest du schöne Ferien?«

Sie warf mir einen Blick zu, der hätte töten können (und töten *wird*, sobald unser Top-Wissenschaftler Dr. Fibs seine »Technologie der tödlichen Blicke« perfektioniert hat).

»Klar.« Macey blies eine Haarsträhne aus ihrem schönen Gesicht und legte die letzte Karte auf den kleinen Stapel. »Bis meine Eltern meine Noten sahen.«

»Aber du hattest doch ein super Zeugnis! Du hast die Arbeit von fast zwei Semestern in eines gepackt. Du hattest –«

»Vier Einsen und drei Zweien«, beendete sie meinen Satz.

»Ich weiß!«, schrie ich. Schließlich hatte ich Macey persönlich bei den Feinheiten der Makroökonomie, der molekularen Regeneration und beim Konversations-Suaheli geholfen.

»Und nach Meinung des *Senators*«, sagte Macey, wobei sie sich an ihren unausgesprochenen Schwur hielt ihren Vater nie beim Namen zu nennen, »hätte ich *unmöglich* vier Einsen und drei Zweien kriegen können, also *muss* ich geschummelt haben.«

»Aber …« Ich suchte nach Worten. »Aber … Gallagher Girls schummeln nie!« Was stimmt. Ich will die Sache ja nicht dramatisieren, aber für ein Gallagher Girl gibt es so etwas wie Prüfungen bestehen oder durchfallen nicht – da geht es um Leben und Tod. Aber das wusste Senator McHenry nicht. Ich schaute dieses super aussehende Mädchen an, das aus jeder Privatschule an der Ostküste geflogen war und jetzt an einer Spionageschule Einsen und Zweien bekam, und mir wurde klar, dass der Senator von vielem keine Ahnung hatte. Er kannte ja nicht einmal seine eigene Tochter.

Die Bibliothek war leer, trotzdem senkte ich die Stimme und sagte: »Macey, du solltest mit meiner Mutter reden. Sie kann deinen Vater anrufen. Wir könnten –«

»Kommt nicht infrage!«, entgegnete Macey in einem Ton, als würde ich ihr jeden Spaß verderben. »Außerdem weiß ich schon, was ich machen werde.«

Wir hatten die schwere Tür der Bibliothek erreicht, aber ich blieb stehen. »Was denn?«

»Lernen.« Macey zog eine perfekt gezupfte Augenbraue in die Höhe. »Das nächste Mal bekomme ich nur Einsen.« Dann lächelte sie, als ob sie nach sechzehn Jahren Übung endlich die Lösung gefunden hätte, wie sie ihren Eltern eins auswischen konnte.

Ich hörte Stimmen im Korridor, was seltsam war, denn in diesem Augenblick versammelten sich alle Schülerinnen der Akademie in der großen Halle. Irgendetwas ließ uns erstarren. Und abwarten. Und trotz der schweren Tür konnte ich meine Mutter dahinter sagen hören: »Nein, Cammie weiß nichts.«

Für eine Spionin (und erst recht für ein Mädchen) gibt es

viele, viele Sätze, die zum Lauschen zwingen, und »Cammie weiß nichts« gehört hundertprozentig dazu!

Ich legte mein Ohr an die Tür, während Maceys große blaue Augen noch größer wurden. Sie kam ganz nah und wisperte: »*Was* weißt du nicht?«

»Sie hat keinen Verdacht geschöpft?«, fragte Mr Solomon, mein traumhafter GehOp-Lehrer.

»Was für einen *Verdacht?*«, fragte Macey.

Warum ich nichts wusste und keinen Verdacht schöpfte, lag logischerweise daran, dass ich nichts wusste und auch keinen Verdacht schöpfte, aber darauf konnte ich sie nicht hinweisen, weil meine Mutter gerade sagte: »Nein, sie wurde befragt.«

Ich dachte an die lange, schweigsame Fahrt von Washington bis hierher und wie meine Mutter auf die gefrorene Landschaft gestarrt und behauptet hatte, sie hätte mein Verhör nicht beobachtet – sie hätte *Dinge* zu erledigen gehabt.

»Wir können es ihr nicht sagen, Joe«, fügte meine Mutter hinzu. »Wir können es niemandem erzählen. Solange wir es nicht müssen.«

»Nichts vom Blackthorne?«

»Von gar nichts.« Und dann seufzte Mom. »Ich möchte, dass alles so lange wie möglich normal bleibt.«

Ich sah Macey an. *Normal* hatte gerade eine ganz neue Bedeutung bekommen.

Nachdem meine Mutter und Mr Solomon sich entfernt hatten, ging ich mit Macey in die große Halle und an unseren Tisch. Mom hatte schon ihren Platz vor allen Tischen eingenommen. Ich weiß noch, dass Liz mir beim Hinsetzen zuflüsterte: »Warum habt ihr so lange gebraucht?« Aber was danach passierte, weiß ich nicht mehr. Ich hatte, ehrlich gesagt, plötzlich Probleme mit dem Hören. Und dem Reden. Und Gehen.

Alle Mütter haben Geheimnisse – meine mehr als die meisten – und obwohl ich seit langem weiß, dass meine Mutter mir vieles nicht sagen kann, wäre ich nie auf die Idee gekommen, dass sie Dinge *bewusst* vor mir geheim hielt. Das ist ein großer Unterschied, auch wenn es nicht so scheint.

Mom hielt sich am Rednerpult fest und blickte auf die hundert Mädchen, die einem neuen Semester entgegensahen. »Willkommen zurück! Ich hoffe, ihr hattet alle schöne Winterferien«, sagte sie.

»Cammie«, wisperte Bex und beäugte erst mich und dann Macey. »Ihr beide habt doch was, oder?«

Bevor ich antworten konnte, fuhr meine Mutter fort: »Ich möchte mit der aufregenden Nachricht beginnen, dass wir in diesem Semester ein neues Fach anbieten – *Geschichte der Spionage*. Mrs Buckingham wird es unterrichten.« Leichter Beifall ertönte in der Halle, als das älteste Mitglied der Lehrerschaft kurz winkte.

»Außerdem«, erklärte meine Mutter langsam, »bleibt der Ostflügel, wie viele von euch sicher bereits wissen, vorübergehend gesperrt, da Arbeiten, die vor kurzem am Gebäude durchgeführt werden mussten, ergaben, dass er durch Dämpfe aus dem Chemielabor verunreinigt worden ist.«

»Cammie«, sagte Liz, die näher heranrutschte, »du siehst aus, als müsstest du … kotzen.«

Mir war auch zum Kotzen.

»Und vor allem«, sagte meine Mutter, »wünsche ich euch ein wunderbares Semester.«

Die Stille, die über der Halle gelegen hatte, verflog in Sekundenschnelle und wurde von einem Chor quasselnder Mädchen und klappernder Teller abgelöst. Ich versuchte den Lärm auszuschalten und auf meine Gedanken zu lauschen, die in meinem Kopf herumwirbelten wie der Schnee vor den Fenstern. Ich schloss die Augen und zwang den Raum zu verschwinden, bis plötzlich alles glasklar wurde.

Und ich sprach die Tatsache, die ich seit Jahren kannte, die mir aber gerade erst wieder eingefallen war, flüsternd aus.

»Es gibt keinen Durchzug zwischen dem Chemielabor und dem Ostflügel.«

Kapitel Drei

In einem zweihundert Jahre alten Schloss zu wohnen hat viele Vor- und Nachteile. Zum Beispiel: Dass es etwa ein Dutzend verborgene und doch vollkommen sichere Plätze gibt, wo man sitzen und geheime Informationen besprechen kann, ist eindeutig ein VORTEIL.

Die Tatsache, dass keiner dieser Plätze gut geheizt und/oder gegen Kälte geschützt ist, wenn man die besagten Informationen mitten im Winter bespricht, ist ein NACHTEIL.

Zwei Stunden nach unserem Willkommens-Dinner lehnte Macey in der Spitze des höchsten Türmchens des Schlosses an der Mauer und malte ihre Initialen auf die gefrorenen Fensterscheiben. Liz schritt den Raum ab, Bex schlotterte und ich saß auf dem Fußboden, schlang die Arme um meine Knie und war zu müde, um meinen Blutfluss trotz der Kälte, die durch meine Uniform gedrungen war und sich in meinen Knochen niedergelassen hatte, in Gang zu setzen.

»Das war's?«, fragte Bex. »Das ist alles, was deine Mutter und Mr Solomon gesagt haben? Wort für Wort?«

Macey und ich sahen uns an und dachten an das Gespräch, das wir mitgehört und die Geschichte, die wir gerade erzählt hatten. Dann nickten wir beide und sagten: »Wort für Wort.«

In diesem Augenblick feierte wahrscheinlich der gesamte zweite Jahrgang den voraussichtlich letzten hausaufgabenfreien Abend. (Das Gerücht ging um, dass Tina Walters eine Art Jason-Bourne-Marathon organisierte.) Nur wir vier blieben in unserer Turmstube, froren uns den Allerwertesten ab und horchten auf das Knarren der schweren Eichentür am Fuß der Treppe, das uns warnen würde, falls wir nicht mehr allein wären.

»Ich kann's einfach nicht glauben«, sagte Liz und schritt den Raum weiter ab – vielleicht, um sich warm zu halten, aber wahrscheinlich eher, weil Liz das Schreiten einfach nicht lassen kann. (Die abgenutzten Stellen auf unserem Fußboden beweisen es.)

»Cam«, sagte Liz, »bist du sicher, dass der Ostflügel nicht von Dämpfen aus dem Chemielabor verseucht werden kann?«

»Natürlich ist sie sicher«, meinte Bex seufzend.

»Aber bist du total, absolut und hundertprozentig sicher?«, fragte Liz noch einmal. Wenn man wie sie schon als Kind einen Artikel in der wissenschaftlichen Zeitschrift *Scientific American* veröffentlicht hat, möchte man schließlich alles genau überprüft, querberechnet und zweifelsfrei nachgewiesen haben.

»Cam«, sagte Bex und drehte sich zu mir. »Wie viele Lüftungsschächte gibt es in der Küche?«

»Vierzehn – ohne Vorratskammer. Oder zählst du die Vorratskammer mit?«, fragte ich, wobei ich mein Fachwissen wohl ausreichend bewiesen hatte, weil Macey die Augen verdrehte und neben mir auf den Boden sank. »Sie ist sicher.«

Im trüben Licht des kalten Raums konnte ich Schneeflocken draußen im Wind kreiseln sehen, die vom Dach des Gebäudes geweht wurden (beziehungsweise von den Abschnitten des Daches, die nicht durch Elektroschindeln gesichert waren). Aber wir vier waren ruhig und schweigsam.

»Weshalb sollten sie lügen?«, fragte Liz, aber Bex, Macey und ich schauten sie nur an und keine von uns hatte Lust, sie auf das Offensichtliche hinzuweisen: *Weil sie Spione sind.*

Bex und ich hatten es immer gewusst. Und von Maceys Miene war abzulesen, dass sie es inzwischen auch kapiert hatte (ihr Vater war schließlich in der Politik). Aber Liz war nicht im Bewusstsein aufgewachsen, dass Lügen nicht nur Dinge sind, die man erzählt – sie sind das Leben, das wir führen. Liz wollte immer noch glauben, dass Eltern und Lehrer nur die Wahrheit sagen, dass dir nichts Schlimmes passieren kann, wenn du nur stets dein Gemüse schön aufisst und dir die Zähne ordentlich putzt. Ich wusste es seit langem besser, aber Liz war immer noch ein bisschen naiv. Und es hätte mir leidgetan, wenn sie ihre Ahnungslosigkeit verlor.

»Was ist Blackthorne?«, fragte Macey und sah uns der Reihe nach an. »Ihr wisst es auch nicht, stimmt's? Das hat doch nichts damit zu tun, dass ich noch neu bin, oder?«

Alle schüttelten die Köpfe und schauten mich an. »Nie davon gehört«, sagte ich.

Was auch stimmte. So hatte noch keine Geheimoperation und kein wissenschaftlicher Durchbruch geheißen, den wir bisher analysiert oder besprochen hatten. Blackthorne, also schwarzer Dorn, Schwarzdorn oder was auch immer, hätte jeder, alles und irgendwo sein können. Und wer, was oder wo es auch war – es hatte jedenfalls dafür gesorgt, dass meine Mutter ein wichtiges Verhör ihrer Tochter verpasst hatte. Es hatte außerdem meinen GehOp-Lehrer gezwungen ein klammheimliches Gespräch mit der Schulleiterin zu führen. Es hatte sich in die Gallagher Akademie für außergewöhnliche junge Frauen eingeschlichen (oder zumindest in den Ostflügel) und wir standen da und wussten nicht, was ein Gallagher Girl machen sollte.

Es gab drei durchaus brauchbare Möglichkeiten: (1) Wir konnten vergessen, was wir gerade gehört hatten, und uns schlafen legen. (2) Wir konnten *total* ehrlich sein und meiner Mutter alles sagen, was wir wussten. (3) Ich konnte *ich* sein. Genauer gesagt: Ich konnte diejenige sein, die ich einmal war.

»Der verbotene Saal des Ostflügels liegt direkt unter uns«, fing ich an. »Wir brauchen im vierten Stock nur in den Schacht für den Speiseaufzug zu kriechen, uns durch den Abzug der Heizung neben dem Klassenzimmer für *Kultur und Anpassung* zu schlängeln und uns ungefähr fünfzehn Meter tief im Leitungssystem abzuseilen.« Aber noch während ich das alles sagte, wusste ich schon, dass es nicht halb so einfach sein würde, wie es klang.

»Aha«, sagte Macey, »und worauf warten wir?« Sie sprang auf die Füße und ging zur Tür.

»Macey, Moment!« Alle sahen mich an. »Unser Wachdienst hat in den Winterferien schwer geschuftet.« Ich zog die Beine an und wickelte meine Arme noch enger um meine Knie. »Ich weiß nicht, was sie alles verbessert oder geändert haben, sie waren überall in den Tunneln und Gängen und …« Ich verstummte und war dankbar, dass Bex den Satz für mich beendete.

»Wir wissen nicht, was drin ist, Macey«, sagte sie, obwohl

die Tatsache, dass wir nicht wussten, was uns im Ostflügel erwartete, ja gerade der Knackpunkt war. Offensichtlich wollte Macey ihr das auch gleich sagen.

»Überraschungen«, erklärte ich, »sind in der Regel ... schlecht.«

Macey ließ sich neben mir auf den Fußboden sacken, während ich mir innerlich versicherte, dass meine Aussage stimmte. Schließlich war es ein riskantes Unternehmen. Wir hatten weder ausreichende Informationen noch genügend Zeit, um uns vorzubereiten. Ich kann ein Dutzend vollkommen logische Gründe aufführen, warum ich auf dem steinernen Boden sitzen blieb, aber der eine, den ich meinen Freundinnen nicht nannte, war der, dass ich meiner Mutter versprochen hatte, die Zeit des Herumschleichens und des Verletzens von Regeln sei vorbei. Und ich hatte gehofft, dass ich mein Versprechen länger als vierundzwanzig Stunden halten würde.

»Was machen wir also jetzt?«, fragte Liz.

Bex lächelte. »Oh«, sagte sie verschmitzt, »uns fällt schon was ein.«

Geheimoperationen Observierungsbericht

Von Cameron Morgan, Rebecca Baxter, Elizabeth Sutton und Macey McHenry (nachstehend »die Agentinnen« genannt)

Mit dem Wissen konfrontiert, dass Mitglieder der Lehrerschaft der Gallagher Akademie für außergewöhnliche junge Frauen eine niederträchtige Operation planten, starteten die Agentinnen eine Forschungs- und Ermittlungs-Mission, um Folgendes festzustellen:

1. Was war das für eine große verflixte Sache, von der die Agentinnen nichts wissen sollten?

2. Warum durften die Agentinnen nicht mehr in den Ostflügel? (Eine Veränderung, die ihren täglichen Weg zwischen den einzelnen Klassenzimmern um zehn und eine halbe Minute verlängerte!)

3. Wer oder was war Blackthorne? Oder Schwarzdorn? (Ist es möglich, dass die Schulleiterin Morgan und Mr Solomon den Kampf mit einer Gruppe von Terroristen Schrägstrich Floristen aufgenommen haben?)

4. Wie sieht Mr Solomon ohne Hemd aus? (Wenn man schon einen Beobachtungsposten einnimmt, sollte man schließlich gründlich sein.)

Als ich am nächsten Morgen aufwachte, versuchte ich nicht an die vorangegangene Nacht zu denken, aber es ist schwierig, geheime und möglicherweise gefährliche Missionen zu vergessen, wenn (A) der schmutzige Fußboden im Turm einen Fleck auf dem besten Schulrock hinterlassen hat, (B) deine Mutter beim Frühstück zu dir sagt: »Guten Morgen, Cam. Habt ihr Mädchen gestern Abend Spaß gehabt?«, was sich mit *Ich benehme mich vollkommen normal, weil ich was zu verbergen habe* übersetzen lässt, und (C) die Vermeidung des aus mysteriösen Gründen gesperrten Ostflügels bedeutet, dass du alternative Strecken zu sechzig Prozent deiner täglichen Bestimmungsorte finden musst.

Auf dem Weg nach unten ging ich langsam an der Tür vorbei, die in den Ostflügel führte. Es war eine ganz gewöhnliche

Tür – dunkel, massives Holz, ein alter Messingknauf. Es gab Hunderte solcher Türen im Haus, aber diese hier war verboten, also wollte ich sie – wie jede gute Spionin – öffnen.

Ich merkte, dass Kim Lee neben mir auftauchte, auf die Tür schaute und sagte: »Es ist so blöd einen Umweg machen zu müssen.« Natürlich hatte sie keine Ahnung, dass die Hälfte unserer Lehrer sich genau in diesem Moment hinter der Tür versammelte und einen Angriff auf ein paar schurkische Floristen plante.

Ich dagegen konnte an nichts anderes mehr denken.

Nicht einmal der Anblick von Mr Smith, der im Fach *Länder der Welt (LdW)* mit einem Glas Münzen erschien und uns aufforderte einen Dollar in acht verschiedene Währungen zu wechseln, wobei wir die jeweiligen Kurse zu berücksichtigen hätten, konnte verhindern, dass ich mich wegen der Tür und der Geheimnisse, die sie verbarg, verrückt machte.

Selbst Madame Dabneys Vortrag über die Kunst der perfekten Dankesschreiben und die offensichtlich nicht ausreichend genutzte Möglichkeit gleichzeitig verschlüsselte Botschaften zu senden, konnte mich nicht vom Ostflügel ablenken.

Man hatte uns bereits Hausaufgaben im Wert von zwei Stunden aufs Auge gedrückt, einen unangekündigten Test über die giftigen Pflanzen Südostasiens versprochen und trotzdem taten alle Lehrer so, als hätten sie keine Ahnung von dem, was los war, oder sie hatten geschworen das Geheimnis mit ins Grab zu nehmen (was sich bewahrheiten könnte).

Alles war wie gewohnt an der Gallagher Akademie und als wir nach *Kultur und Anpassung (K+A)* die Treppe hinuntergingen, kam es uns beinah so vor, als hätten wir niemals Ferien gehabt.

Zumindest beinah.

»Also, das war's«, sagte Liz. Bex und ich gingen auf den Fahrstuhl zu, der sich in dem schmalen Gang unter der großen Treppe verbarg.

»Was war was?«, fragte ich. Dann drehte ich mich um und sah, dass Liz uns nicht zur nächsten Stunde folgte.

Stattdessen hakte sie sich mit ihren Daumen in den Riemen ihres Rucksacks ein und machte einen Schritt zur Seite. »Ich hab *Organische Chemie für Fortgeschrittene.*«

Aber Bex und ich hatten keine *Organische Chemie für Fortgeschrittene*. Bex und ich hatten *Geheimoperationen*. Von diesem Augenblick an trainierten wir beide ein Leben, das aus Einsätzen und Außendienst bestand, während Liz sich auf eine Karriere in einem Labor oder Büro vorbereitete. Ich dachte an die Formulare, die wir im letzten Semester ausgefüllt hatten, und an die Wahl, die ich getroffen hatte, was hieß, dass ich mir die Hoffnung auf ein sicheres, normales Leben – auf Jungs wie Josh – abschminken konnte. Deshalb war es kein Wunder, dass ich nur mühsam ein »Oh, okay« hervorbrachte.

Bex und ich starrten in den Spiegel, der die Fahrstuhltür verbarg. Dann warteten wir auf den roten Laserstrahl, der unsere Netzhaut überprüfte und uns den Zugang zum ersten Untergeschoss erlaubte. Ich versuchte nicht daran zu denken, dass Liz zum ersten Mal seit der siebten Klasse nicht mehr bei uns wäre.

Bex musste das Gleiche durch den Kopf gegangen sein, denn sie rief Liz noch nach: »Bist du sicher, dass du die nächsten zweieinhalb Jahre mit Experimenten und dem Knacken von Codes verbringen möchtest?« In ihren Augen blitzte es, während sie Liz' blasses Spiegelbild betrachtete. »Weil die

GehOp-Klasse nämlich irgendwann Unterwasser-Übungen machen wird und Mr Solomon dann sein Hemd ausziehen muss, weißt du?«

An der Wand hinter uns hing ein Bild von Gillian Gallagher. Ich sah, dass ihre Augen grün aufleuchteten. Dann glitt der Spiegel zur Seite und gab den kleinen Fahrstuhl zum Klassenzimmer für *Geheimoperationen* frei. Liz beobachtete, wie die Tür sich langsam hinter uns schloss. Bex drehte sich um und brüllte: »Vielleicht geht Mr Mosckowitz ja auch mal *oben ohne!*«

Ich hörte Liz lachen.

»Sie wird ohne uns doch okay sein, oder?«, fragte Bex.

Wir hörten das Scheppern einer Rüstung, die zu Boden fiel, und ein deutliches »Upps!« von Liz.

Als sich der Fahrstuhl in Bewegung setzte, sagte Bex: »Das beantwortest du besser nicht.«

Was man über das erste Untergeschoss unbedingt wissen sollte, ist Folgendes: Es ist groß. Und zwar ich-hab-schon-kleinere-Fußballfelder-gesehen-groß. Und während der Rest des Gebäudes aus alten Steinen und uraltem Holz besteht, erinnern die Trennwände aus Milchglas und die Einrichtung aus Edelstahl im Klassenzimmer für *Geheimoperationen* kein bisschen an ein zweihundert Jahre altes Schloss, in dem privilegierte Mädchen leben.

Bex und ich traten aus dem Fahrstuhl und unsere Schritte hallten, als wir an der GehOp-Bibliothek vorbeigingen, in der sich Bücher befinden, die so empfindlich sind, dass man sie nicht aus dem Untergeschoss entfernen darf. (Sie sind aus Papier, das sich auflöst, wenn es natürlichem Licht ausgesetzt wird – nur um ganz sicher zu sein.) Wir kamen an großen, kräftigen Kerlen vorbei, die für den Hausmeister arbeiteten. Sie lächelten und sagten: »Macht sie fertig, Mädchen!« (Da wir die Typen kennen, die unserem Hausmeister helfen, ist es durchaus möglich, dass sie es ernst meinten.)

Ich setzte mich auf meinen Stuhl und versuchte nicht an Liz oder *die Tür* oder an irgendetwas anderes als die Tatsache zu denken, dass ich endlich wieder in dem Teil der Gallagher Akademie war, der nie vorgab, etwas anderes zu sein.

Das war, bevor Tina Walters sich zu mir beugte, grinste und ihren Kaugummi so knallen ließ, wie es nur eine Spionin der dritten Generation Schrägstrich Tochter einer Klatschkolumnistin fertigbringt. »Sag mal, Cammie, stimmt es, dass sie ein Spezialeinsatzkommando geschickt haben, um dich am Weihnachtsmorgen aus dem Haus deiner Großeltern zu zerren?« Tina wartete keine Antwort ab. »Weil ich nämlich gehört habe, du hättest wie eine Wahnsinnige gekämpft, bis sie dir eine Socke über den Kopf zogen und dich in die Decke wickelten, die unter dem Weihnachtsbaum lag.«

Eines Tages wird die nationale Sicherheit ganz bestimmt in Tina Walters' Händen liegen. Aber zum Glück war es noch nicht so weit.

»Ich war bei ihr, Tina«, erklärte Bex. »Glaubst du wirklich, sie hätten uns beide verschleppen können?«

Tina schüttelte den Kopf. Sie sah ein, dass das nicht geklappt hätte. Bevor sie weiterbohren konnte, sagte eine tiefe Stimme: »Statische Überwachung«. Mr Solomon kam ohne jede Begrüßung ins Klassenzimmer geschlendert. »Sie ist die Wurzel unseres Handelns und beinhaltet eine goldene Regel – welche?«

Ich erwartete Liz' dünnen Arm in die Höhe schießen zu sehen, aber es war natürlich eine andere Stimme, die antwortete: »Die wichtigste Regel der statischen Überwachung ist die, dass der Agent mit den einfachsten und unaufdringlichsten Mitteln arbeitet.«

Mein erster Gedanke war, dass das erste Untergeschoss durch irgendeine halluzinogen wirkende Chemikalie verseucht worden war, weil das Mädchen, das den Mund aufgemacht hatte, wie Anna Fetterman klang. Sie sah auch aus wie Anna Fetterman. Aber Anna Fetterman gehörte auf gar keinen Fall in *Geheimoperationen!*

Versteht mich nicht falsch: Ich mag Anna sehr. Wirklich. Aber ich habe einmal gesehen, wie sie sich beim Öffnen einer Keksdose selber eine blutige Nase verpasste. (Kein Märchen!) Von so einem Mädchen erwartet man natürlich nicht, dass sie schreit: *Ich will mit dem Fallschirm auf das Dach einer ausländischen Botschaft springen und die Manschettenknöpfe des Botschafters verwanzen* – wenn ihr wisst, was ich meine.

Aber tat Mr Solomon, als sei er schockiert? Nein, er sagte nur: »Sehr gut, Miss Fetterman«, als ob alles total normal wäre, was natürlich überhaupt nicht der Fall war. Anna nahm Geh-Op-Unterricht, meine Mutter verbarg etwas vor mir und es gab einen Teil der Schule, den nicht einmal *ich* betreten durfte! Nichts war total normal!

Joe Solomon war achtzehn Jahre lang Geheimagent gewesen, also blieb er völlig ruhig, lehnte sich entspannt an sein Pult und sagte: »Wir handeln mit Informationen, meine Damen. Es geht nicht um Operationen, sondern um Aufklärung. Es geht nicht um coole Geräte, sondern darum den Job zu erledigen.« Mr Solomon ließ den Blick über uns schweifen. »In anderen Worten: Machen Sie sich nicht die Mühe Kameras im

Wohnzimmer zu verstecken, wenn Ihre Zielperson die Vorhänge nie zuzieht.«

Ich fing an mitzuschreiben, bis Mr Solomon Eva Alvarez' Heft vom Tisch in ihre offene Tasche schob. »Keine Notizen, meine Damen.«

Keine Notizen? Was sollte das heißen – keine Notizen? War das sein Ernst? (Es war übrigens gut, dass Liz nicht am GehOp-Unterricht teilnahm, weil ihr Kopf inzwischen schon explodiert wäre!)

Joe Solomon drehte sich zur Wandtafel und fing an eine typische statische Überwachungsszene zu zeichnen. Anna umklammerte ihren Stift so fest, dass es aussah, als würde ihr gleich ein Muskel reißen, aber Mr Solomon hatte wohl Augen im Hinterkopf, weil er »Ich hatte gesagt, keine Notizen, Miss Fetterman« rief. Anna ließ den Stift fallen, als hätte er ihr einen elektrischen Schlag versetzt. (Was übrigens gut möglich war – wir haben hier an der Gallagher Akademie ganz spezielle Schreibinstrumente.)

»Dies ist kein Pflichtfach, meine Damen. Sie brauchen nicht hier zu sein.« Mr Solomon drehte sich um. Seine grünen Augen bohrten sich in uns und in diesem Moment war er nicht nur der am besten aussehende Lehrer, sondern auch der erschreckendste. »Sechs Ihrer Mitschülerinnen haben bereits ein relativ sicheres Leben auf dem Gebiet der *Forschung und Operationen* gewählt. Wenn Sie keine fünfzigminütige Lektion im Kopf behalten können, empfehle ich Ihnen sich ihnen anzuschließen.«

Er wandte sich wieder der Tafel zu und schrieb weiter. »Ihr Gedächtnis ist Ihre wichtigste und beste Waffe, meine Damen. Lernen Sie es einzusetzen.«

Ich saß lange da und ließ mir durch den Kopf gehen, was er gesagt hatte und was es bedeutete. Ich wusste, er hatte Recht. Unsere Erinnerungen sind die einzigen Waffen, die wir immer mitnehmen, egal, wohin wir gehen, aber dann dachte ich über den zweiten Teil seiner Aussage nach – *Machen Sie die Dinge nicht schwieriger, als sie sein müssen*. Ich dachte an das, was ich in der Nacht mitgehört hatte. An den Ausdruck im Gesicht meiner Mutter auf der langen, stillen Fahrt nach Hause. Und am Ende … an Josh. Dann wurde mir klar, dass mein Leben *viel* einfacher wäre, wenn ich einige Dinge vergessen könnte.

Kapitel Vier

Observierungsbericht

Mit den »einfachsten und unaufdringlichsten Mitteln« der Geheimoperationen stellten die Agentinnen Folgendes fest:

- Laut einiger sehr beliebter Internet-Suchmaschinen ist »Schwarzdorn« ein häufig auftretender Rosenfungus, scheint aber kein Deckname für irgendwelche Verschwörungstheorien abtrünniger Regierungsmitglieder zu sein.

- Es gibt ungefähr 1.947 Menschen in den Vereinigten Staaten namens Blackthorne, aber laut Steuerbehörde hat keiner von ihnen seinen Beruf jemals als Spion, Schnüffler, Späher, Spürhund, Attentäter, Schläger, Profi, Freiberufler, Killer, Agent oder Straßenkünstler bezeichnet.

- Ein Blick durch die Tür zum Ostflügel war nicht möglich, weil die Röntgenbrille von Dr. Fibs immer noch in der Baumusterphase steckt, obwohl Gerüchte das Gegenteil behaupten. (Was auch erklärt, weshalb er eine Augenklappe trägt.)

Auf eine Spionageschule zu gehen hat den großen Vorteil, dass man Freunde hat, die Genies mit unglaublichen Fähigkeiten sind und einem immer bei irgendwelchen »Sonderprojekten« helfen können. Ein Nachteil ist, dass sie sich begeistert auf diese »Projekte« stürzen. Viel zu begeistert.

»Es *muss* hier irgendwo drin sein!«, schrie Liz im Gepolter schwerer Bücher, die auf Hartholz krachten, als sie die Bände neun bis vierzehn von *Observierung im Lauf der Jahrhunderte* auf den Bibliothekstisch fallen ließ.

Ich blickte mich in dem stillen Raum um und erwartete, dass jemand »Psst!« sagte, aber ich hörte nur das Knacken von Holz im Kamin und das Seufzen eines Mädchens, das – nachdem es eine Woche lang jeden freien Moment in der Bibliothek verbracht hatte – den Glauben an die Bücher verlor. (Und Liz ist immerhin diejenige, die am Ende des achten Schuljahrs in der Prüfungswoche mit dem Buch *Moderne Verschlüsselung und du* übernachtet hatte!)

Macey warf *Die Chroniken der chemischen Kriegsführung*, die auf ihrem Schoß gelegen hatten, beiseite. »Vielleicht ist es nicht *in* der Bibliothek«, sagte sie und ich befürchtete ernsthaft, dass Liz hyperventilieren würde. Das wäre wahrscheinlich auch passiert, wenn Macey nicht die Beine übereinandergeschlagen und gefragt hätte: »Und was bedeutet das?«

Mannomann! Unglaublich, dass wir uns die Frage noch nicht gestellt hatten – dass wir eine der Grundregeln geheimer Operationen vergessen hatten: *Alles* bedeutet was! Nichts Bedeutendes zu finden war vielleicht das Bedeutendste von allem.

»Wisst ihr, wie frisch etwas sein muss, um nicht in diesen Büchern zu stehen?«, fragte Liz und machte ein paar Schritte rückwärts. Es klang ein bisschen ängstlich und gleichzeitig total begeistert. Sie starrte die Bände auf dem Tisch an, als seien sie lebensgefährlich und könnten gleich in die Luft fliegen (was albern ist, da jeder weiß, dass Bücher, die so geheim sind, dass sie explodieren, wenn man sie ohne Genehmigung liest, im dritten Untergeschoss gelagert werden).

»Dann muss Blackthorne also was –«, begann Macey und sah mich an.

»Geheimes sein«, beendete ich den Satz. »Was streng Geheimes.« Spione haben Geheimnisse. Das ist unser Job. Also saßen wir schweigend da, während das Feuer knisterte. Die Wahrheit schwappte über uns hinweg: Wenn Blackthorne *topsecret* war, würden wir ihn nie finden.

»Weißt du was, Cam?«, fragte Bex mit einem Lächeln, das im Gesicht eines gewöhnlichen Mädchens beunruhigend gewirkt hätte, einem aber bei einem Mädchen mit Bex' besonderen Talenten regelrecht Angst machte. »Es gibt einen Ort, an dem wir noch nicht nachgeschaut haben!« Sie tippte sich mit dem Zeigefinger ans Kinn, was selbst bei Bex ausgesprochen dramatisch aussah. »Wer von uns hat wohl Zugang zum Büro der Schulleiterin?«

»Nein, Bex.« Ich setzte mich gerade und fing an Bücher zu stapeln. »Nein. Nein. Nein. Ich kann meiner Mutter nicht nachspionieren!«

»Warum nicht?«, staunte Bex, als ob ich gesagt hätte, mir würde kein roter Lippenstift stehen (was übrigens stimmt).

»Weil … *sie meine Mutter ist*«, erwiderte ich und versuchte nicht einmal das *darum* in meinem Ton zu unterdrücken.

»Und sie ist eine der besten Agentinnen der CIA. Und ... sie ist meine Mutter!«

»Eben! Sie würde niemals« – Bex legte wegen der besseren Wirkung eine kleine Pause ein – »die eigene Tochter verdächtigen.« Dann schauten mich Bex, Liz und Macey an, als handelte es sich um den allerbesten Plan der Welt. Was nicht stimmte. Echt nicht. Ich kenne mich nämlich ein *bisschen* mit Plänen aus. Schließlich hatte ich schon mit sieben Jahren meinem Vater geholfen ein trojanisches-Pferd-ähnliches Szenario zu entwickeln, um ein ehemaliges sowjetisches Atomraketensilo zu infiltrieren, das von Terroristen besetzt worden war. Das hier war jedenfalls *kein* guter Plan!

»Bex!«, schrie ich. »Das will ich nicht machen! Es –«

Aber bevor ich zu Ende reden konnte, flog die Tür der Bibliothek auf und ich hörte Macey sagen: »Hallo, Mrs Morgan.«

Obwohl ich eine Dreiviertelstunde lang ziemlich still dagesessen hatte, fühlte sich mein Herz an, als ob ich tausend Meter gerannt wäre. Mom schaute auf die portugiesische Übersetzung des Buches *101 klassische Tarnungen und die Spione, die sie eingesetzt haben* und sagte: »Was tut ihr Mädchen an einem so schönen Tag in der Bibliothek?«

»Bonuspunkte für LdW«, antworteten wir alle und wiederholten die Geschichte, die wir uns vorher als Erklärung ausgedacht hatten.

Trotzdem beruhigte sich mein Puls nicht. Ich saß einfach nur da und sagte mir, dass wir keine Regeln verletzten. Ich hatte keine Lüge erzählt. (Mr Smith hatte uns wirklich Zusatzaufgaben gegeben.) Technisch gesehen hatte ich mein Versprechen nicht gebrochen. Noch nicht.

»Okay«, sagte Mom. »Ich seh dich heute Abend, Cam.«

Ich spürte Bex' Blick auf mir und wusste, was sie dachte – dass ich den Abend mit meiner Mutter verbringen würde. Was wäre ich für eine Agentin, wenn ich die Situation nicht ausnutzen würde?

Dann musste ich an meine Mutter denken und fragte mich, was für eine Tochter ich wäre, wenn ich es täte.

Dinge, die ich getan habe und worauf ich nicht unbedingt stolz bin: Eine Liste von Cameron Morgan

- Einmal habe ich aus Versehen Bex' glättende Haarspülung verschüttet und die Flasche mit einer Haarkur für mehr Volumen aufgefüllt. Ihre Haare wurden ein paar Wochen lang zu einem riesigen Afro, aber ich habe ihr nie gestanden, warum.

- Ich habe einmal Liz' Lieblingsyogahose getragen, ohne Liz um Erlaubnis zu fragen, und total ausgeleiert. Ihren Lieblingspullover auch.

- Immer wenn ich in Nebraska bin, tue ich so, als sei ich zu schwach, um Gurkengläser zu öffnen, weil Grandpa Morgan das so gern für mich macht.

- Wie ich bereits an anderer Stelle gründlich dokumentiert habe, hatte ich einmal eine heimliche Beziehung zu einem echt niedlichen, echt süßen Typ und dann jede Menge Lügen erzählt.

- Am ersten Sonntag nach den Winterferien in meinem zweiten Schuljahr habe ich Liz geholfen, in die Uhr, die mir Grandma zum Geburtstag geschenkt hatte, eine Kamera zu implantieren. Danach habe ich sie zum Abendessen im Büro meiner Mutter getragen, damit ich das Schlimmste tun konnte, was ich je getan habe.

Wenn man die Tochter zweier Geheimagenten ist, lernt man ziemlich früh, dass Spione auf einem moralischen Drahtseil balancieren. Wir machen schlimme Sachen aus guten Gründen und meistens können wir damit leben. Aber an jenem Sonntagabend, als ich im Büro meiner Mutter saß und Krebsfleisch im Blätterteig aus der Mikrowelle aß und meine neue maßangefertige Spionage-Uhr befingerte, dachte ich über meine Tarnung nach: hungrige Tochter, die die Bindung mit ihrer Mutter Schrägstrich Mentorin pflegt. Dann dachte ich an meine Aufgabe: allgemeine Observierung des Büros der Schulleiterin in der Hoffnung, dass ein Bericht mit dem Titel *Operation Blackthorne* oder *Der Ostflügel und was sich darin befindet* einfach so herumliegt.

Am Sonntagabend mit meiner Mutter in ihrem Büro zu Abend zu essen ist eine Tradition, seit wir beide an die Gallagher Akademie kamen. Meistens wird mir erst nach dem Essen übel (weil Mom immer noch nicht gelernt hat mit einer Mikrowelle oder Heizplatte umzugehen, obwohl sie es einmal geschafft hatte, mit Hilfe des Inhalts einer Hotel-Minibar ein Gegenmittel gegen ein seltenes Gift herzustellen).

»So«, sagte Mom und zeigte auf das kleine silberne Tablett mit dem Blätterteig. »Wie schmecken sie?«

(Notiz an mich: Biowaffen-Potenzial von Krebstaschen aus der Mikrowelle prüfen.)

»Wunderbar!«, log ich, und meine Mutter lächelte. Nein – sie glühte vor Begeisterung. Da wollte ich ernsthaft einen Rückzieher machen, die Uhr in meine Tasche stecken und vergessen, dass ich mir bereits die genaue Position jedes Gegenstands auf ihrem Schreibtisch eingeprägt hatte, falls ich die Chance bekäme herumzuschnüffeln und dann alles schnell wieder an seinen Platz stellen müsste. Ich wollte keine Spionin mehr sein, nur noch Tochter. Vor allem, als Mom auf mein Handgelenk schaute und sagte: »Du trägst ja Grandmas Uhr!«

Ich rieb mit dem Daumen über das glatte Glas, das jetzt auch ein Teleobjektiv war. »Ja.«

»Schön«, sagte sie und lächelte glücklich. Obwohl es ihr jetzt gut zu gehen schien, dachte ich an die besorgte Frau, mit der ich von Washington bis hierher die Limousine geteilt hatte, und an das Gespräch, das ich mitgehört hatte. Ich war nicht die einzige Agentin in diesem Zimmer, die sich an ihre Legende klammerte.

Ohne zu überlegen, sprudelte es dann plötzlich aus mir heraus: »Hast du einen Nagelknipser?« Mom sah mich eine Sekunde lang an und ich wusste, dass ich jetzt keinen Rückzieher mehr machen konnte. Also streckte ich ihr meine rechte Hand entgegen, die zum Glück nicht zitterte. »Ich habe einen eingerissenen Fingernagel, der mich verrückt macht.«

»Ja, sicher, meine Süße«, sagte Mom. »In meinem Schreibtisch. Oberste Schublade.«

Ihr seht, ich brauchte nicht einmal das Schloss aufzubrechen oder die Fingerabdrücke zu fälschen, mit denen sich die Schubladen öffnen ließen. Ich nahm nur meine töchterlichen Rechte wahr, während ich zum Schreibtisch meiner Mutter ging und nach dem Knipser suchte.

Eine kurze Überprüfung des Schreibtischs der Schulleiterin ergab Folgendes:

- Die Schulleiterin Morgan hatte zehn verschiedene Lippenstifte im Schreibtisch (nur drei davon waren zu rein kosmetischen Zwecken bestimmt).

Mom ging mit einem kleinen Topf in ihre Privattoilette und drehte den Wasserhahn auf. Da fotografierte ich jedes einzelne Ding in ihrem Abfalleimer.

- Die Schulleiterin Morgan hatte offensichtlich mit einer Erkältung gekämpft, weil ihr Abfall vierzehn benutzte Papiertaschentücher und ein leeres Röhrchen Vitamin-C-Tabletten enthielt.

Ich schubste eine Dose Büroklammern vom Schreibtisch und schleuste Liz mit einem lauten »Hoppla!« ein. Dann kauerte ich auf dem Boden und klaubte mit einer Hand Klammern auf, während die andere in der untersten Schublade wühlte.

- Von allen Dingen, für die die Gallagher Akademie Tantiemen bekommt, bringen Heftpflaster überraschenderweise den größten Gewinn.

Ich konnte hören, wie meine Mutter in einem Topf rührte und irgendetwas hineingoss. »Hast du ihn gefunden?«, rief sie mir zu.

Ich hielt den Knipser mit einer Hand hoch und schob die unterste Schublade mit der anderen in den Schreibtisch.

Ich grinste, winkte mit meinen manikürten Fingern und dachte: *Ich bin eine schreckliche Tochter*.

Aber meine Mutter lächelte nur, weil ich vielleicht auch eine ziemlich gute Spionin bin.

Ironischerweise war die einzige Person, die den Unterschied erklären könnte, genau die, die ich nicht darum bitten konnte.

Ich legte den Nagelknipser dahin zurück, wo ich ihn gefunden hatte, und schaute auf den Schreibtisch, der sogar für einen Fachmann aussah, als sei er nie berührt worden. Ich legte meine Handflächen auf die mittlere Schublade und spürte, wie meine Fingerspitzen das glatte Holz der Unterseite und die kühle Metallschiene berührten, auf der die Schublade rein- und rausglitt. Aber ich spürte auch noch etwas anderes. Etwas Dünnes und Abgenutztes.

»Ich weiß, dass dieses Semester eine große Umstellung für dich wird, meine Kleine«, sagte Mom. Sie rührte in einem sprudelnden Gebräu, während ich einen Finger an das Papier drückte und fühlte, wie es sich bewegte.

»Und das letzte Semester – ich kann mir gut vorstellen, wie es war, all die Berichte, die Nachbesprechungen.«

Ich hatte wahrscheinlich nichts Wichtiges gefunden. Schließlich ist die Unterseite einer Schublade nicht das bevorzugte Versteck eines Spions – nichts ist dort sicher oder geschützt. Aber sie ist ein gutes Versteck für eine Frau – ein Ort, an dem man etwas unterbringen kann, das man nah bei sich, aber außer Sicht haben will.

»Und ich möchte, dass du weißt«, fuhr Mom fort, »dass ich sehr stolz auf dich bin.«

Ja, genau – ich drang nicht nur direkt unter ihrer Nase in ihre Privatsphäre ein, nein, sie wählte auch noch ausgerechnet diesen Moment, um mir zu sagen, wie stolz sie auf mein neues und besseres Benehmen war! Jetzt war es amtlich: Ich bin ein schrecklicher Mensch.

Dann spürte ich, wie das Papier nachgab. Es flatterte durch

die Luft und landete auf meinem Schoß. Und von diesem Augenblick an hörte ich kaum noch ein Wort, das meine Mutter sagte.

Dad. Es war ein Bild von Dad, aber keines, das ich je gesehen hatte, weil er darauf älter aussah als auf den Bildern, die Grandma mir gegeben hatte, und jünger als auf den Fotos mit meiner Mutter. Auch auf diesem Bild war mein Vater nicht allein.

Mr Solomon hatte den Arm um ihn gelegt. Sie standen auf einem Baseballfeld. Sie waren jung. Sie waren stark. Und wenn ich es nicht besser gewusst hätte, hätte ich schwören können, dass sie unsterblich waren.

Aber ich wusste es besser. Und das war wohl das Problem.

»Hast du gefunden, wonach du gesucht hast, mein Schatz?«, wollte Mom wissen, und ich fand das eine wirklich gute Frage. Ich richtete meine Uhr auf das Bild und stellte mir ein leises Klicken vor, als ich es fotografierte. »Cam«, sagte meine Mutter wieder und kam auf mich zu.

»Ich fühl mich nicht so gut«, behauptete ich und ließ das Foto in sein Versteck gleiten. Wo meine Mutter es vor mir verbarg. Vor sich selbst. Vor wem auch immer. Ich entfernte mich von ihrem Schreibtisch und ging an die Tür. »Können wir das Essen auf ein andermal verschieben?«

»Cam«, sagte Mom und hielt mich auf. Sie legte eine Hand auf meine Stirn, wie Grandma Morgan es immer tut. »Vielleicht ist es eine Erkältung – irgendwas geht um, weißt du?« Ich wusste es. Ich hatte den Beweis bereits im Abfalleimer gesehen.

»Ich glaube, ich muss nur ins Bett«, erwiderte ich. »Es ist ziemlich spät.«

Ich machte die Tür auf und da, im Geschichtssaal, sah ich Bex.

Und Liz saß auf ihren Schultern.

Kapitel Fünf

Zeit ist eine merkwürdige Sache in der Gallagher Akademie. Normalerweise fliegt sie. Aber manchmal vergeht sie auch ganz, ganz langsam. So war es natürlich gerade jetzt.

Die Agentinnen modifizierten ein mobiles Observierungsgerät (auch als Maceys neue Digitalkamera bekannt), befestigten es am Bücherregal gegenüber dem Eingang zum Büro der Schulleiterin mit einem ablösbaren Haftelement (auch als Isolierband bekannt) und programmierten es so, dass es alle neunzig Sekunden eine Aufnahme machte.

Ich sah Macey am Ende des Korridors vor der aus rätselhaften Gründen verschlossenen Tür zum Ostflügel knien.

Die Agentinnen befestigten ein Eintritts-/Austritts-Meldegerät (auch als ein Stück Schnur bekannt) am besagten Türknauf, da sie wussten, dass es beim Öffnen der Tür in Abwesenheit der Agentinnen herunterfallen würde.

Für den Bruchteil einer Sekunde schien alles zu erstarren, aber dann hörte ich meine Mutter fragen: »Was ist, Cam?« Sie kam auf mich zu.

»Nichts.« Ich schloss die Tür und lehnte mich dagegen. »Es ist nur ...« *Es ist nur, dass meine Freundinnen vollkommen wahnsinnig sind und in diesem Moment draußen vor der Tür stehen und Dinge tun, die sie sein lassen sollten, und dass du, wenn du sie dabei erwischst, echt wütend oder stolz, aber wahrscheinlich wütend sein wirst.*

»Es ist nur ... ich wollte dir sagen, ich glaube, dass ich in diesem Semester wirklich am richtigen Platz bin.« (Weil sich der allerbeste Platz – technisch gesehen – in diesem Moment zwischen der Schulleiterin und meinen Mitbewohnerinnen befand.) »Und ich hab darüber nachgedacht – über das, was du gesagt hast«, fuhr ich fort. »Ich fühle mich verpflichtet –«

Ein Schlag gegen die Tür schnitt mir das Wort ab und ich stellte mir vor, dass Liz von Bex' Schultern gefallen war und sich am Türknauf bewusstlos geschlagen hatte.

»Cam«, sagte Mom und kam näher. »Schaust du mal nach?«

Aber ich wagte es nicht mich umzudrehen. »Wo denn?« Es klopfte wieder. *»Ooooh, da!«*

Ich öffnete die Tür. *Lass es Bex sein!*, flehte ich. *Oder Liz ... oder Macey ... oder ...*

Alle, nur nicht Joe Solomon!

Mein Gott, konnte die Nacht noch schlimmer werden?

Ja, sie konnte. Weil nämlich nicht nur einer der besten Geheimagenten der CIA vor mir stand, sondern meine besten Freundinnen auf der Welt sich keine zehn Meter hinter ihm versammelt hatten und sich geheimnisvoll und spionisch benahmen! (Ich weiß es, weil ich sehen konnte, wie Maceys

Hand ein Puderdöschen um die Ecke hielt, um zu sehen, ob die Luft rein war oder nicht. Offensichtlich war sie es nicht!)

Ich musste Zeit schinden – eine Minute oder zumindest dreißig Sekunden –, damit Bex, Liz und Macey sich aus ihrem Versteck entfernen und verschwinden konnten.

Also sagte ich: »Oh, hallo, Mr Solomon«, weil Madame Dabney mich gelehrt hatte in Gesellschaft höflich zu sein, und Mr Solomon mich gelehrt hatte mich unter den unnormalsten Umständen normal zu verhalten.

»Miss Morgan, ich möchte Sie nicht stören, aber …« Mr Solomon schaute an mir vorbei auf meine Mutter. »Die Unterlagen, die du haben wolltest, Rachel.« Er reichte Mom einen braunen Umschlag.

Ein Umschlag, auf dem das Wort *Blackthorne* in Mr Solomons sorgfältiger Handschrift stand.

Dann verging die Zeit wieder sehr langsam.

»Cam?«, sagte Mom hinter mir. »Dir geht es wirklich nicht gut, nicht wahr, meine Süße?«

»Stimmt«, murmelte ich. Ich starrte auf den ersten konkreten Beweis, dass Blackthorne kein unheimlicher Traum von mir war. Trotzdem stand ich nur da und guckte meinem Lehrer für *Geheimoperationen* ins Gesicht, sah aber den Mann auf dem Foto – den Freund meines Vaters.

»Okay, dann geh ich jetzt mal«, sagte ich und schaute meine Mutter an. »Und ihr habt wahrscheinlich … Sachen … zu erledigen. Und …«

Ich hätte noch ein Dutzend Dinge in einem Dutzend verschiedener Sprachen sagen können, aber bevor ich irgendetwas heraussprudelte, hörte ich eine Stimme am Ende des Geschichtssaals rufen: »Da bist du ja!«

Und dann geschah, was ich befürchtet hatte: Mr Solomon drehte sich um.

Aber es ist ein Unterschied, ob man erwischt wird oder sich absichtlich finden lässt, und in diesem Moment gingen Macey, Bex und Liz durch den Saal und versteckten sich vor aller Augen.

»Wir können nicht ewig auf dich warten, um Filme anzuschauen, Cam«, sagte Bex.

Also drehte ich meiner Mutter und Mr Solomon den Rücken zu und entfernte mich. Zum Kuckuck mit dem Umschlag!

Wisst ihr, an wie viele Dinge ich dachte, als wir zu unserem Zimmer gingen? An eine Menge. Eine *Riesenmenge*. Erstens an die Sache mit dem Krebsplunder. Dann an die Sache mit dem Umschlag. Aber sobald unsere Tür geschlossen und unsere Stereoanlage an war, wandte ich mich meinen Freundinnen zu und schrie: »Ihr habt Überwachungsgeräte im Geschichtssaal angebracht, während meine Mutter im Büro war!« Daran dachte ich wohl am meisten.

»Ach, Cam«, sagte Bex und zuckte leicht mit den Achseln. »Es war doch nur ein kleines Aufklärungsgerät.«

Tief in meinem Innern hatte ich nur den einen Wunsch: meinen Lieblingspyjama anzuziehen, mich ins Bett zu legen und mir den Geschmack des Krebsgebäcks aus dem Mund zu bürsten (aber nicht unbedingt in dieser Reihenfolge). Stattdessen sagte ich bissig: »Ja und dabei seid ihr fast erwischt worden – dabei bin *ich* fast erwischt worden! Und vom Sicherheitsdienst befragt zu werden macht nicht so viel Spaß, wie es klingt, meine Lieben!« Ich lachte gezwungen. »Das könnt ihr mir glauben.«

Ich sagte es ziemlich schnippisch, aber Bex reagierte nicht darauf. Sie wurde nicht einmal böse. Stattdessen sah sie mich an, wie es nur eine beste Freundin Schrägstrich Spionin Schrägstrich Person, die im Körpersprachelesen ausgebildet worden ist, kann. Sie kletterte auf ihr Bett und schlug die langen Beine übereinander. »Du hast etwas gefunden.«

Ich hätte es abstreiten können. Aber ich befand mich in dem einen Raum des Internats, in dem ich nicht verschwinden konnte.

»Stimmt.« Ich sagte ihnen, was ich im Schreibtisch meiner Mutter entdeckt hatte. Ich zählte den Inhalt ihres Abfalls auf – sogar die Farben ihrer Lippenstifte. Und am Ende erzählte ich ihnen von dem Umschlag.

»Wir müssen ihn holen!«, schrie Bex und klang so aufgeregt wie ein Kind am Weihnachtsmorgen. »Wir können warten, bis alle ins Bett gehen, und dann in ihr Büro einbrechen.«

»Das ist keine gute Idee, Bex«, sagte ich, streifte meinen Pyjama über, nahm meine Uhr ab und fasste meine Haare mit einem alten ausgeleierten Band zusammen.

»Ach, komm schon, Cam«, bettelte Bex, während Macey und Liz zuschauten. »Wenn einer ins Büro der Schulleiterin eindringen kann, dann bist du das!«

»Nein!«, antwortete ich giftig, weil ich nicht wollte, dass Bex so richtig in Schwung kam, oder weil ich immer noch ziemlich nervös war. Es kann auch sein, dass ein Mädchen manchmal echt jemanden anschnauzen muss, der ihr – wie sie weiß – später verzeiht.

Ich ging in Richtung Badezimmer, aber Bex blieb mir auf den Fersen. »Warum nicht?«

»Weil es kein Spiel ist«, sagte ich und redete lauter, als ich wollte, brachte es aber nicht fertig meine Stimme zu senken. »Weil Spione manchmal erwischt werden! Weil Spione manchmal verletzt werden! Weil Spione –«

»Wir haben Fotos!«, schrie Liz triumphierend. Dünne Drähte verbanden meine neue Armbanduhr mit ihrem Computer. Aufnahmen huschten über den Bildschirm. Krebsplunder. Aktenordner. Und am Ende …

Dad.

Weil Spione manchmal nicht nach Hause kommen.

Die Aufnahme, die ich gemacht hatte, füllte den Bildschirm aus. Meine Jeans war wie ein blauer Rand – ein Rahmen hinter dem Schnappschuss, der auf meinem Schoß gelandet war. Liz holte die Aufnahme heran. Sie vergrößerte das Bild.

»Oooh!«, sagte Macey. »Wer ist der sexy Typ?«

»Das ist Mr Solomon, Macey«, sagte ich und machte mich wieder auf den Weg zum Bad, weil ich vor meinen Freundinnen nicht weinen wollte. Und einer der Vorteile bei der Gesichtspflege ist der, dass man eine Ausrede hat, wenn man zwinkern und wegschauen muss.

»Nicht Mr Solomon«, sagte Macey. »Der andere Typ. Ist das Blackthorne?«

»Nein, Macey«, widersprach Bex und ersparte mir die Mühe. Ich schaute in den Spiegel über dem Waschbecken und sah, dass Bex sich vom Bildschirm abwandte und meinen Blick im Glas erhaschte. »Das ist Cams Vater.«

Wir lernen eine Menge gefährliches Zeug an der Gallagher Akademie, aber es gibt einige Dinge, die so gefürchtet sind, dass man sie niemals erwähnt. Jeder weiß, dass mein Vater für die CIA tätig war. Dass er einen Einsatz hatte und nie wieder nach Hause kam. Jetzt gibt es eine leere Stelle im Familiengrab in Nebraska. Alle wissen Bescheid, aber niemand bittet darum die Geschichte erzählt zu bekommen. Und Macey tat es in dieser Nacht auch nicht.

Ich spritzte mir kaltes Wasser ins Gesicht und bearbeitete mein Gebiss mit Zahnseide. Ich klammerte mich an meine Routine, an das Normale. Ich hätte ewig im Bad bleiben und meine Zähne putzen können, wenn ich nicht Liz hätte sagen hören: »Oh. Mein. Gott.«

Im Spiegel sah ich, dass sie die Aufnahme auf dem Bildschirm mit den Augen einer Wissenschaftlerin betrachtete und jede Einzelheit in den Gesichtern der beiden jungen Männer studierte.

»Cam«, rief Liz, ohne den Blick vom Bildschirm zu wenden. »Das musst du dir anschauen!«

Ich wechselte von der Zahnreinigung zur Gesichtsbefeuchtung – alles, um mich zu beschäftigen. »Ich hab's schon gesehen«, sagte ich.

»Nein, Cam«, erwiderte Liz und zeigte auf den hellen Bildschirm in unserem schwach beleuchteten Zimmer. »Schau! Schau sein Shirt an! Mr Solomons T-Shirt!«

Aber sie musste nicht weiterreden, weil ich jetzt – vergrößert – sah, was mir im Büro meiner Mutter entgangen war. Ich las die Worte BLACKTHORNE INSTITUT FÜR JUNGEN.

»Es ist eine Schule«, sagte Macey gedehnt.

»*Eine Jungsschule!*«, schrie Liz.

Ich betrachtete die Aufnahme und sprach aus, was alle dachten. »Für Spione?«

Kapitel Sechs

Ich habe oft gehört, dass es für einen Spion nicht das Schlimmste ist, etwas zu wissen, sondern so zu *tun*, als ob er nichts von einer Sache weiß, von der er nichts wissen soll. Der Unterschied war mir aber bisher noch nicht so richtig klar gewesen. Mr Solomon anzusehen war schwer, mit meiner Mutter zu reden war unmöglich und der ganze nächste Tag fühlte sich an wie ein Traum. Wie ein sehr merkwürdiger Albtraum über eine Jungsschule für Spione.

Blackthorne war also eine Schule, in die Mr Solomon gegangen war. Eine Schule, in der sie viele Jungs zu Mr Solomons machten! Es war eindeutig der merkwürdigste Tag in meinem ganzen geheimen Leben. (Den Tag mitgerechnet, an dem Dr. Fibs' Labor vorübergehend schwerelos war.)

Ich versuchte mir einzureden, dass es nur Zufall war, dass Tina Walters seit Jahren schwört, es gebe eine Jungsschule in Maine. Schließlich behauptet Tina ja auch, dass Gillian Gallagher von der Jungfrau von Orléans abstammt. Tina behauptet viel. Und häufig liegt sie daneben.

Aber als Mrs Buckingham ans Pult trat und verkündete: »Heute werden wir den Ursprung der Geheimdienste besprechen und mit der Montevellianischen Theorie der operativen Entwicklung beginnen«, wusste ich, dass ich nicht so bald aufwachen würde.

Ich mag Professor Buckingham sehr. Sie ist cool, stark und ein fantastisches Vorbild, aber ihr Unterrichtsstil ist … eher langweilig.

»Seit der Veröffentlichung vor mehr als zweitausend Jahren ist die maßgebliche These der Kriegsführung und Täuschung …«, las sie aus ihren Notizen vor, während warmes Sonnenlicht durch die Fenster strömte und das Mittagessen schwer in meinem Magen lag. Ihre Stimme war beruhigend wie weißes Rauschen und meine Lider fühlten sich an, als würden sie eine Tonne wiegen, weil es aus offensichtlichen Gründen in der vergangenen Nacht in unserem Zimmer nicht allzu viel Schlaf gegeben hatte.

(Habe ich übrigens schon erwähnt, dass wir auf einen eindeutigen Hinweis stießen, wonach es eine Jungsschule für Spione gibt?)

Aber klärte uns Professor Buckingham über unsere seit langem verschollenen Brüder auf? Nein. Sie redete über die Versammlung der Geheimagenten im Jahr 1947, was nicht halb so interessant ist, wie es klingt, das könnt ihr mir glauben.

Dann hörte sie auf zu reden. Die plötzliche Stille riss mich aus dem Schlaf, als meine Lehrerin über die Gläser ihrer Lesebrille guckte. »Ja, Miss McHenry?«

Und dann hatte Patricia Buckingham – vielleicht zum ersten Mal in diesem Semester – unsere volle Aufmerksamkeit.

»Tut mir leid, Professor Buckingham«, sagte Macey. »Ich

wollte nur wissen, und es tut mir auch leid, wenn alle anderen das schon wissen – ich bin immer noch ein bisschen neu, wissen Sie.«

»Das ist in Ordnung, Miss McHenry«, sagte Mrs Buckingham. »Wie ist Ihre Frage?«

»Also, ich wollte nur wissen, ob es auch noch andere Schulen gibt.« Macey schwieg. Sie schien unsere Lehrerin kurz zu mustern, bevor sie hinzufügte: »*Solche wie die Gallagher Akademie.*«

Liz fiel fast vom Stuhl. Tinas Augen wurden riesig und ich bin ziemlich sicher, der ganze zweite Jahrgang hörte auf zu atmen.

»Ich meine«, fuhr Macey fort, »ist das die einzige Schule dieser Art oder gibt es –«

»Es gibt nur eine Gallagher Akademie für außergewöhnliche junge Frauen, Miss McHenry«, sagte Mrs Buckingham und warf die Schultern zurück. »Sie ist weltweit das beste Institut ihrer Art.«

Mrs Buckingham lächelte und wandte sich wieder ihren Notizen zu. Sie erwartete offenbar nicht, dass Macey weiterredete.

»Dann gibt es also *doch* noch andere Schulen?«

Mrs Buckingham seufzte und ein fast schmerzerfüllter Ausdruck glitt über ihr Gesicht, als sie ihre Worte sorgfältig wählte. »Im Kalten Krieg war die Idee des Rekrutierens und Ausbildens von Agenten im jugendlichen Alter keineswegs unüblich. Und es ist möglich, dass andere Lehranstalten zu diesem Zweck gegründet wurden.« Dann rückte sie ihre Brille gerade und sah sich im Klassenzimmer um, als ob sie feststellen wollte, wie weit wir sie gezwungen hatten vom Kurs abzuweichen. »Aus offensichtlichen Gründen ist es unmöglich zu ermitteln, ob solche Schulen noch existieren. Falls sie jemals existiert haben.«

»Dann *könnte* es aber welche geben?«, rief Tina.

»*Könnte geben* und *gibt*, Miss Walters«, sagte Mrs Buckingham mit stahlharter Stimme, »sind zwei völlig verschiedene Dinge.« Sie lächelte uns kalt an, womit sie signalisieren wollte, dass der Teil des Programms, in dem Fragen gestellt werden durften, nun offiziell beendet war.

Mrs Buckingham schaute wieder auf ihre Notizen. »Diese Theorie war bis 1953 in Mode, als eine Gruppe von Agenten im Ruhestand ...« Evas und Tinas Aufmerksamkeit driftete wieder aus dem Fenster. Aber meine Mitbewohnerinnen und ich blieben in Alarmbereitschaft.

Es hat also doch andere Schulen gegeben.

Was nicht bedeutet, dass es noch welche gibt.

Ich dachte an das Foto, auf dem Mr Solomon und mein Vater gelächelt hatten. Auf dem Bild waren weder Datum noch Ort angegeben. Es hatte fast wie eine Fälschung ausgesehen – Teil einer Legende, die die CIA in einem Labor erstellt hatte, ein Alias meines Vaters, das ich nie gekannt hatte.

Dann klopfte es an der Tür.

»Ja?«, sagte Mrs Buckingham und nahm die Brille ab, als sich die Tür langsam öffnete.

Jeder Kopf im Raum drehte sich und Mr Solomon sagte: »Unangekündigter Test.«

Ich hatte kaum geschlafen. Ich hatte fast nichts gegessen. Es war bestimmt der schlimmstmögliche Zeitpunkt für einen GehOp-Einsatz. Aber als ich meinen Wintermantel zuknöpfte und mit der ganzen Klasse die große Treppe hinuntersprang, hörte ich auf an das Bild und die Akte zu denken. Ich hörte auf zu denken. Und manchmal ist das, selbst an der Gallagher Akademie, etwas sehr Gutes.

Als wir aus der Tür stürmten, blies uns der kalte Wind in die Gesichter. Ein vertrauter Lieferwagen stand mit laufendem Motor in der Einfahrt, also rannten wir darauf zu, bis Mr Solomon rief: »Das ist nicht unsere Mitfahrgelegenheit, meine Damen!« Acht durchtrainierte Agentinnen kamen schlitternd zum Stehen.

Ich schaute nach rechts und erwartete, dass ein zweiter Lieferwagen um die Ecke bog, aber ich sah nur Achtklässler mit fliegenden Pferdeschwänzen auf dem Weg zum Schutz- und Vollstreckungs-Unterricht (S+V). Ich wandte mich nach links und da lag Schnee auf dem weiten, unbebauten Feld, das sich zwischen unserem Schloss und dem Wald erstreckte.

»Wie kommen wir denn dann …«, begann ich und schwieg. Grelles Sonnenlicht funkelte auf matschigen Haufen halb geschmolzenen Schnees. Ich blinzelte und zwinkerte, um sicher zu sein, dass meine Augen mir keinen Streich spielten – ich hätte schwören können, dass sich die Form des Erdbodens veränderte.

Ich streifte meinen Lehrer mit einem Blick und sah, dass seine Lippen sich zu einem kaum merklichen Lächeln verzogen, während sich hinter ihm in der Mitte des Feldes ein großes Loch auftat. Zwei Rotoren eines Hubschraubers tauchten langsam in der riesigen Öffnung auf und nasser Schnee wirbelte über der gefrorenen Erde, als sich die Drehflügel in Bewegung setzten. Mr Solomon zeigte über seine Schulter nach hinten und sagte: »*Das* ist unsere Mitfahrgelegenheit!«

Kapitel Sieben

Als ich fünf war, nahm Mom mich zum ersten Mal mit in die Gallagher Akademie. Ich hielt das Gebäude damals für das größte der Welt. Aber heute schaute ich aus den Fenstern des Hubschraubers und beobachtete, wie das Schloss kleiner und kleiner wurde, bis es aussah, als ob es in einer Schneekugel steckte, die jemand heftig geschüttelt hatte.

Wir flogen so niedrig über den Wald, dass ich die Bäume fast berühren konnte. Ich dachte daran, dass mir die Schule Chemie und Biologie und sogar ein richtig gutes Verständnis für Kalligrafie beigebracht hatte. Aber Hubschrauber waren ein ganz neues Gebiet. Würden wir rausspringen? Oder uns abseilen? (Hey – unsere Schuluniformen haben Röcke!)

Ich weiß nicht, ob es Turbulenzen, Nerven oder der Anblick von Augenbinden in den Händen von Mr Solomon waren, aber mein Magen machte plötzlich einen kleinen Salto.

»Ich fürchte, das ist keine Sightseeing-Tour, meine Damen«, sagte Mr Solomon, als er uns die Binden über die Augen stülpte. »Wenn ich *Sie* wäre, würde ich es mir bequem machen.« Dann fuhr er fort: »Wir sind noch eine ganze Weile hier oben.«

Wie sich herausstellte, dauerte die »Weile« genau siebenundvierzig Minuten und zweiundvierzig Sekunden, bis ich die schnelle Landung des Hubschraubers spürte. In dieser Zeit hatte Mr Solomon zweimal »Nicht schauen, Miss Walters!« gesagt, aber außer der Warnung und Bex' Schnarchen (sie kann überall schlafen!) war auf unserem mysteriösen Flug kein Ton zu hören gewesen.

Ich hatte keine Ahnung, wie schnell oder in welche Richtung wir geflogen waren. Ich wusste nur, dass wir fast achtundvierzig Minuten in der Luft waren und ich dringend auf die Toilette musste.

Wir landeten. Ich hörte, dass die Türen geöffnet wurden und mir dann jemand beim Aussteigen half. Ich trat auf einen Betonboden und stieg anschließend in ein wartendes Auto. Bald waren wir wieder unterwegs. Mit unbekanntem Ziel. Ich roch Bex' Parfüm neben mir und der vertraute Duft tröstete mich.

»Augenbinden ab!«, befahl Mr Solomon.

Ich zerrte an dem schwarzen Stoff und blinzelte. Dann versuchte ich mich an das Licht, die Situation und vor allem an den Anblick von sieben Gallagher Girls mit sehr fragwürdigen Frisuren zu gewöhnen. Der Lieferwagen war voll statischer Elektrizität. Evas lange schwarze Mähne stand ihr vom Kopf ab. Aber mich faszinierten die hypermodernen Geräte an den fensterlosen Wänden – eine Ausrüstung, die um zwei Generationen besser war als alles, was wir bisher kennengelernt hatten, stand uns zur Verfügung. Joe Salomon brauchte mir nicht zu sagen: »Heute spielen wir mit den Pros, meine Damen.« Die Sache war klar.

Mr Solomon wandte sich an Courtney: »Die Gegenspionage hat drei Funktionen, Miss Bauer. Welche?«

»Das Aufdecken und die Abwehr von Spionageverfahren?«, sagte Courtney, wobei ihre Antwort eher wie eine Frage und weniger wie das Zitat einer Stelle auf Seite neunundzwanzig des Buches *Richtlinien für Geheimagenten in Bezug auf Abwehrmaßnahmen beim Observieren* klang.

»Richtig«, sagte Mr Solomon. Er lächelte nicht. Er sagte auch nicht: *Gut gemacht.* Stattdessen betrachtete er die Bildschirme an den Wänden und die Kabel und Tastaturen, die mit ihnen verbunden waren. »Die Welt ist groß, meine Damen, was es aber nicht leichter macht sich zu verstecken. Wenn Sie auf diesem Gebiet weiterarbeiten wollen, machen Sie sich darauf gefasst, dass Sie für den Rest Ihres Lebens über Ihre Schulter schauen. Gegenspionage lernt man nicht aus einem Buch – da geht es nicht um Theorie. Es geht um das Kitzeln im Nacken, die leise Stimme im Kopf, die Ihnen sagt, dass irgendetwas nicht stimmt.«

Der Lieferwagen hielt an.

»Im letzten Semester haben einige von Ihnen bewiesen« – Mr Solomon schaute mir direkt ins Gesicht –, »dass Sie die Kunst nicht gesehen zu werden, wenn Sie es nicht wollen, ganz gut beherrschen. Heute sind Sie nicht länger die Beschatter, sondern die Beschatteten. Und, meine Damen …« Er machte eine Pause. Meine Mitschülerinnen waren so still, so ruhig, dass ich unsere klopfenden Herzen fast hören konnte. »… das ist schwieriger.«

Ich dachte an unsere erste Mission im letzten Semester und dass Mr Smith jede menschenmögliche Maßnahme der Gegenspionage ergriffen hatte, um einen Abend auf dem Marktplatz von Roseville zu genießen. Ihm nur zuzuschauen war schon anstrengend genug gewesen. Ich wusste, dass Mr Solomon Recht hatte. Alle konnten die Bösen sein, sie konnten überall sein und hatten das Glück immer auf ihrer Seite.

»Bilden Sie vier Teams mit jeweils zwei Personen – und denken Sie daran: Ich weiß nicht genau, wie viele Agenten heute draußen warten, meine Damen, aber wenn sie gut sind – und Sie sollten davon ausgehen, dass sie sehr, sehr gut sind –, müssen Sie jeden Trick, den Sie kennen, und jedes Quäntchen Glück, dass Sie auftreiben können, anwenden und einsetzen, um sie zu identifizieren und zu verlieren und vor fünf Uhr an diesem Punkt zurück zu sein.« Er zog einen Umschlag aus der Manteltasche und drückte ihn in Tinas Hände.

Mr Solomon ging langsam zur Hintertür. »Oh, und noch etwas, meine Damen: Observieren hilft Ihnen vielleicht, Ihren Job zu machen, aber Gegenspionage hält Sie am Leben. Wenn diese Operation schwierig ist« – er verstummte und sekundenlang war er nicht nur Lehrer, sondern auch der Freund meines Vaters –, »dann deshalb, weil sie schwierig sein soll.«

Die beiden Türflügel gingen auf, helles Sonnenlicht strömte herein und als wir das laute Scheppern zum zweiten Mal hörten, war Mr Solomon verschwunden.

Vielleicht waren wir zweihundert Meilen geflogen oder hatten nur gekreist und waren wieder an der Einfahrt der Schule, keine zehn Meter vom Ausgangspunkt entfernt. Alles war möglich, aber eines war sicher: Bei diesem Test ging es nicht um Noten – eigentlich ging es an der Gallagher Akademie nie wirklich um Noten.

»Mach's, Cammie!«, sagte Bex. Ich ging langsam zur Hecktür und öffnete sie einen Spaltbreit.

Ein greller Lichtstreifen drang in den düsteren Lieferwagen, als ich hinausspähte und meine Augen an das gewöhnen ließ, was ich sah. »Die Mall!«

»Cool«, sagte Bex und schob sich heran.

Ich machte die Tür weiter auf. »Nicht *die* Art von Mall!«

Kapitel Acht

Wir krabbelten eine nach der anderen aus dem Wagen, standen lange da und schauten staunend auf die Promenade zwischen dem *Washington Monument* und dem *Capitol*, dem Herzen der Hauptstadt von Amerika. Viele Leute glauben, das *Smithsonian* sei nur *ein* Museum, aber es sind tatsächlich viele verschiedene Museen, und im Moment befanden wir uns genau in der Mitte. Wir hätten uns alles ansehen können – von der amerikanischen Verfassung bis zur Lederjacke eines Serienhelden aus den Siebzigern –, aber mir war völlig klar, dass unsere Gruppe sich von den anderen total unterschied, die jedes Jahr einen Schulausflug zur *National Mall* machen.

Ein Mann im schwarzen Outfit dehnte seine Oberschenkelmuskeln an einer Bank, bevor er losjoggte. Eine lange Schlange von Frauen, die alle die gleichen Sweatshirts trugen, auf denen »Louisville Ladies do D.C.« stand, drückte sich vor einer U-Bahn-Station herum. Und ich dachte unwillkürlich: *Mann, ist Mr Solomon gut!*

Schließlich hatte er uns seit Wochen eingetrichtert, dass bei der Observierung der Heimvorteil eine große Rolle spielt und dass man am ehesten einen Fremden erkennt, wenn der Zugang zu einem Einsatzort für die Öffentlichkeit beschränkt ist. Aber Joe Solomon hatte uns an einen Ort gebracht, an dem Touristen aus aller Welt zusammentrafen, wo alle, vom Bettler bis zum Politiker, zu Hause sind (Macey schwört übrigens, dass beide sich kaum unterscheiden). Und dann sprach Kim genau das aus, was ich dachte.

»Wir werden beobachtet …«

»Von Mr Solomons Freunden«, sagte Mick Morrison und ließ die Fingerknöchel knacken.

»Und das könnte …«, begann Anna und schluckte, als ihr die Stimme versagte.

»*Jeder* sein«, beendete Bex den Satz, wobei ihre Stimme genauso begeistert klang wie die von Anna entsetzt.

Neben mir öffnete Tina den Umschlag, den Mr Solomon ihr gegeben hatte.

»Was ist?«, fragte Bex. »Was steht drin?«

Tina hielt eine gefaltete Broschüre des Nationalmuseums für amerikanische Geschichte hoch und zeigte auf das Bild winziger roter Schuhe. Darüber stand eine gekritzelte Botschaft:

Nirgends ist es so schön wie zu Hause.
17.00 Uhr

Das kleine Mädchen in mir hatte den Film *Der Zauberer von Oz* bestimmt schon eine Milliarde Mal gesehen, also war mir klar, dass Dorothys rubinrote Schuhe sich auf der anderen Seite des Rasens zusammen mit dem Rest unserer nationalen Kulturgüter befinden mussten.

Aber die Spionin in mir wusste, dass es viel, viel schwieriger wäre, um fünf dort ohne Beschatter einzutreffen, als einfach die Hacken zusammenzuschlagen und sich nach Hause zu wünschen.

»Und … *kehrt!*«, sagte Bex eine Stunde später.

Wir blieben vor dem Museum stehen, drehten uns auf dem Absatz um und gingen in die Gegenrichtung. Der Typ mit der roten Baseballkappe, der uns gefolgt war, seit wir an der Nationalgalerie für Kunst vorbeigekommen waren, ging weiter, als ob es ihm egal wäre, dass die beiden Mädchen vor ihm gerade eine Kehrtwende gemacht hatten. Vielleicht war es ihm ja auch egal. Andererseits hatte sich möglicherweise ein Mitglied seines Teams ebenfalls gedreht und ihn abgelöst. Woher sollten wir das wissen? Also setzten wir unseren Weg fort.

»Kann sein, dass uns niemand beobachtet«, sagte Bex. Ein frommer Wunsch. »Vielleicht ist gar keiner hinter uns her.«

»Oder wir werden von zwanzig Superstars der CIA beschattet und sind einfach nicht gut genug, um sie zu sehen.«

»Ja«, sagte Bex. »Möglich ist alles.«

Ich bin wahnsinnig gern eine sogenannte Straßenkünstlerin. Echt. Das ist wahrscheinlich ähnlich wie bei Typen, die es hassen unheimlich groß zu sein, und plötzlich Basketball für sich entdecken. Oder wenn sich Mädchen mit extrem langen Fingern ans Klavier setzen. Mich anpassen, unsichtbar bleiben, ein Schatten in der Sonne sein – das kann ich gut. Aber die Schatten zu *sehen* gehört, wie sich herausstellte, nicht zu meinen Talenten.

»Unfassbar, dass mir niemand aufgefallen ist!«, schimpfte ich frustriert.

»Sieh es positiv, Cam!« Bex breitete die Arme aus wie ein Mädchen, das die Schule schwänzt oder sich absichtlich von ihren Mitschülerinnen entfernt hat. Für die Menschen in unserer Nähe sah sie bestimmt wunderschön und exotisch aus, aber nicht wie eine bestens ausgebildete Agentin, die sich das Gesicht jeder Person im Umkreis von hundert Metern einprägen kann.

»Wir könnten jetzt genauso gut in der Schule hocken und alte Sprachen lernen«, sagte sie, ein sehr gutes Argument. »Wir könnten im Keller bei Dr. Fibs hocken.« Ein *hervorragendes* Argument. (Die Sache mit der Röntgenbrille hatte unseren Chemieprofessor noch unfallgefährdeter gemacht, weil ihm neuerdings die Tiefenwahrnehmung fehlte.) »Und hier ist die Aussicht doch wesentlich besser.«

Ich wünschte, ich könnte sagen, dass sie vom *Washington Monument*, vom *Capitol* oder irgendeiner anderen Sehenswürdigkeit sprach, die Touristen in die Hauptstadt locken. Aber ich kenne Bex gut genug, um zu wissen, dass sie die beiden Typen meinte, die keine zehn Meter von uns entfernt auf einer Parkbank saßen und zu uns rüberstarrten.

»Oooh«, sagte Bex und warf einen Arm um meine Schultern. *»Ich will einen davon.«*

»Das sind keine Hündchen.«

»Ach, komm.« Sie packte mich an der Hand. »Komm, reden wir mit ihnen! Die sind doch süß.«

Und ... okay ... ich gebe es zu – sie *waren* süß. Aber es war nicht der richtige Augenblick sie zu ermutigen. »Bex, wir haben einen Auftrag!«

»Ja, aber wir schaffen doch mehrere Sachen gleichzeitig.«

»Nein, Bex. Während einer GehOp-Übung mit Zivilisten zu

quatschen ist keine gute Idee. Glaub's mir!« Ich zwang mich zu einem Lächeln und trällerte: »*Es ist alles so lustig, bis man jemandem das Gedächtnis löscht.*«

»Wow«, sagte Bex. Sie schaute blinzelnd in die Sonne. »Du bist ja echt ...«

»Was?« In diesem Augenblick wusste ich, dass mindestens neunzehn Überwachungskameras auf uns gerichtet waren. Ich wusste, dass der Japaner hinter uns seine Frau fragte, ob sie immer noch ein T-Shirt aus dem Hard Rock Cafe haben wollte. Ich wusste viele Dinge, aber ich hatte nicht die leiseste Ahnung, was meine beste Freundin mir klarzumachen versuchte.

»Ich bin echt was?«, fragte ich noch einmal.

Bex schaute weg, dann wieder zu mir her und obwohl sie einer der mutigsten Menschen ist, die ich kenne, schien es ihr Angst zu machen zu sagen: »Noch nicht über Josh hinweg.«

Josh. Wir waren seit über einer Woche wieder in der Schule, aber bis jetzt hatte noch keine seinen Namen erwähnt. Und ihn jetzt zu hören berührte mich, ehrlich gesagt, seltsam.

»Natürlich bin ich über ihn hinweg.« Ich zuckte mit den Achseln und setzte mich wieder in Bewegung, wobei ich die Menschenmenge prüfend betrachtete. »*Ich* hab mich von *ihm* getrennt. Schon vergessen? Es war keine große Sache.«

Bex hielt neben mir Schritt. Ihre Stimme klang fast schüchtern, als sie sagte: »Du musst dir nichts vormachen, Cam.«

Aber das ist es doch, was wir Spione tun – wir machen uns ständig was vor. Wir haben falsche Identitäten und Decknamen und geben uns die größte Mühe nicht *wir* zu sein. Also sagte ich: »Natürlich bin ich über ihn hinweg!« Ich ging weiter und klammerte mich bis zum Ende an meine Tarnung.

Bex hätte sich wahrscheinlich mit mir gestritten. Sie hätte

mir bestimmt erklärt, dass Josh mein erster Freund war, der mir meinen ersten Kuss gegeben hatte. Dass er mich gesehen hatte, als ich für den Rest der Welt unsichtbar war, und dass kein Mädchen – und erst recht keine Spionin – so etwas schnell vergisst. Wie ich Bex kannte, hätte sie mich sicher auf vieles aufmerksam gemacht – aber in diesem Moment … zehn Meter vor uns … saß eine Frau im beigen Kostüm auf einer Bank und telefonierte. Absolut nichts Ungewöhnliches. Weder ihre Haare noch ihr Gesicht waren ungewöhnlich. Nichts außer der Tatsache, dass sie vor fünfzig Minuten noch einen Jogginganzug getragen und einen Baby-Buggy geschoben hatte.

»Bex«, sagte ich so ruhig wie möglich.

»Ich sehe sie«, erwiderte Bex.

Was man unbedingt wissen muss, um einen Verfolger zu entdecken und abzuhängen: Um es richtig zu machen – und ich meine *wirklich* richtig –, muss man durch die halbe Stadt rennen. Man muss in Taxis und U-Bahnen springen und wieder aussteigen und auf mindestens einem Dutzend belebter Gehwege gegen den Strom laufen. Es würde den ganzen Tag dauern.

Aber Mr Solomon ließ uns keinen ganzen Tag Zeit – darum ging es ja. Also verbrachten Bex und ich die nächste Stunde damit ein Museum zu betreten und es durch eine andere Tür zu verlassen, Rolltreppen hoch- und zwei Minuten später mit dem Aufzug hinunterzufahren. Wir blieben plötzlich stehen, schauten in Spiegel und banden unsere Schnürsenkel fest, obwohl es gar nicht nötig war. Wir bewegten uns so schnell, dass man uns nur noch als verschwommene Kleckse wahrnehmen konnte, sicherten Ecken, ließen Abfall fallen – alles, was uns einfiel. (Einmal hatte mich Bex fast überredet im Luft- und Raumfahrtmuseum aus einem Toilettenfenster zu klettern, aber ein Wachmann ging gerade vorbei, worauf wir beschlossen das Schicksal nicht herauszufordern.)

Die Sekunden tickten und die Sonne stand tiefer und bald erstreckte sich der Schatten des *Washington Monument* fast über die ganze Mall. Unsere Zeit wurde knapp.

»Tina«, flüsterte ich in mein Mikrofon, »wie geht es dir und Anna?« Aber die Antwort war tiefes Schweigen. »Mick?«, fragte ich. »Bist du da?«

Bex und ich tauschten besorgte Blicke, weil es Gründe gibt, wenn bei Agenten Funkstille herrscht, und meist keine guten.

Wir überquerten die Mall, gingen in nördlicher Richtung weiter und hofften, dass alle, die uns nicht absichtlich folgten, auf ihrem Weg blieben.

»Siebenundvierzig Minuten«, verkündete ich, als ob Bex nicht selber Bescheid gewusst hätte.

Sie drehte sich um und sah einen Mann, der uns viel zu schnell folgte, und ich wusste nicht, sollte ich es als Beleidigung oder Kompliment verstehen, dass es Profis der CIA egal war, ob sie auffielen oder nicht. Sie wollten sich an unsere Fersen heften, weiter nichts.

Als mehrere Mädchen vor uns den Gehweg in Beschlag nahmen und gleich darauf die lange, steile Rolltreppe zur U-Bahn hinunterfuhren, sah ich Bex an. »Los!«, sagte sie und wir mischten uns unter die Gruppe. Die Mädchen trugen fast die gleichen weißen Blusen wie wir. Auf ihren Namensschildern stand *Oberstes Gericht*. Von der Taille aufwärts glichen sie uns fast aufs Haar. Als wir in die höhlenartige, hallende Station hinabtauchten, zogen Bex und ich schnell unsere Mäntel aus.

»Ich mag dein Armband!«, sagte ich zu der Dunkelhaarigen neben mir, weil bei den meisten Mädchen inzwischen die Alarmglocken schrillen, wenn ihnen Fremde Bonbons anbieten, wohingegen die Strategie, bei der Fremde ihnen Komplimente machen, aber immer noch erstaunlich gut funktioniert.

»Danke!«, sagte das Mädchen, das laut Namensschild Whitney aus Dallas war. »Hey, gehört ihr auch zu unserer Gruppe?«

»Ja«, behauptete Bex. Dann schaute sie auf ihre Brust. »Oh, ich hab mein Schild im Büro des Senators liegengelassen – wir haben sie nämlich abgenommen, als wir fotografiert wurden.«

»Echt?«, fragte ein anderes Mädchen. »Cool! Wer ist euer Senator?«

Und dann nannten Bex und ich den ersten Namen, der uns einfiel: »McHenry.«

Wir sahen uns an und lachten heimlich, während die Rolltreppe uns tiefer und tiefer unter die Stadt beförderte.

Eines der Mädchen – Kaitlin mit K – flüsterte einem anderen Mädchen, einer Caitlin mit C, zu: »Sind sie immer noch hinter uns?«

C schaute hinter sich in die Höhe und grinste. »Sie folgen uns *wirklich!*«

Bex und ich sandten in diesem Moment wahrscheinlich panikartige Wellen aus, weil K sich zu uns rüberneigte, um zu erklären: »Die beiden scharfen Typen haben uns total abgecheckt.«

»Oh«, sagte Bex, als wir das als Vorwand benutzten, um uns umzudrehen. Tatsächlich, der Typ mit der roten Baseballkappe war hinter uns (inzwischen war er wie ein Marineleutnant gekleidet). Und drei Meter vor ihm standen die Jungs von der Bank.

Die C(K)aitlins fingen an zu lachen. Es war zum Schreien. Es machte Spaß. Süße Jungs waren hinter ihnen her und vielleicht dachten sie, sie würden heimlich beobachtet und wären cool, aber das Wichtigste war, dass sie zu Hause eine Geschichte zu erzählen hätten, und zwar keine Geheimsache.

Als wir ganz unten ankamen, erwartete uns eine Bahn. »Los, lasst uns den Zug noch erwischen!«, schrie Bex.

Alles rannte auf die Wagen zu. Die Mädchen stiegen schnell ein und die Türen schlossen sich. Der Typ mit der roten Baseballkappe Schrägstrich Marineoffizier sprang vor und schaffte es gerade noch in den zweitletzten Wagen. Dann fuhr die Bahn los – weg von Bex und mir. Wir standen unter der Rolltreppe und warteten, bis unsere neuen Freundinnen und unser alter Verfolger verschwanden.

Bex und ich beobachteten, wie sich der Mann im Wagen an die Scheibe drückte, während die U-Bahn in den Tunnel raste.

Wir waren frei.

Wir waren allein.

Dachten wir jedenfalls.

Kapitel Neun

Der schlimmste Feind eines Spions ist übermäßiges Vertrauen. Deshalb beschlossen Bex und ich, als wir aus der U-Bahn kamen, uns vorsichtshalber zu trennen. Wir hatten noch genau zwanzig Minuten Zeit, um das Museum für amerikanische Geschichte zu erreichen und unser Rendezvous mit Mr Solomon zu schaffen. Noch zwanzig Minuten, um uns zu vergewissern, dass wir *wirklich* frei waren.

Ich zog mich wieder in den Schatten des Bahnhofs zurück und schaute Bex hinterher, die auf der Rolltreppe nach oben schwirrte. Ich wartete lange genug, um sicher sein zu können, dass ihr niemand folgte. Dann ging ich zum Fahrstuhl, aber als ich auf den Knopf drücken wollte, kam mir eine andere Hand zuvor.

»Hey«, sagte einer der Typen von der Parkbank. Er nickte leicht mit dem Kopf, so, wie es alle Jungs taten – zumindest diejenigen, die ich kannte. Also eigentlich nur Josh.

»Hi«, sagte ich und drückte selbst noch auf den Knopf in der Hoffnung, dass der Fahrstuhl schneller käme. Beim letzten

Mal, als ein Typ zufällig vorbeigekommen war und »Hi« zu mir gesagt hatte, war die Sache schlimm ausgegangen. Mr Solomon war von einem Gabelstapler fast über den Haufen gefahren worden – *so* schlimm! Und es versteht sich von selbst, dass sich solche Sachen im Lebenslauf eines Mädchens nicht unbedingt gut machten.

Als die Tür zur Seite glitt, hoffte ich, dass der Typ den Fahrstuhl nicht betreten würde, aber er kam natürlich mit rein. Und weil die U-Bahn-Station sich unheimlich tief unter der Erde befand, dauerte die Fahrt unheimlich lang. Der Junge lehnte sich an die Haltestange. Er war ein bisschen kleiner und schultermäßig etwas breiter, aber als verschwommene Spiegelung auf der Fahrstuhltür glich er Josh.

»Aha«, sagte der Typ und zeigte auf das Wappen an meinem Mantel, »die Guggenheim Akademie.«

»Gallagher Akademie«, verbesserte ich.

»Nie davon gehört.«

Was der Sinn der Sache war, aber ich verkniff mir die Bemerkung. »Das ist meine Schule.«

Der Fahrstuhl schien sich immer langsamer zu bewegen, während die Uhr in meinem Kopf lauter und lauter tickte und ich mir vorstellte, dass Mr Solomon uns möglicherweise zu Fuß nach Roseville gehen ließ, wenn keiner von uns das Ziel unserer Mission erreichte.

»Hast du's eilig oder was?«, fragte der Typ.

»Eigentlich soll ich meinen Lehrer in der Schuhausstellung treffen. Ich hab nur noch zwanzig Minuten Zeit und wenn ich zu spät komme, bringt er mich um.« (Keine Lüge, aber vielleicht eine Übertreibung – hoffte ich jedenfalls.)

»Woher weißt du das?«

»Weil er gesagt hat: ›Trefft mich in der Ausstellung mit den roten Schuhen.‹«

»Nein.« Der Junge lächelte und schüttelte den Kopf. »Woher weißt du, dass du nur noch zwanzig Minuten Zeit hast? Du trägst doch keine Uhr.«

»Meine Freundin hat es mir gesagt.« Die Lüge kam mir glatt und leicht von den Lippen und ich war ein bisschen stolz darauf und froh, dass ich nicht darüber nachdenken musste, warum dieser Junge in fünfundvierzig Sekunden etwas bemerkt hatte, was Josh in vier Monaten nicht aufgefallen war.

»Du zappelst viel herum«, sagte er.

Noch etwas, das Josh nicht bemerkt hatte.

»Tut mir leid«, sagte ich, obwohl es nicht stimmte. »Ich bin unterzuckert.« Lüge Nummer drei. »Ich muss was essen.« Was nicht gelogen war, weil ich Hunger hatte.

Und dann haute mich der Unbekannte glatt vom Hocker, als er mir eine Tüte M&Ms reichte. »Hier – ich hab die meisten aber schon verputzt.«

»Oh … ähm …« Was hatte ich mal über Fremde und Süßigkeiten gelabert? »Nein. Danke trotzdem.«

Er steckte die Dinger wieder in seine Tasche. »Oh«, sagte er. »Okay.«

Endlich kamen wir oben an und die Tür öffnete sich auf der Höhe der Mall, wo seit zehn Minuten der Abend dämmerte.

»Danke noch mal für die M&Ms.« Ich sprang raus und wusste, dass ich nicht auf direktem Wege zum Museum laufen durfte. Noch nicht. Ich musste …

Warten.

Ich wurde verfolgt!

Aber nicht heimlich.

»Wo gehst du hin?«, fragte ich und drehte mich zu dem Typen hinter mir um.

»Ich dachte, wir treffen deinen Lehrer im zauberhaften Oz.«

»*Wir?*«

»Ja, klar. Ich komme mit.«

»Nein, das tust du nicht!«, sagte ich streng – erstens wegen des bereits erwähnten Vorfalls mit dem Gabelstapler und weil ich zweitens ziemlich sicher bin, dass das Mitbringen eines Jungen zu einem heimlichen Rendezvous nicht im Handbuch der CIA steht.

»Schau«, sagte der Typ in vertraulichem Ton. »Es ist dunkel. Du bist allein. *Und* wir sind in Washington.« Mann! Er klang genau wie Grandma Morgan. »Außerdem bleiben dir nur noch« – er überlegte – »fünfzehn Minuten, um deinen Lehrer zu treffen.«

Er lag mit neunzig Sekunden daneben, aber ich verbesserte ihn nicht. Ich wusste nur, dass ich ihn nicht abhängen konnte – nicht, ohne die Sache noch viel dramatischer zu machen. Also beschleunigte ich meine Schritte und sagte: »Gut.«

Während wir gegen den kalten Wind ankämpften, redete ich mir ein, dass alles in Ordnung war, alles bestens. Niemand, der ein Gallagher Girl suchte, erwartete, dass sie einen Jungen bei sich hatte. Er war meine Tarnung. Er war nützlich.

»Du kannst schnell gehen«, lobte er, aber ich reagierte nicht darauf. »Hast du auch einen Namen?«, wollte er wissen, als wäre das die unschuldigste Frage der Welt. Als würden gebrochene Herzen und aufgeflogene Tarnungen nicht *immer* so anfangen.

»Natürlich. Mehrere.«

Das war bestimmt das Ehrlichste, was ich bisher zu ihm

gesagt hatte, aber der Typ lächelte mich an, als ob ich witzig, sexy und niedlich wäre. Eins ist sicher: Ich war nichts davon und erst recht nicht, nachdem ich weder geschlafen noch gegessen hatte, eine Stunde lang eine Augenbinde getragen hatte und dann den ganzen Tag auf der eiskalten Mall rauf- und runterspaziert war!

Mir lief die Nase. Mir taten die Füße weh. Ich wollte nur eins: Zu Dorothys Schuhen gelangen, meine Hacken zusammenschlagen und nach Hause fliegen. Stattdessen musste ich einen Jungen neben mir dulden, der annahm, dass ich einen Beschützer brauchte. Ein Typ, mit dem ich niemals *ich selbst* sein konnte. Ein Typ, der mich anstarrte, als wüsste er ein Geheimnis, das mit mir zu tun hatte.

»Hast du einen Freund?«, fragte er.

Jetzt war klar, dass er mit mir flirtete. Zumindest *dachte* ich, dass er mit mir flirtete, aber ohne Maceys Bestätigung, die mit Jungs Erfahrung hatte (und ohne eine Probe in den Stimmenanalysator einzugeben, den Liz zu genau diesem Zweck entwickelt hatte), konnte ich nicht hundertprozentig sicher sein. Im letzten Semester hatte ich geglaubt, ich wüsste jetzt, wie man Sachen, die Jungs tun, interpretiert, dabei hatte ich nur gelernt, dass Gallagher Girls mit normalen Typen nicht flirten sollten. Und zwar nicht, weil wir sie nicht mögen, sondern weil wir sie vielleicht *zu sehr* mögen. Was wirklich das Allerschlimmste wäre.

»Danke für deine Ritterlichkeit und alles, aber es ist wirklich nicht nötig«, murmelte ich, was bestimmt die Untertreibung des Jahrhunderts war, weil ich ihn spielend mit dem Rucksack hätte erschlagen können. »Da ist es ja schon!« Ich zeigte auf das Museum für amerikanische Geschichte, das in zwanzig

Metern Entfernung funkelte. »Und dort drüben ist ein Polizist.«

»Was?«, sagte der Typ und schaute auf den Gesetzeshüter, der an der Straßenecke stand. »Glaubst du, der kann dich besser beschützen als ich?«

Ich war sicher, dass *Liz* mich besser beschützen konnte als er, sagte aber: »Nein, ich glaube, dass ich schreien kann und der Polizist dich festnimmt, wenn du mich nicht in Ruhe lässt.«

Der Typ schien zu begreifen, dass es ein Witz war. Er trat zur Seite und lächelte. Und ich lächelte auch.

»Hey«, rief ich noch, weil ich plötzlich ein schlechtes Gewissen hatte, auch wenn er mich im Augenblick nervte. Schließlich war er doch als Ritter ohne Furcht und Tadel aufgetreten. Es war nicht seine Schuld, dass ich nicht zu den Mädchen gehöre, die gerettet werden müssen. »Danke trotzdem!«

Er nickte. Wäre es ein anderer Tag und ich ein anderes Mädchen gewesen, hätten hundert andere Dinge passieren können. Aber ich hatte das Semester mit dem Versprechen begonnen ich selbst zu sein und das wahre Ich war immer noch ein Mädchen mit einem Auftrag.

Ich rannte zur Tür und schob mich durch. Dann sauste ich in einen schmalen Gang hinter dem Tisch der Information. Ich beobachtete den Eingang und wartete neunzig Sekunden, um sicher zu sein, dass mir niemand folgte.

»Bex.« Ich versuchte sie über mein Kommunikationsgerät zu erreichen. »Courtney … Mick … Kim …«

Unmöglich, dass *alle* erwischt worden waren! Wahrscheinlich saßen sie unten in der Eisdiele oder warteten im Van auf mich.

Ich nahm eine Besucherbroschüre vom Stapel auf dem Tisch, schlich mich zu einer schmalen Treppe, um drei Stockwerke hoch zu den roten Schuhen zu klettern. Es war mir ziemlich egal, dass ich die übrigen Ausstellungsstücke nicht zu sehen bekam. (Schließlich wurde in der Modellküche der Starköchin Julia Child nicht einmal gezeigt, wie sie früher mit ihren Rezepten verschlüsselte Botschaften schickte.)

Ich konnte die tickende Uhr spüren, Mr Solomons Gesicht fast sehen und ihn »Gut gemacht!« sagen hören. Ich war *so* nah! Ich schaute noch einmal prüfend auf die Karte und nahm zwei Stufen auf einmal, bis ich am anderen Ende des Flurs auftauchte, in dem Dorothys rote Schuhe standen.

Keine Spur von Mr Solomon oder meinen Mitschülerinnen, keine andere Seele im großen ovalen Raum. Ich spürte, wie die Uhr in meinem Kopf fünfmal schlug. Ich trat an eine Vitrine, die fast genauso aussah wie die, die in der Mitte unseres Geschichtssaals stand. Aber statt des Schwerts, das Gillian Gallagher benutzt hatte, um den Mann zu töten, der (als Erster) Präsident Lincoln ermorden wollte, befand sich in diesem Schrank ein ganz anderer Schatz.

Die rubinroten Schuhe waren so klein und zierlich, dass ein Teil von mir nur staunen wollte, wie cool es war, so nah vor einem solchen Wunderwerk zu stehen. Aber der Rest von mir wollte wissen, weshalb bei sieben Gallagher Girls Funkstille herrschte und mein Lehrer nirgends zu sehen war. Dann hörte ich Mr Solomons Stimme hinter mir.

»Sie sind vier Sekunden zu spät!«

Die Schuhe funkelten, als ich mich blitzschnell drehte. »Aber ich bin allein.«

»Nein, Miss Morgan, Sie sind nicht allein.«

Und dann trat der Junge im Fahrstuhl – der Junge auf der Bank – aus dem Schatten.

Und sah mich an.

Und lächelte.

Und sagte: »Hi, Gallagher Girl.«

Kapitel Zehn

Manche Veränderungen geschehen langsam. Wie zum Beispiel die Evolution. Oder wenn man sich die Haare wachsen lassen will. Es gibt aber auch Veränderungen, die in einer Sekunde passieren – mit einem klingelnden Telefon, einem Blick im richtigen Moment. Plötzlich wusste ich mit Sicherheit, dass die Gallagher Akademie nicht die Einzige ihrer Art war. Ich wusste jetzt, dass es so eine Schule auch für Jungs gab. Und vor allem wusste ich, dass einer von ihnen mich gerade hereingelegt hatte.

Das kann nicht wahr sein!, dröhnte es in meinem Kopf. *Das kann nicht –*

»Gute Arbeit, Zach«, sagte Mr Solomon. »Zach« zwinkerte mir zu und ich dachte: Es ist *doch* wahr!

Ich hatte schlampig gearbeitet. Ich hatte mich ablenken lassen. Und das Allerschlimmste war, ich hatte wieder einmal zugelassen, dass ein Junge zwischen mir und den Zielen meiner Mission stand.

Das Ganze wäre wahrscheinlich zu schrecklich und zu peinlich gewesen, wenn ich nicht allen Mut zusammengerafft und gesagt hätte: »Hallo, Blackthorne Boy.« Da ich ja gar nicht wissen sollte, dass es ein Blackthorne Institut für Jungen gab, gewann ich für den Bruchteil einer Sekunde die Oberhand.

Mr Solomon blinzelte. Zachs Mund stand offen und ich lächelte, als mein Lehrer sagte: »Sehr gut, Miss Morgan.« Dann sah er den Jungen an, der mich mit meinen eigenen Waffen geschlagen hatte, und mein Gesicht wurde so rot wie Dorothys Schuhe. »Aber nicht gut genug.«

Der Tag spielte sich wie ein Film vor meinen Augen ab: Zach und sein Freund beobachteten Bex, die sich im Wind drehte. Die Jungs standen auf der Rolltreppe, als es tief hinunter zur U-Bahn ging. Sie waren da gewesen – wir hatten sie gesehen! Aber wir hatten sie nur für irgendwelche Typen gehalten. Was ja auch stimmte. So, wie wir Mädchen sind.

»Dein Auftrag war … was?«, fragte ich und staunte, wie gelassen meine Stimme klang und wie gleichmäßig mein Herz schlug. »Uns davon abzuhalten unseren Auftrag zu erfüllen?«

Zach legte den Kopf schief und zog die Augenbrauen hoch. »So ähnlich.« Dann grinste er und verbiss sich das Lachen. »Ich wollte dich nur aufhalten, damit du zu spät kommst. Ich hätte nicht gedacht, dass du mir sagst, wo ihr euch treffen wolltet, und dass du mich hinführst.«

Mir wurde übel und ich dachte, ich müsste mich vor acht Überwachungskameras, meinem Lieblingslehrer und Zach übergeben.

Ich hatte ihn für ritterlich gehalten (was er nicht war). Ich hatte ihn für süß gehalten (aber groß, dunkelhaarig und gut aussehend wird doch ziemlich überbewertet). Und das Allerschlimmste: Ich hatte mir eingebildet, er flirte mit mir.

Eine Gruppe Touristen kam angeschlendert und drückte sich vor der Vitrine mit den Schuhen herum. Ich wurde von den Menschen angerempelt und dann vom Blitz einer Kamera geblendet. Mr Solomon legte den Arm um meine Schultern und führte mich zur Tür.

Ich schaute mich nach den Schuhen um.

Aber Zach war schon weg.

War der Rückflug im Hubschrauber komisch? Also:

Um für mögliche Verfolger unauffällig zu sein, hatten Mick und Eva ihre Schuluniformen gegen Overalls von Nationalpark-Wächtern getauscht.

Kim Lee war in der Nationalgalerie die Treppe hinuntergefallen und musste ihren mit Eis bepackten Knöchel auf Tinas Schoß legen.

Courtney Bauer war nach einem sehr unglücklichen Vorfall am Becken vor dem *Lincoln Memorial* immer noch nass.

Und Anna Fetterman starrte mit offenem Mund ununterbrochen ins Dunkel, weil ausgerechnet *sie* die Einzige war, die das Ziel unseres Einsatzes an der Mall erreicht hatte (ja, ihr habt richtig gelesen – *Anna Fetterman!*), eine Tatsache, die sie selbst am meisten schockierte.

Selbst Bex hatte auf dem Weg aus der U-Bahn-Station einen Verfolger aufgelesen und war nicht pünktlich im Museum angekommen.

Deshalb schwieg die ganze GehOp-Klasse des zweiten Jahrgangs der Gallagher Akademie für außergewöhnliche junge Frauen und beobachtete, wie das *Washington Monument* in der finsteren Nacht verschwand, während sich der Hubschrauber in die Lüfte erhob und uns nach Hause trug.

Ich dachte, es würde Fragen geben. Und Theorien. Aber selbst Tina Walters – das Mädchen, das sich einmal in einen Satelliten der Nationalen Sicherheitsbehörde gehackt hatte, um nach der angeblichen Schule für Typen zu suchen – hatte nichts zu sagen.

Schließlich ist es *eine* Sache herauszufinden, dass es eine streng geheime Schule für männliche Spione gibt, aber eine ganz andere, dass diese Typen anscheinend besser waren als wir.

Die Landschaft schimmerte unter uns und unser Schloss kam endlich in Sicht. Lichter funkelten in den Fenstern und wurden vom Schnee reflektiert.

Ich spürte, dass der Hubschrauber landete, und sah, dass Schnee um uns herumwirbelte. Mr Solomon griff nach der Tür des Hubschraubers und verharrte.

»Heute habe ich Sie gebeten etwas zu tun, was höchstens fünfzig Leuten auf der Welt gelingt«, sagte er und ich dachte: *Jetzt kommt eine aufmunternde Rede, eine Einsatzbesprechung. Oder zumindest eine Erklärung, wer die Knaben waren und warum wir sie getroffen hatten.* Stattdessen sagte Mr Solomon: »Am Ende dieses Semesters muss es achtundfünfzig gelingen!«

»Du hast wirklich welche gesehen?«, fragte Liz eine Stunde später. Die Stereoanlage dröhnte und die Dusche rauschte, aber Liz flüsterte trotzdem. »Es gibt sie … *wirklich?*«

»Liz«, wisperte ich zurück. »Es sind keine Einhörner.«

»Nein«, sagte Bex nüchtern, »es sind Typen. Und sie sind … gut.«

Die Feuchtigkeit machte meine Haare schwer und der Dampf vernebelte den Spiegel im Bad, aber wir vier hielten die

Tür geschlossen, weil (erstens) Dampf hervorragend für die Gesichtsporen ist und sich (zweitens) so tolle Nachrichten in unserer Schule, wo das Belauschen sowohl eine Kunst als auch eine Wissenschaft ist, wie ein Lauffeuer verbreiten würden. Es versteht sich also von selbst, dass meine Mitbewohnerinnen und ich nichts riskierten.

»Vielleicht ist es nicht so, wie du denkst«, meinte Liz. »Vielleicht waren sie gar nicht von der Blackthorne-Schule. Vielleicht sahen sie bloß jung aus. Vielleicht –«

»Doch«, sagte Bex, »sie waren von der Schule.«

Als ich mich auf den Wannenrand sinken ließ und die Hände vors Gesicht schlug, wusste ich, dass nichts so weh tat wie mein verletzter Stolz.

»Ich kann nicht glauben, dass ich mit ihm gesprochen habe«, gab ich schließlich zu. »Ich kann nicht glauben, dass ich ihm *wirklich* gesagt habe, wo ich hingehe!«

»So schlimm kann es doch nicht gewesen sein, Cam«, tröstete Liz und setzte sich neben mich.

»Doch, es war schlimmer! Er hat … und ich habe … und dann …« Ich gab auf, denn in meinen vierzehn Sprachen gab es nicht ein einziges Wort, das die Wut Schrägstrich Demütigung beschreiben konnte, die durch meine Venen rauschte.

»Also«, sagte Macey, hüpfte auf die Kommode und schlug die langen Beine übereinander. »Wie sexy war denn der Typ?«

Mannomann!

»Macey!«, stöhnte ich. »Ist das wichtig?«

Bex nickte. »Er war ziemlich sexy.«

»Hört mal!«, flehte ich meine Freundinnen an. »Ob er sexy war oder nicht, spielt doch echt keine Rolle.«

»Aber *wie* sexy war er?«, fragte Liz, schlug ihr Notizbuch

auf und griff nach einem Kugelschreiber. »War er sexy wie ein Schönling, wie Leonardo DiCaprio am Anfang, oder männlich gut aussehend sexy wie George Clooney später?«

Ich wollte sie gerade daran erinnern, dass weder die eine noch die andere Art von sexy rechtfertigen würde, dass ich den Ort eines heimlichen Rendezvous verraten hatte, als Bex für mich antwortete. »Männlich. Definitiv männlich.« Macey nickte zustimmend.

Weiter unten im Flur drang der Rest unserer Klasse in das Überwachungssystem des *Smithsonian* ein und ließ die Bilder sämtlicher männlicher Wesen zwischen dem zwölften und zweiundzwanzigsten Lebensjahr, die an diesem Tag auf der Mall gewesen waren, durch das Gesichtserkennungs-Programm des FBI laufen. Mindestens ein Dutzend Mädchen war in der Bibliothek und durchforstete die Bücher, die wir vor wenigen Tagen liegengelassen hatten.

Doch niemand hatte den Namen Blackthorne genannt. Niemand hatte den Ostflügel erwähnt.

Liz schlug ihr Notizbuch zu. »Jetzt wissen wir wenigstens, wovon deine Mutter und Mr Solomon gesprochen haben. Und es ist vorbei.« Sie lächelte. »Du brauchst ihn nie wieder zu sehen.«

Dann schien ihr klar zu werden, wie naiv das gerade geklungen hatte, und sie sagte: »Oder?«

Um vier Uhr früh begann ich mich ernsthaft über Joe Solomon und sein »Gedächtnistraining« zu ärgern, weil ich inzwischen meine ganzen Ersparnisse (die sich auf $ 947,52 beliefen) dafür hergeben würde vergessen zu können, was geschehen war.

Bex lag im Licht des Fensters, lächelte ein teuflisches Lächeln und träumte wahrscheinlich von feindlichen Einsätzen und ausgeklügelten Tarnungen. Liz hatte sich an der Wand zusammengerollt und nahm so wenig Platz in Anspruch wie eine Puppe und Macey lag auf dem Rücken und schlief trotz des Luftzugs, der an dem großen Brillanten in ihrer Nase vorbeizischte, friedlich. Und ich? Ich konnte nur an die Decke starren und inbrünstig um Schlaf bitten, bis ich schließlich meine Bettdecke zurückschlug und die nackten Füße auf den kalten Hartholzboden setzte.

Ich schwöre, ich wusste nicht, wohin ich ging. Ich hatte echt keine Ahnung! Ich zog mir nur schnell ein Paar Tennisschuhe an – keine Socken – und schlich mich an die Tür.

Jeder Spion weiß, dass er sich manchmal einfach nur auf das Adrenalin und seinen Instinkt verlassen soll. Als ich mich dann schließlich dabei erwischte, wie ich durch die dunklen, leeren Gänge wandelte, fragte ich nicht, warum. Und als ich durch den Korridor im zweiten Obergeschoss ging, gab ich mir nicht den Befehl kehrtzumachen.

Das Mondlicht schien durch die Buntglasfenster am Ende des Flurs. Ich näherte mich leise dem hohen Bücherregal am Eingang zum Geschichtssaal und dem verborgenen Gang. Dann hörte ich, dass der Boden hinter mir knackte, und sah den Strahl einer Taschenlampe, der den Saal ableuchtete, bevor er mir ins Gesicht schien. Ich kniff die Augen zu und dachte mir schnell ein paar Ausreden aus. (Ich war eine Schlafwandlerin … ich brauchte ein Glas Wasser … ich hatte geträumt, dass ich meine Hausaufgaben im Fach *Länder der Welt* nicht abgeliefert hatte, und wollte nachschauen …)

»Hast du geglaubt, wir würden dich alleine lassen?«, fragte Bex.

Als Macey endlich die Taschenlampe senkte, konnte ich Liz im dünnen Nachthemd schlottern sehen. Bex hielt ein offenes schwarzes Kästchen in den Händen – ihre zuverlässigen Dietriche funkelten im Licht.

Niemand musste sagen, wohin wir gingen. Wir hatten diesen Pfad schon vor Tagen eingeschlagen und wollten endlich herausfinden, wohin er führte. Während Bex sich am Schloss der Tür zum Ostflügel zu schaffen machte, warf ich keinen Blick in den Geschichtssaal. Ich schaute nicht in das dunkle Büro meiner Mutter. Und vor allem dachte ich nicht an all die Versprechen, die ich nicht halten wollte, weil ich keine Lust mehr dazu hatte.

»Fertig«, sagte Bex in Rekordzeit und die Tür ging auf.

Wir betraten einen Gang, den wir von früher kannten. Jetzt führte er in einen großen, offenen Raum. Verlassene Klassenzimmer umringten ihn, aber die Tische waren verschwunden. Eine Tür stand offen und ich sah eine Toilette, die umgebaut worden war und sich zwischen zwei Räumen – Schlafzimmern? – befand. Es roch nach Sägemehl und frischer Farbe.

»Sie sehen aus wie …«, begann Liz. »Zimmer?« Ihr genialer Verstand versuchte eine so einfache Tatsache zu erfassen.

Da waren Betten und Schreibtische und Einbauschränke. Die Theorie, dass es sich um schurkische Floristen handeln könnte, erschien uns nicht mehr erschreckend. »Wisst ihr, was das bedeutet?«, fragte Bex.

Es gab nur eine Möglichkeit.

»Jungs«, sagte ich. »Jungs werden die Gallagher Akademie besuchen.«

»Genau.« Bex lächelte. »Und es wird eine Revanche geben.«

Kapitel Elf

Die Gallagher Akademie ist eine Schule für außergewöhnliche junge *Frauen*, und zwar aus gutem Grund. Eigentlich aus vielen Gründen.

Weil es zum Beispiel nur Mädchen-Toiletten gibt (die Aufenthaltsräume der Lehrerschaft nicht mitgerechnet), stehen wertvolle Quadratmeter des Gebäudes für Einrichtungen wie Chemielabore und Fernsehräume zur Verfügung.

Außerdem braucht der durchschnittliche Teenie, der eine gemischte Schule besucht, etwa einhundert Stunden im Jahr länger, um sich aufzubrezeln. Dabei ließe sich diese Zeit doch zum Schlafen, Lernen oder Diskutieren der Vorzüge einer Überwachung zu Fuß im Vergleich zur Beschattung per Automobil im Stadtgefüge nutzen.

Aber der wichtigste Grund, weshalb die Gallagher Akademie eine Schule für Mädchen ist, ist der, dass es am Ende des neunzehnten Jahrhunderts für Jungs vollkommen akzeptabel war Mathematik und Naturwissenschaften zu lernen und zu üben, wie man sich bei einem Duell behauptet, während Mädchen wie Gillian Gallagher gezwungen wurden die feine Kunst des Stickens zu beherrschen.

Gilly konnte nicht für den Geheimdienst arbeiten – noch nicht einmal, nachdem sie einem Präsidenten das Leben gerettet hatte –, weil die anderen Agenten fürchteten, ihr Reifrock würde ihr bei der Arbeit in die Quere kommen (wobei Reifröcke sich für das Schmuggeln empfindlicher Informationen und/oder Waffen tatsächlich hervorragend eigneten).

Also tat Gilly das Nächstbeste: Sie gründete eine Schule, in der junge Damen all die Dinge lernen konnten, die sie angeblich nie brauchten – ein Ort, an dem Mädchen die Möglichkeit bekamen, ohne den Druck oder den Einfluss von männlichen Wesen außergewöhnlich zu werden.

Aber jetzt – mehr als ein Jahrhundert später – sollte sich das alles ändern.

Beim Frühstück am nächsten Morgen starrten meine Mitbewohnerinnen und ich auf unsere Teller, ohne Anna Fetterman richtig zuzuhören, die über den vorangegangenen Tag in allen Einzelheiten berichtete.

»Und dann sah ich ihn im Wandschrank verschwinden und ich wusste, dass ich ihn dort einschließen musste, um die Treppe wieder hinuntergehen zu können«, sagte sie auf Deutsch und ich muss zugeben, den Agenten, der sie verfolgt hatte, in einen Schrank auf der Spitze des *Washington Monument* zu sperren, war wirklich genial, aber ich war nicht in der Stimmung mir Notizen zu machen.

»Cammie, wann denkst du … du weißt schon …«, wisperte Liz trotz der Anzeige, dass heute Deutsch gesprochen werden sollte, auf Englisch. »Wann, glaubst du, werden sie eintreffen?«

Ich hatte keine Ahnung. In den letzten vierundzwanzig

Stunden hatte sich die Welt so, wie ich sie kannte, verändert. Ich hatte es deshalb überhaupt nicht eilig, für die Ankunft der Jungs eine Frist zu nennen. Das würde das Ganze nur realistischer machen.

Aber die Realität der Situation ließ uns gar keine Wahl.

Meine Mutter erhob sich am Lehrertisch und ging zum Rednerpult. »Verzeihen Sie, meine Damen, aber ich habe etwas zu verkünden.«

Hinten im Raum flog die Tür auf.

Und ich wusste, dass nichts mehr in der Gallagher Akademie für außergewöhnliche junge Frauen so sein würde wie bisher.

Gabeln fielen auf den Tisch. Köpfe drehten sich. Nach zwölf Stunden war innerhalb unserer Steinmauern kein einziger Flüsterton zu hören.

Von uns Gallagher Girls wird erwartet, dass wir immer auf alles vorbereitet sind. Obwohl ich ziemlich sicher bin, dass wir mit einem Überfall feindlicher Streitkräfte fertigwerden würden, verriet mir der Blick auf meine Mitschülerinnen, dass kein einziges Gallagher Girl auf den Anblick von fünfzehn Typen am Eingang der großen Halle gefasst war.

Jungs schauten uns an. Jungs kamen uns entgegen. Es ist eine Sache zu *wissen*, dass Jungs zu uns kommen … irgendwann. Aber es ist etwas ganz anderes eine gute, entspannende Mahlzeit zu genießen und sich dann umzudrehen und zu sehen, dass sich eine Masse männlichen Testosterons auf uns stürzt. (Schließlich hatte ich den Rock mit dem Fleck auf dem Hintern an – also echt!)

Aber interessierte sich meine Mutter dafür? Nein. Sie packte nur das Rednerpult und sagte: »Die Gallagher Akademie für außergewöhnliche junge Frauen hat eine stolze Geschichte ...« Ich bin sicher, dass keiner zuhörte.

»Seit mehr als hundert Jahren hat sich dieses Institut von der Außenwelt abgeschottet, aber gestern durften einige von Ihnen andere außergewöhnliche Schüler von einem anderen außergewöhnlichen Institut kennenlernen.« *Kennenlernen* ist wahrscheinlich das Codewort für *sich blamieren*.

»Mitglieder der Verwaltung unserer Schule und die Direktoren des Blackthorne Instituts glauben seit langem, dass unsere Schülerinnen und Schüler viel voneinander lernen können.« Sie lächelte. Eine dunkle Haarsträhne fiel ihr ins Gesicht. Sie steckte sie hinters Ohr, bevor sie die riesige Halle überblickte. »Und dieses Jahr ist es so weit.«

Tina Walters sah aus, als ob sie gleich in Ohnmacht fallen würde. Eva Alvarez hielt ihren Orangensaft wie erstarrt auf halber Strecke zwischen dem Tisch und ihrem Mund. Nur Macey McHenry schien kaum zu bemerken, dass Jungs den Tisch des zweiten Jahrgangs passierten. Sie blickte eine Millisekunde lang von ihren Karteikarten für organische Chemie auf und sagte: »Sind sie das?« Sie zuckte mit den Schultern. »Ich hab schon Tollere gesehen.« Dann wandte sie sich wieder ihren Notizen zu.

»Als Gillian Gallagher noch ein Mädchen war, wurde dieser Saal für Bälle und Tänze, für Freunde und Familienmitglieder genutzt, aber im letzten Jahrhundert hat er wenig Gäste gesehen«, sagte Mom. »Ich bin froh, dass heute eine Ausnahme ist.«

Dann fiel mir zum ersten Mal auf, dass die Jungs nicht allein waren. Ein Mann führte sie nach vorn. Er hatte ein rundes, rötliches Gesicht und ein strahlendes Lächeln und als er durch den mittleren Gang ging, winkte er sogar und schüttelte die Hände der Mädchen, an denen er vorbeikam. Es war, als ob er an einer Show teilnahm und meine Mutter ihn gerade gebeten hätte ins Rampenlicht zu treten.

»Es ist mir ein Vergnügen, Dr. Steven Sanders vorzustellen. Dr. Sanders ...«, begann Mom, unterbrach sich aber, als der kleine Mann sich ans Pult stellte, das Mikrofon zu seinem Mund herunterbog und sagte: »Dr. Steve.«

»Bitte?«, fragte Mom.

»Nennen Sie mich *Dr. Steve!*«, sagte er und boxte in die Luft.

Ich sah Liz an, weil ich erwartete, dass der Gedanke einen Lehrer mit dem Vornamen anzureden sie in einen Schockzustand versetzen würde, aber sie schien außer den Jungs, die am Lehrertisch standen, nichts anderes zu sehen.

»Natürlich«, sagte Mom und drehte sich dann zu uns. »*Dr. Steve* und seine Schüler werden den Rest des Semesters mit uns verbringen.«

In der Halle breitete sich leises Gemurmel aus. »Sie werden mit Ihnen unterrichtet werden, mit Ihnen essen.« *Im Ostflügel schlafen,* dachte ich.

»Meine Damen, das ist eine wunderbare Gelegenheit«, beendete Mom ihre Rede. »Und ich hoffe, dass Sie die Zeit nutzen werden, um Freundschaften fürs Leben zu schließen.«

»Ich hätte nichts dagegen den ein bisschen näher kennenzulernen«, sagte Eva Alvarez und zeigte auf einen Jungen am Rand der Meute, einen Typ mit dunkelbraunen Haaren und breiten Schultern.

Ein Junge, der die Arme verschränkte und sich an den Lehrertisch lehnte.

Ein Junge, der jemanden anlächelte. Mich.

Kapitel Zwölf

Mitglieder dieses Stammes lassen sich durch welche äußerlichen Merkmale identifizieren?«, fragte Mr Smith eine Stunde später, aber ich bin ziemlich sicher, dass ich für den ganzen zweiten Jahrgang spreche, wenn ich sage, dass wir viel weniger an den Ländern der Welt interessiert waren als an dem, was in unserer Schule gerade passierte. Wie sollten wir uns konzentrieren können, wenn hinter uns im Klassenzimmer zusätzliche Stühle standen? Stühle, die auf Jungs warteten?

Selbst Liz drehte sich immer wieder um, als ob die Typen ins Zimmer teleportiert würden oder so was Ähnliches. Aber Mr Smith dozierte wie an jedem gewöhnlichen Tag weiter, bis eine tiefe Stimme »Klopf klopf!« sagte und Dr. Steve die Tür aufstieß.

Dr. Steve rief: »Guten Morgen, meine Damen!« Aber wenn ihr mich fragt – gut war er nicht. Und ich wollte schon darauf hinweisen, als der Morgen noch schlimmer wurde. Viel schlimmer. Denn Dr. Steve war nicht nur hereingeplatzt und hatte einen netten Vortrag unterbrochen, sondern er war auch nicht allein gekommen.

Drei Typen standen hinter ihm: Ein Spindeldürrer mit Brille und dichten schwarzen Haaren, einer, der eine frappierende Ähnlichkeit mit einem griechischen Gott hatte, und dazwischen ... Zach.

Meine Freundinnen nennen mich Chamäleon – ich bin das Mädchen, das sich optisch allem angleicht, das Mädchen, das unsichtbar ist, aber ich hatte in meinem ganzen Leben wirklich noch nie so unsichtbar sein wollen wie in diesem Augenblick.

Ich verstehe natürlich, warum es diese interschulische Zusammenarbeit geben soll. Ich begreife die Idee von Kameradschaft und Teamwork total. Aber die Spionin in mir war am Tag zuvor hereingelegt worden und das Mädchen in mir war angebaggert und benutzt worden. Ich zog den Kopf ein und wünschte mir, Bex würde immer noch die Haarspülung benutzen, die ihre Haare aufbauschte, weil ich jeden Schutz brauchte, den ich kriegen konnte.

»Kann ich Ihnen helfen, Dr. Sanders?«, fragte Mr Smith und gab sich keine Mühe seine Ungeduld zu verbergen, aber Dr. Steve sah ihn an und hielt einen Finger hoch, als ob er auf irgendetwas stoßen wollte.

»Sagen Sie mal, Ihre Stimme klingt so vertraut«, sagte Dr. Steve. Mr Smith gehört zu den gefragtesten (und an Verfolgungswahn leidenden) Ex-Spionen der Welt, und jeden Sommer sucht er den offiziellen Schönheitschirurgen der CIA auf und bekommt ein vollkommen neues Gesicht, also konnte ihn Dr. Steve unmöglich erkennen. »Sind wir uns schon einmal begegnet?«

»Nein«, sagte Mr Smith unfreundlich. »Da bin ich mir ganz sicher.«

»Noch nie im Andover-Institut gearbeitet, wie?«

»Nein«, wiederholte Mr Smith und ging zurück an die Tafel. Es war deutlich zu sehen, dass er der Meinung war, sein Vortrag sei lange genug unterbrochen worden.

»Na gut«, sagte Dr. Steve lachend. Dann zeigte er auf die Jungs hinter ihm. »Sollen sie sich vorstellen?«

»Ich habe gelernt, Dr. Sanders ...«

»Steve«, verbesserte ihn Dr. Steve, aber Mr Smith redete einfach weiter, ohne auch nur eine Sekunde lang Luft zu holen.

»... dass Namen in unserem Beruf – bestenfalls – *vorübergehend* sind«, beendete Mr Smith den Satz. Was für einen Mann, der (laut Tina Walters) mit über einhundertsiebenunddreißig Decknamen bei der CIA registriert ist, reichlich untertrieben klang. »Aber wenn es unbedingt sein muss …« Mr Smith verdrehte die Augen und ließ sich auf einer Ecke seines Tisches nieder.

Der magere Junge trat vor und zerrte nervös an seiner Krawatte, als ob sie ihn gefoltert hätte.

»Ähm … ich bin Jonas«, sagte er und trat von einem Fuß auf den anderen. »Ich bin sechzehn. Ich bin im zweiten Jahr –«

»Weshalb du in diese Klasse gekommen bist«, bemerkte Mr Smith trocken. »Willkommen, Jonas. Bitte setz dich.«

»Ausgezeichnet, Jonas«, sagte Dr. Steve und ignorierte Mr Smith, der inzwischen Testbögen verteilte. »Ausgezeichnet. Jonas hat den Forschungszweig eingeschlagen.«

»Huch!«, kam es von Liz, was wahrscheinlich weniger mit der Tatsache zu tun hatte, dass sie scharf darauf war Jonas durchs Haus zu führen, als damit, dass Bex gerade (heftig) gegen die Rückenlehne ihres Stuhls getreten hatte. Aber Dr. Steve hatte nichts davon bemerkt. Er zeigte auf Liz und sagte wieder: »Ausgezeichnet!«

(Notiz an mich: »Ausgezeichnet« wird am Blackthorne Institut wahrscheinlich auf einem anderen Niveau vergeben als an der Gallagher Akademie.)

»Jonas, du kannst den Tag mit Miss ...« Dr. Steve sah Liz an.

»Sutton. Liz Sutton.«

»Ausgezeichnet«, wiederholte Dr. Steve. »Du kannst den Tag mit Miss Sutton verbringen. Und jetzt Grant. Würdest du bitte –«

»Ich bin Grant«, sagte der andere Junge neben Zach. Grant sah nicht aus wie ein Schüler im zweiten Jahr einer Highschool. Grant sah aus wie Brad Pitts Körperdouble.

Er ließ sich auf den Stuhl neben Bex gleiten, die lächelte und ihre Haare mit einem Schwung herumschleuderte, den sie uns nicht in S+V beibringen.

Aha, so ist es also, wenn man mit solchen Typen zusammen lernt? Ich bin natürlich früher auch schon mal mit Jungs zur Schule gegangen. Das war, bevor ich an die Gallagher Akademie kam, aber vom Kindergarten bis zur sechsten Klasse schleudert man eher selten die Haare. (Ich weiß noch, dass an den Haaren gezogen wurde, was zu einem *echten* Herumschleudern führte, aber Mom hatte mir danach verboten, das Wendelsky-Manöver jemals wieder bei Zivilisten anzuwenden.)

Jetzt war noch ein Junge übrig, aber Zach ging nach hinten, ohne Dr. Steves Anweisungen abzuwarten. »Ich bin Zach«, sagte er und setzte sich auf den Stuhl hinter Grant – auf den Stuhl neben meinem – »und ich glaube, ich habe meine Begleiterin gefunden.«

Von vorn hörte ich das Wort »Ausgezeichnet!«, dem ich nicht unbedingt zustimmte.

Gallagher Girls haben immer Aufgaben – schwere Aufgaben. Sie sind ständig im Einsatz. Aber sobald LdW vorbei war, raffte ich meine Bücher zusammen und kämpfte gegen das Gefühl an auf das, was ich zu tun hätte, total unvorbereitet zu sein. Während ich zur Tür ging, führte ich im Kopf alle Gründe auf, weshalb ich mich nicht so fühlen sollte:

1. In den Geheimdiensten ist es von Vorteil, so viele Verbündete wie möglich zu haben; einen Blackthorne Boy zu kennen könnte irgendwann nützlich sein.
2. Mr Solomon war ein Blackthorne Boy gewesen (und mein Vater vielleicht auch). Es ist trotzdem etwas aus ihnen geworden.
3. Wie Liz früher einmal festgestellt hatte, wäre es vielleicht eine gute Sache uneingeschränkten Zugriff auf Jungs zu haben – wissenschaftlich gesehen.
4. Zach hatte am Tag zuvor auf der Mall nur Anweisungen befolgt.
5. Er war nett gewesen.
6. Er hatte mir Schokolade angeboten.
7. Es war nicht seine Schuld, dass er besser gewesen war als ich.

»So trifft man sich wieder.«

Ja, das hat Zach wirklich gesagt, obwohl wir uns – genau genommen – in Washington nicht »getroffen« hatten. Seine Tarnidentität hatte mit meiner Tarnidentität gesprochen, aber mit jemandem reden, der nicht weiß, dass du ein Spion bist,

ist etwas ganz anderes, als mitten in deiner streng geheimen Schule, in der du geheime Dinge lernst, nebeneinanderzustehen.

Mädchen strömten aus beiden Richtungen wie Ebbe und Flut auf uns zu, aber Zach und ich wurden vom Sog nicht erfasst.

Er betrachtete die hohen Steinmauern und alten Säulen und sagte: »Also, *das* ist die berühmte Gallagher Akademie!«

»Ja«, erwiderte ich höflich. Ich war schließlich seine Fremdenführerin, ganz zu schweigen davon, dass ich seit dreieinhalb Jahren *Kultur und Anpassung* lernte. »Dies ist der Korridor im zweiten Obergeschoss. Fast alle Unterrichtsstunden finden hier statt.«

Aber Zach hörte mir nicht zu. Stattdessen starrte er mich an. »Und *du* ...«, sagte er, »... bist die berühmte Cammie Morgan.«

Okay. Ich hatte keine Ahnung, woher er meinen Namen wusste, aber das war längst nicht so faszinierend wie die Tatsache, dass er die aufeinanderprallenden und wispernden Mädchen nicht zu bemerken schien.

Josh hatte mich immer angesehen, als ob er mich küssen, mich auslachen oder Psychiater bestellen wollte, die mich untersuchen sollten. Was mir alles viel lieber gewesen wäre als die Art, wie Zach mich anschaute – nicht so, als wäre ich berühmt, sondern berühmt-berüchtigt. Und wenn man das Mädchen ist, das bekannt dafür ist unsichtbar zu sein, ist nichts beängstigender, als gesehen zu werden.

»Komm schon«, murmelte ich nach ewig langer Zeit. Ich ging den Gang entlang. »*Kultur und Anpassung* gibt es im vierten Stock.«

»Wow!«, meinte er und blieb plötzlich stehen. »Hast du

eben gesagt, du bringst mich zum *Kultur*unterricht?« Er lächelte spöttisch.

»Ja.«

Dann grinste er breit. »Junge, Junge, wenn sie sagen, dass euer Lehrplan der schwierigste auf der Welt ist, dann stimmt das total.« Aber man brauchte kein Genie zu sein, um zu wissen, dass er das nicht ernst meinte.

Ich redete mir ein, dass Zach hier war, um »Freundschaften zu schließen«. Ich erinnerte mich daran, dass ich meiner Mutter versprochen hatte keine Regeln mehr zu übertreten (und ich bin ziemlich sicher, dass nicht allzu gern gesehen wird, wenn Besucher die Treppe hinuntergestoßen werden). Ich raffte also meine ganze Kraft und Selbstbeherrschung zusammen, während ich die Treppe zum vierten Stockwerk erklomm und mich durch die Menge schob. »*Kultur und Anpassung* gehört seit über hundert Jahren zum Lehrplan der Gallagher Akademie.«

Im Korridor steuerten wir das Teezimmer an. »Ein Gallagher Girl kann sich jeder Kultur anpassen – jeder Umgebung. Anpassung hat nichts mit gesellschaftlichen Umgangsformen zu tun.« Mit der Hand am Türrahmen blieb ich stehen. »Es geht um Leben und Tod.«

Ich fand, ich hatte die Sache klar dargestellt und Zachs herablassender Blick begann gerade aus seinem Gesicht zu verschwinden, als zarte Töne durch die Halle schwebten. Ich hörte Madame Dabney sagen: »Heute, meine Damen und Herren, lernen wir die Kunst des … Tanzes!«

Zach beugte sich zu mir herab und ich spürte seinen Atem warm an meinem Ohr, als er flüsterte: »Ganz genau … Leben und Tod.«

Ich trat in das Teezimmer und sah, dass die seidenen Vorhänge an den hohen Fenstern zur Seite geschoben worden waren und eine Vase mit frischen Orchideen auf dem Flügel stand. Stühle und Tische, die mit Leintüchern bedeckt waren, umringten das Zimmer am Rand. Madame Dabney stand allein unter dem Kronleuchter. Dann schwebte unsere Lehrerin über das glänzende Parkett, ein Taschentuch mit ihrem Monogramm in den Fingern, und sagte: »Ich habe diese besondere Stunde für die Ankunft unserer besonderen Gäste aufgespart.«

»Hast du das gehört?«, flüsterte Zach. »Ich bin was Besonderes.«

»Das ist eine –«, begann ich, aber bevor ich den Satz zu Ende sprechen konnte, sagte Madame Dabney: »Oh, Cameron, meine Liebe, würdest du mit deinem Freund gerne vortanzen?«

Nein, ich würde gern verschwinden, aber Madame Dabney zog uns in die Mitte des Teezimmers. »Sie müssen Zachary Goode sein. Willkommen an der Gallagher Akademie. So, und jetzt darf ich Sie bitten, Ihre rechte Hand fest auf die Mitte von Camerons Rücken zu legen.« Selbst eine bestens ausgebildete Straßenkünstlerin kann sich nicht unsichtbar machen, wenn die Person, vor der sie sich versteckt, den Arm um ihre Taille legt.

»Jetzt bitte alle einen Partner suchen«, befahl Madame Dabney. »Ja, meine Damen, einige von Ihnen müssen wohl abwechselnd die Rolle des Herren übernehmen.«

Ich hörte, wie meine Freundinnen um mich herumflatterten. Es wurde viel gelacht und gekichert und ich sah, dass Jonas und Liz es schafften sich gleichzeitig auf die Füße zu treten, während Zach und ich in der Mitte des Raumes standen und auf weitere Anweisungen warteten.

»Meine Damen«, sagte Madame Dabney, »legen Sie Ihre rechte Hand fest in die linke Ihres Partners.« Was ich tat.

»Was ist los, Gallagher Girl?«, fragte Zach und schaute mir in die Augen. »Du bist mir doch nicht etwa böse wegen gestern?«

Die Musik wurde lauter und ich hörte meine Lehrerin sagen: »Und jetzt, meine Damen und Herren, beginnen wir mit einem einfachen Walzerschritt. Nein, Rebecca, wenn Sie mit Grant tanzen, müssen Sie *ihn* führen lassen!«

Aber Zach lächelte mich an und musterte mich mit einem wissenden Blick. »Es war eine Tarnung, Gallagher Girl. Eine Operation. Die Idee ist dir vertraut?«

Aber bevor ich etwas sagen konnte, legte Madame Dabney eine Hand auf Zachs Rücken und die andere auf meinen und verkündete: »Halten Sie Ihre Partner fest!« Sie schob uns enger zusammen und plötzlich tanzten wir.

Kapitel Dreizehn

An einer Spionageschule ist das Leben (aus offensichtlichen Gründen) nie langweilig, aber in den nächsten beiden Wochen hatte ich mehr zu tun, als ich in meinem ganzen späteren Leben als Agentin für die Regierung jemals haben würde. Ich war mit Folgendem total ausgelastet: (A) Zach aus dem Weg gehen, (B) meine Hausaufgaben machen und (C) alle Gerüchte von den Fakten trennen. Zum Beispiel:

Die Blackthorne-Delegation bestand aus fünfzehn Jungs von der achten Klasse bis zur Highschool-Abschlussklasse. FAKT.

Einer der Typen war der Sohn eines berüchtigten Doppelagenten, dessen Tod die CIA gefakt hatte, um ihn offiziell zu adoptieren und einen Schläfer aus ihm zu machen. GERÜCHT.

Dr. Steve hatte Madame Dabney das Herz in einem bitteren Dreiecksverhältnis mit einer pakistanischen Bauchtänzerin in der französischen Region Champagne gebrochen. GERÜCHT (wahrscheinlich).

Und zwei Dinge waren absolut wahr: Erstens wurde im Aufenthaltsraum die ganze Nacht lang so viel gequatscht, dass selbst ein hoch motivierter Agent nur wenig Schlaf bekam, und zweitens beginnt die morgendliche Körperpflege an einer Schule, in die auch richtige Jungs gehen, viel, viel früher.

Deshalb kämpfte ich damit meine Augen offen zu halten, als ich mich an einem Freitagmorgen in der großen Halle neben Macey niederließ.

»Habt ihr gewusst, dass Jonas letztes Jahr für den Fieldstein-Preis nominiert worden ist?«, fragte Liz auf Japanisch, setzte ihre Rede aber auf Englisch fort. »Ist das nicht ... *wow?*«

Am Ende des Tisches schmiedeten Courtney Bauer und Anna Fetterman Pläne, um sich mit Hilfe von Materialien aus dem Chemielabor gegenseitig Strähnchen zu machen. (Notiz an mich: Courtney Bauer und Anna Fetterman niemals an meine Haare lassen!) Mick Morrison und Bex unterhielten sich über einen eindrucksvollen Mankato-Griff, den Grant am Tag zuvor in S+V vorgeführt hatte.

Dann schob sich jemand neben mich auf die Bank. »*Ne, Cammie, Zach toha donattenno?*«, fragte Tina Walters.

Ich glaube, ich sollte noch einmal darauf hinweisen, dass es früh am Morgen war, dass ich in der vorangegangenen Nacht nur wenig Schlaf bekommen hatte und dass verschiedene Sätze in Fremdsprachen unterschiedliche Bedeutungen haben können. Trotz allem hätte ich schwören können, dass Tina mich gerade gefragt hatte, ob Zach und ich etwas »miteinander hätten«. Und ich bin ziemlich sicher, dass sie mit »etwas« keine Hausaufgaben meinte, für die man Bonuspunkte bekommt.

»Tina!«, hauchte ich, denn ich konnte sehen, dass Zach, keine zehn Meter von mir entfernt, mit Mr Solomon ins Gespräch vertieft, an der Waffelbar stand. »Wovon redest du?«

»Du weißt schon«, sagte Tina und knuffte mich in die Seite. »Schau nicht hin! Er starrt dich an.«

Ich weiß nicht, wie normale Mädchen auf »Schau nicht hin!« reagieren, aber Spioninnen sind geschult, die nächstbeste Spiegelfläche zu suchen (in meinem Fall war es der silberne Orangensaftkrug) und zu *schauen*.

Zach musterte mich. Aber Mr Solomon auch.

»Also«, sagte Tina, »magst du ihn?«

Das meinte sie doch nicht ernst, oder? Dann blickte ich den langen Tisch entlang, an dem all die lauschenden Mädchen saßen, und mir wurde klar, dass sie es *total ernst meinte!*

Ich konnte nicht glauben, dass sie mich das gerade gefragt hatte. In der großen Halle. Mit Jungs … *überall!* Als ob Tina nicht wüsste, dass es zu den Standardregeln gehört zunächst einen normalen Rundum-Sicherheitscheck durchzuführen und einen Wanzen-Störsender zu aktivieren, bevor man jemanden in ein derart geheimes Gespräch verwickelt. Okay, klar, es *war* ziemlich laut im Saal, aber im Blackthorne Institut gab es möglicherweise hervorragenden Unterricht im Lippenlesen.

Hatte Tina sich das überlegt? Nein. Sie beugte sich noch näher zu mir und sah fast so aufgeregt aus wie damals, als sie herausgefunden hatte, dass Professor Buckingham den Sommer damit verbrachte einen Personenschutz für Prinz William zu organisieren, und sagte: »Weil du nämlich gemäß meiner Recherchen eine Art Vorkaufsrecht auf Zach hast. Du hast schließlich zuerst mit ihm geredet. Wenn du ihn willst.«

Gallagher Girls lernen. Wir bereiten uns vor. Wir machen keine halben Sachen. Aber vor allem lassen wir niemanden – nicht einmal fünfzehn Blackthorne Boys – zwischen uns kommen.

»Tina«, sagte ich, während ich mich über den Tisch beugte und die Worte praktisch wisperte: »Hiermit verzichte ich auf meinen Anspruch auf Zach.«

Tina lächelte und nickte. Alle wandten sich wieder ihrem Frühstück zu.

»Sie gewöhnen sich dran.«

Die Stimme war so leise, dass ich meinte den Satz nur geträumt zu haben. Dann sah ich Macey McHenry – das Mädchen, das tatsächlich einmal in New York auf der Straße angesprochen worden war, um auf dem Cover der *Vogue* zu erscheinen –, die in ihrer zerknitterten Schuluniform dasaß, die Haare zum Pferdeschwanz gebunden, und die neueste Ausgabe des *Journal der extremen Extraktionen* las.

»Die Sache mit den Typen – das Neue daran – nutzt sich ab«, sagte Macey und merkte nicht, dass drei Jungs sie am Tisch der Achtklässler anstarrten, obwohl sie die Einzige im ganzen Saal war, die keine Spur von Make-up trug.

Es war, als ob unsere Schule mit einem Virus geimpft worden wäre, aber Macey hatte ungefähr tausend Typen gekannt, bevor sie zu uns gekommen war. Und ich hatte Josh gekannt. Wir beide waren also Typen bereits ausgesetzt gewesen, weshalb wir Antikörper entwickelt hatten. In anderen Worten: Wir waren immun.

Ich bin nicht vollkommen sicher und es ist auch nicht wissenschaftlich bewiesen, dass die aufregendsten Wörter in unserer Sprache *GehOp-Klasse, mir nach!* sind, aber ich glaube schon. Jedenfalls war das mein Gedanke, als der Fahrstuhl sich im ersten Untergeschoss öffnete und ich sah, dass Mr Solomon auf uns zukam, während er eine Jacke anzog.

Er sagte nicht, wir sollten irgendwelche Bücher aufschlagen. Wir durften uns nicht setzen. Stattdessen führte er uns die Treppe hinauf, aus der Tür und in der knackig kalten Luft zu einem der rubinroten Minibusse mit dem Gallagher-Wappen an der Seite. Das klingt vielleicht ein bisschen enttäuschend nach der Sache mit dem Hubschrauber, aber sich mit sieben Schwestern in einem Helikopter zu befinden war, ehrlich gesagt, direkt entspannend im Vergleich zu dem Gefühl, im hinteren Teil des Vans mit *Jungs* zu sitzen.

Mr Solomon saß weiter vorn im Wagen zwischen Zach und Grant. Zach atmete ruhig und gleichmäßig, was bedeutete, dass das Blackthorne Institut ihn entweder sehr gut oder sehr schlecht ausgebildet hatte, weil es ihm anscheinend überhaupt nichts ausmachte, mit acht bestens geschulten Teenies, einem Mann, der (laut Tina) einmal einen jugoslawischen Waffenhändler mit einer blickdichten Strumpfhose erdrosselt hatte, und Dr. Steve in einem Lieferwagen eingesperrt zu sein.

»Hören Sie, Mr Solomon«, sagte Dr. Steve mit seiner einschläfernden Stimme, »bei diesen jungen Damen haben Sie ausgezeichnete Arbeit geleistet. Wirklich ausgezeichnet.«

Mr Solomon hatte in der vorangegangenen Woche über rollende Abgänge doziert und ich fragte mich, ob er uns hergebracht hatte, um uns zu zeigen, wie man jemanden aus einem fahrenden Lieferwagen wirft. Dann fiel mir aber ein, dass Dr. Steve am Steuer saß.

»Meine Damen, Sie müssen auf diesen Mann hören!«, befahl Dr. Steve. »Er ist eine lebende Legende.«

»Hauptsache, Sie vergessen nicht, dass das Wichtigste in diesem Satz *lebend* ist«, betonte Mr Solomon.

Ich spürte, dass der Wagen am Eingangstor anhielt, dann

rechts um die Ecke bog und eine Straße entlangfuhr, die ich gut kannte.

»Heute geht es um grundlegende Dinge, meine Damen und Herren«, erklärte Mr Solomon so gelassen, als hätte es schon immer auch *Herren* bei uns gegeben. »Ich möchte beobachten, wie Sie sich bewegen, wie Sie zusammenarbeiten. Achten Sie auf Ihre Umgebung und denken Sie daran: Die Hälfte Ihres Erfolgs in dieser Branche hängt davon ab, ob Sie aussehen, als würden Sie dazugehören. Deshalb ist Ihre Tarnung heute ›eine Gruppe von Privatschülern, die einen Ausflug in die Stadt macht‹.«

Ich dachte an das Logo der Gallagher Akademie am Van und betrachtete meine Uniform. *Wer* sollte ich heute sein? Neben mir fragte Bex: »Was sind wir denn *wirklich?*«

»Ein Haufen Spione« – Mr Solomon zog einen Vierteldollar aus der Tasche und warf ihn in die Luft –, »der Fangen spielt.« Noch bevor die Münze auf seiner Handfläche landete, wusste ich, dass es weder um Kopf noch um Zahl ging.

»*Brush Pass*, Miss Baxter«, sagte Mr Solomon. »Bitte definieren.«

»Die heimliche Weitergabe eines Gegenstandes zwischen zwei Agenten.«

»Korrekt«, sagte Mr Solomon. Ich warf Zach einen Blick zu und erwartete, dass er die Augen verdrehte, weil solche *Brush Passes* ehrlich gesagt kaum komplizierter sind, als bei Madame Dabney Walzer tanzen zu lernen. Technisch gesehen sind sie ungefähr so Lowtech, wie es nur geht. Aber sie sind wichtig, sonst hätte Mr Solomon uns nicht in den Van geladen. »Kleinigkeiten können Ihnen abhandenkommen, meine Damen und Herren. Auf die Kleinigkeiten kommt es an.«

»Wie Recht Sie haben«, tönte Dr. Steve vom Fahrersitz. »Wie ich der Schulleiterin Morgan erst heute –«

»Heute geht es um Sie und die Straßen«, sagte Mr Solomon, der Dr. Steve ignorierte. »Der heutige Test mag Ihnen unkompliziert erscheinen, aber es handelt sich hier um eine Kunstfertigkeit unserer Branche von allergrößter Bedeutung.«

Er holte ein Kästchen unter seinem Sitz hervor und ich erkannte sofort die winzigen Kameras, die sich in Broschen und Ohrringen, Krawattennadeln und silbernen Kreuzen verbargen, wie ich im letzten Semester eines getragen hatte.

»Schauen. Lauschen«, betonte Mr Solomon. »Kommunizieren nicht vergessen. Beobachten.«

Kim Lee kämpfte mit einer Anstecknadel, die aus einer amerikanischen Flagge beziehungsweise Kamera bestand und die sie sich an die Jacke heften wollte. Dann sagte Grant: »Erlaube bitte!« Kim klimperte mit den Wimpern und schwankte ein bisschen (echt – sie schwankte!), als er ihr half.

»Machen Sie sich zu zweit auf den Weg!«, setzte Mr Solomon seine Anweisungen fort, als der Van hielt. »Passen Sie sich der Umgebung an und nicht vergessen: Wir beobachten Sie.«

Ich sah Bex an und drehte mich zur Tür, aber bevor ich einen Fuß ins Freie setzen konnte, sagte Mr Solomon: »Oh, nein, Miss Morgan, ich glaube, Sie haben schon einen Partner.«

Es hätte keine Probleme geben dürfen – weder mit den *Brush Passes* noch den Fragen, mit denen Mr Solomon uns in regelmäßigen Abständen über unsere Ohrstöpsel bombardierte. Überhaupt keine. Aber als ich aus dem Van kletterte, wusste ich, dass dieser Einsatz einer der schwierigsten meines Lebens werden würde. Weil es an einem Freitagmorgen um elf wenig

Fußgängerverkehr auf dem Marktplatz von Roseville, Virginia, gibt und jeder weiß, dass Fußgängerverkehr extrem wichtig ist, wenn zwischen zwei Agenten etwas heimlich weitergereicht werden soll.

Außerdem war es trotz des strahlenden Sonnenscheins und wolkenlosen Himmels immer noch ziemlich kalt draußen. Ich konnte also entweder Handschuhe tragen und meine Geschicklichkeit bei der Vierteldollar-Übergabe beeinträchtigen oder ohne Handschuhe losziehen und mir die Hände abfrieren.

Und natürlich ist auch noch die Tatsache zu berücksichtigen, dass bei Geheimoperationen der Partner die Rettungsleine ist, und in diesem Moment war mein Partner Zach.

»Los, komm, Gallagher Girl!«, sagte er und steuerte dem Marktplatz entgegen. »Das macht bestimmt Spaß!«

Aber es hörte sich überhaupt nicht nach Spaß an. Spaß ist einen Film nach dem anderen anzuschauen. Spaß ist mit vierzehn verschiedenen Eissorten zu experimentieren und den eigenen Lieblingsgeschmack zu kreieren. Spaß ist *nicht* an einem Ort herumzuhängen, an dem ich den süßesten Jungen auf der Welt getroffen, geküsst und mit ihm Schluss gemacht hatte. Und an einer geheimen Übung mit einem anderen Jungen teilzunehmen, der kein bisschen süß ist, macht auch keinen Spaß.

Der Pavillon stand immer noch in der Mitte des Platzes. Das Kino war hinter uns und die Apotheke *Abrams und Sohn* – Joshs Familienbetrieb – befand sich genau da, wo sie sich seit siebzig Jahren befand. Es heißt immer, dass Dinge anders aussehen, wenn man zurückkehrt, aber obwohl ich meine Mitschülerinnen sah, die paarweise die Gehsteige entlanggingen, war alles genauso, wie ich es in Erinnerung hatte. Sogar die Taschen, die im Schaufenster von *Anderson's Accessoires* lagen, waren die gleichen. Sekundenlang kam es mir vor, als hätte es die letzten beiden Monate gar nicht gegeben.

»So«, sagte Zach, der sich auf den Stufen des Pavillons niederließ und rekelte. »Kommst du oft hierher?«

Der lockere Stein, hinter dem Josh und ich unsere Zettel versteckt hatten – mein erster toter Briefkasten –, befand sich keine dreißig Zentimeter von mir entfernt, also zuckte ich nur mit den Achseln und erwiderte: »Früher ja, aber dann verlangte der stellvertretende Direktor der CIA von mir, dass ich wegbleibe.« Zach gab ein leises Halblachen von sich und schaute in der Sonne blinzelnd zu mir hoch.

In meinem Kopfhörer sagte Mr Solomon: »Okay, Miss Walters, Sie sind dran. Achten Sie auf Ihre zufälligen Beobachter und erledigen Sie die Übergabe schnell und sauber.«

Ich sah, wie Tina und Eva auf der Südseite des Platzes aneinander vorbeigingen. Ihre Handflächen berührten sich für den Bruchteil einer Sekunde, als der Vierteldollar die Besitzerin wechselte. »Gut gemacht!«, sagte Mr Solomon.

Zach warf den Kopf in den Nacken, schloss die Augen und ließ sich von der Sonne bescheinen, als wäre er ein ganzes Leben lang zu diesem Pavillon gekommen.

»Und du?«, fragte ich, nachdem die Stille unerträglich geworden war. »Wo genau ist das Blackthorne Institut eigentlich?«

»Oh.« Er hob eine Augenbraue. »Das ist geheim.«

Ich ärgerte mich, ohne dass ich es wollte. »Das heißt, du kannst in *meiner* Schule schlafen, aber ich darf nicht wissen, wo *deine* ist?«

Zach lachte wieder, aber diesmal klang es anders – nicht spöttisch, sondern härter, als würde ich einen Witz nicht verstehen und hätte auch nicht die geringste Chance ihn jemals zu kapieren. »Glaub mir, Gallagher Girl, in meiner Schule würdest du nicht schlafen wollen.«

Ich muss zugeben, ich war an einem Punkt angelangt, an dem mich meine Spiongene und die Neugier eines Teenagers fast überwältigten.

Über mein Kommunikationsgerät hörte ich Mr Solomon sagen: »Zwei Männer spielen in der Südwestecke des Platzes Schach. Mit wie vielen Zügen ist der Mann mit der grünen Kappe vom Schachmatt entfernt, Miss Baxter?«

Bex sagte: »Sechs«, ohne stehen zu bleiben, während sie mit Grant auf der anderen Straßenseite vorbeischlenderte.

»Was soll das heißen? Wieso kannst du es mir nicht sagen?«

»Vertrau mir einfach, Gallagher Girl.« Er setzte sich auf den Stufen des Pavillons gerade hin, stützte die Ellbogen auf seinen Knien ab und als er mich ansah, schien etwas Größeres als eine Münze zwischen ihm und mir zu wechseln. »Kannst du mir vertrauen?«

Eine zerrissene und verblichene Kinokarte flatterte über das Gras. Mr Solomon sagte: »Miss Morrison, Sie sind auf der Hauptstraße gerade an drei geparkten Autos vorbeigegangen. Wie lauten die Nummernschilder?« Mick rasselte ihre Antwort herunter.

Aber Zach wandte den Blick nicht von mir und ich fand, dass seine Frage die schwierigste von allen war.

Im Spiegelbild des Schaufensters der Apotheke sah ich, wie Eva den Vierteldollar in die offene Tasche zu Courtneys Füßen warf, während Mr Solomon in meinem Kopfhörer warnte:

»Hinter Ihnen war ein Geldautomat, Miss Alvarez. Geldautomaten bedeuten Kameras. Vorsicht, meine Damen!«

Zach nickte und sagte: »Solomon ist gut.« Als ob es nicht selbstverständlich wäre.

»Ja, stimmt.«

»Sie sagen, du bist auch gut.« Ich glaube, in dem Moment wäre ich, trotz meines strengen S+V-Trainings, fast umgekippt, weil ich erstens keine Ahnung hatte, wer »sie« waren oder wo »sie« ihre Informationen herhatten, und ich mir zweitens niemals erträumt hätte, dass ausgerechnet Zachary Goode so etwas behaupten würde, auch wenn es sich um zuverlässige Informationen handelte.

»Okay, Zach«, ertönte Mr Solomons Stimme. »Berichte, ohne dich umzudrehen, wie viele Schaufenster von der Westseite aus auf den Marktplatz schauen!«

»Vierzehn.« Zach verpasste nichts, er wandte den Blick keine Sekunde lang von mir und sagte: »Es heißt, du bist eine echte Straßenkünstlerin.«

Er lehnte sich auf den Stufen wieder zurück. »Sicher war es gut, dass wir dich in Washington beschattet haben, weißt du? Wenn *du* mir gefolgt wärst, hätte ich dich wahrscheinlich gar nicht gesehen.«

Es sollte ein Kompliment sein. Und es war auch eins. Schließlich gibt es für einen Spion kein größeres Lob. Aber in diesem Moment, als ich an dem Ort stand, an dem ich mein erstes Date hatte – meinen ersten Kuss bekam –, hörte ich den Satz nicht als Spionin. Ich hörte ihn als Mädchen. Und wenn dir als Mädchen ein Typ wie Zach Goode sagt, er hätte dich nicht gesehen, dann ist das kein Kompliment. Echt nicht.

Ich hätte etwas Freches darauf antworten sollen. Ich hätte

einen Witz machen sollen. Ich hätte alles tun sollen, nur nicht kehrtmachen und mich vom Pavillon, meinem Partner und meinem Einsatz entfernen sollen. Bex und Grant betraten den Gehweg und kamen direkt auf mich zu. Ich spürte, dass Bex mich anrempelte, und hörte sie »Sorry« sagen, während ihre Hand sanft über meine strich.

»Gute Übergabe, Miss Baxter«, lobte Mr Solomon und ich hielt das Vierteldollarstück in der Hand.

Auf der anderen Seite des Platzes bog ich in eine Seitenstraße ein, ging an der Apotheke vorbei und dachte kurz an den Jungen, der mich einmal gesehen hatte. Ich fragte mich, ob das Leben nur aus einer Reihe von *Brush Passes* bestand. Dinge kamen und gingen.

Dann hörte ich eine vertraute Stimme: »Cammie, bist du's?«

Da wusste ich, dass Dinge auch manchmal zurückkehren.

Kapitel Vierzehn

Josh. Josh stand vor mir. Josh kam näher. Josh sah mich an und lächelte. »Hey, Cammie, ich hab mir gleich gedacht, dass du es bist.«

Ich weiß, diese ganze Ex-Freundin-Geschichte ist neu für mich, aber ich bin wirklich der Meinung, dass Leute, die Schluss gemacht haben, nicht mehr miteinander reden sollten. Ich bin sogar ziemlich sicher, dass ehemalige Freundinnen und Freunde sich verstecken sollten, wenn sie sich entdecken, was ich übrigens für eine Superidee hielt, denn Verstecken ist ja das, was ich am besten kann.

Aber Josh hatte mich gesehen. Josh sah mich immer.

»Cammie?«, wiederholte er. »Bist du okay?«

Ich hatte, ehrlich gesagt, keine Ahnung, was ich ihm antworten sollte, denn Josh war – einerseits – da und redete mit mir, aber ich hatte – andererseits – mit ihm Schluss gemacht. Und ihn belogen. Und als ich ihn zum letzten Mal gesehen hatte, war er bei einer GehOp-Übung aufgetaucht, mit einem Gabelstapler durch eine Mauer gefahren und hatte sich gefallen lassen müssen, dass sein Gedächtnis gelöscht wurde. *Okay* war also nicht unbedingt das richtige Wort, um zu beschreiben, wie ich mich in diesem Augenblick fühlte.

Spione sind gut im Multitasking. Wir beobachten und verarbeiten, wir sind berechnend und lügen, aber ich hätte nie geglaubt, dass man sich gleichzeitig so glücklich, ängstlich und total ungeschickt fühlen konnte, also murmelte ich: »Hi, Josh«, und gab mir Mühe, dass mir die Stimme nicht versagte.

»Was machst du hier?«, fragte Josh und schaute dann die schmale Straße hoch und wieder runter, als ob er verfolgt würde (was ja gar nicht so abwegig war).

»Oh, es ist … was für die Schule.« Bei dem Wort *Schule* wich er ein bisschen zurück. Ich guckte an mir hinunter – auf die Uniform, die Josh bis zu diesem Moment noch nie an mir gesehen hatte. »Und wie geht es dir so?«

»Okay. Und dir?«

»Okay«, sagte ich auch, denn obwohl ich ihm eine Menge in vielen verschiedenen Sprachen hätte erzählen können, waren die Sachen, die ich ihm am liebsten gesagt hätte, meist Dinge, die weder die Spionin in mir noch das Mädchen in mir jemals hören lassen konnte.

»Wir sind also beide okay«, meinte Josh. Er zwang sich zu einem Lächeln. »Das freut mich für uns.«

Kann das Ganze eigentlich noch peinlicher werden, dachte ich und zwar genau in dem Moment, in dem – ihr habt's erraten – *alles noch viel peinlicher wurde.*

»Josh!« Die Stimme war weich und vertraut. »Josh, dein Vater hat gesagt, er kann …« Die Stimme verstummte und ich sah eine der ältesten Freundinnen von Josh aus dem Seiteneingang der Apotheke treten.

DeeDees kurze blonde Haare flatterten da, wo sie unten aus ihrem rosa Hut guckten. Der farblich zu ihrem rosa Schal passte. Und ihren rosa Fausthandschuhen. Rosa war eindeutig DeeDees Lieblingsfarbe. »Oh, mein Gott, Cammie! Toll dich zu sehen!«, rief sie aus.

Sie blieb stehen und musterte meine Schuluniform, als ob ihr gerade einfiel, dass fast alles, was ich im letzten Semester erzählt hatte, eine Lüge war. Und dann umarmte sie mich trotz allem.

»Hi, DeeDee«, sagte ich und zwang mich zu lächeln. »Es ist wirklich … gut … dich wiederzusehen.« Und es wäre auch gut gewesen, wenn mir nicht etwas aufgefallen wäre, das nichts damit zu tun hatte, eine Spionin in der Ausbildung zu sein, aber alles damit, eine Ex-Freundin zu sein.

DeeDee und Josh standen viel zu steif da und versuchten zu krampfhaft sich nicht zu berühren. Sie tauschten erschrockene Blicke aus, die *Sie hat uns erwischt!* und *Meinst du, sie weiß Bescheid?* schrien.

Wenn man sie zusammen sah, musste man kein Genie sein, um zu wissen, dass Josh und DeeDee nicht länger »nur Freunde« waren.

Spione sind nicht darauf trainiert, dass ihnen immer klar ist, was sie denken sollen. Sie werden so ausgebildet, dass sie in Zeiten wie dieser nicht zu denken brauchen. So, dass ihre Körper auf Automatik schalten und tun, was das Richtige für sie ist. Mein Mund lächelte. Meine Lunge atmete weiter. Ich blieb in Deckung, auch als ich Mr Solomons Stimme in meinem Ohr sagen hörte: »Okay, Miss Morgan, lassen Sie uns Ihre Übergabe sehen!«

»Wir … ich meine … ich bin …«, verbesserte sich DeeDee

schnell, als ob sie die Tatsache verbergen wollte, dass sie ihren Status als Einzelperson in den letzten Wochen verloren hatte. »Ich bin im Ausschuss für den Frühlingstanz … eine Party … und du weißt … eine ziemlich große Sache …« Sie schwafelte unsicher, was für Leute, die zum ersten Mal etwas streng Geheimes tun, normal ist. »Und Josh hilft mir Geschäfte dazu zu bringen Preise zu spenden und solche Sachen. Für den Tanz. Nächsten Freitagabend. Und –«

Sie hätte ewig weiterquasseln können und ich hätte sie lassen können, aber dann erscholl eine Stimme in der schmalen Straße. »Cammie – da bist du ja!«, rief Zach, als er um die Ecke bog. Er blieb stehen und schaute von Josh zu DeeDee und schließlich auf mich. »Ich hab mich schon gewundert, weshalb du verschwunden bist«, sagte er. Dann drehte er sich zu dem Jungen neben mir, streckte die Hand aus und sagte: »Ich bin Zach.«

DeeDee sah Zach an, dann wieder mich und lächelte ihr strahlendes, typisch amerikanisches Lächeln, als ob dies das tollste Zusammentreffen aller Zeiten wäre.

Aber Josh lächelte nicht. Er schaute mit dem gleichen Gesichtsausdruck zwischen Zach und mir hin und her, den er bei seinen Hausaufgaben für Chemie hatte – als ob er die Lösung direkt vor sich hätte, sie aber nicht sehen könnte.

»Zach«, sagte ich, als ich mich schließlich an mein Kultur- und Anpassungs-Training erinnerte, »das ist DeeDee. Und Josh. Sie sind …«, fing ich an, bevor mir klar wurde, dass ich keine Ahnung hatte, wie ich den Satz beenden sollte.

»Wir sind Freunde von Cammie«, sagte DeeDee hilfreich.

»Zach und ich …«, sagte ich und konnte wieder keine Worte finden, um den Satz zu beenden.

»Ich geh mit Cammie in die Schule«, sagte Zach und ich staunte einen Augenblick, wie problemlos er log, bevor mir klar wurde, dass es gar keine Lüge war.

»Echt?« DeeDee sah verwirrt aus. »Ich dachte, es wäre eine Mädchenschule.«

»Meine Schule macht in diesem Semester einen Schüleraustausch mit Gallagher.«

Dann (und ich schwöre, ich erfinde das alles nicht!) nahm er meine Hand.

»Oh.« DeeDees Augen wurden groß, als sie erst Zach, dann mich und dann unsere verschränkten Hände ansah. »Das ist toll!« Sie strahlte und da DeeDee sich nie wie eine Spionin benimmt, bezweifelte ich nicht im Geringsten, dass sie sich für mich freute.

Ich sah Zach an und versuchte ihn mit DeeDees Augen zu betrachten. Er war groß und seine Schultern waren ziemlich breit. Wenn man schon unbedingt mit seinem Ex-Freund und seiner neuen Freundin zusammenstoßen muss, gibt es wahrscheinlich schlimmere Tarnungen. (Das weiß ich, weil meine Mutter mir einmal eine Geschichte über die Privolzhsky-Region in Russland und einen äußerst unvorteilhaften Hut erzählt hat.) Das alles änderte aber nichts an der Tatsache, dass ich endlich wieder mit Josh zusammen war, aber Josh … war mit DeeDee zusammen. Und ich hielt die Hand des falschen Jungen.

»Cam«, sagte Zach und ich stellte fest, dass er mich zum ersten Mal bei meinem richtigen Namen genannt hatte – nicht *Gallagher Girl*. Es klang … *anders*. »Der Wagen fährt in zehn Minuten los.« Er nickte Josh und DeeDee zu. »Es war nett euch kennenzulernen.«

»Und dich«, sagte DeeDee, aber Josh gab keinen Mucks von sich, als wir Zach hinterhersahen. Er war schon bei der Reinigung um die Ecke gespurtet, als mir klar wurde, dass er den Vierteldollar mitgenommen hatte.

Ich gebe es nur ungern zu, aber Zachary Goode war *echt* gut.

»Oh … also … dann lass ich euch mal besser mit euren Partyplänen allein«, sagte ich und machte ein paar Schritte.

»Du könntest kommen«, rief Josh mir nach. Ich blieb stehen. »Nächsten Freitag. Die ganze Stadt ist dabei. Wenn du willst, kannst du auch kommen.«

»Und Zach mitbringen«, fügte DeeDee schnell hinzu.

»Macht bestimmt Spaß«, sagte ich, dabei klang eine Party mit Josh, DeeDee und Zach eher nach Folter und zwar von der Art, die von der Genfer Konvention verboten worden ist. Aber natürlich konnte ich das nicht sagen. Natürlich musste ich lächeln. Und lügen. Schon wieder.

VOR- UND NACHTEILE EINER SPIONIN MIT GEBROCHENEM HERZEN:

VORTEIL: Immer wenn dir danach ist jemanden zu boxen, kannst du das tun. So fest, wie du willst. Und kriegst noch Punkte dafür.

NACHTEIL: Die Person, die du boxt, boxt dich wahrscheinlich zurück. Und zwar kräftiger. (Vor allem, wenn die Person Bex heißt.)

VORTEIL: Hohe Mauern und neueste Sicherheitsvorrichtungen verringern die Möglichkeit, dem Ex-Freund und seiner neuen Freundin unter extrem peinlichen Umständen zu begegnen.

NACHTEIL: Fortschrittliche Ausbildung bedeutet, dass das fotografische Gedächtnis jetzt so zuverlässig funktioniert, dass man den Anblick des glücklichen Paares nie mehr vergessen kann.

VORTEIL: Die alten Liebesbriefe und Kinokarten ohne mit der Wimper zu zucken in eine Papiertüte stopfen und sie richtig, richtig gut verstecken können.

NACHTEIL: Feststellen, dass man die Tüte trotz allem nicht verbrennen kann. Noch nicht.

VORTEIL: Wissen, dass man immer – egal, um welche Aufgaben es sich handelt – auf seine Freunde zählen kann.

»Wir hassen sie«, verkündete Bex am Abend, als wir vier die Treppe hinunter zum Essen gingen.

»Nein, wir *hassen* DeeDee nicht«, sagte ich.

»*Du* kannst sie natürlich nicht hassen – das wäre kleinlich«, sagte Liz wie jemand, der viel darüber nachgedacht hat. »Aber *wir* können sie hassen.«

Theoretisch klang das gut, doch DeeDee war nicht leicht zu hassen. Sie gehört zu den Leuten, die an Stelle von I-Punkten Herzchen zeichnen (das weiß ich, weil wir im letzten Semester einen Zettel von ihr in Joshs Abfall gefunden hatten), sie trägt rosa Fausthandschuhe und lädt die Ex-Freundin ihres Freundes zu Partys ein, obwohl sie das überhaupt nicht nötig hat. DeeDee war einfach total un-hass-bar. (Und das ärgerte mich am allermeisten.)

Die Flure waren praktisch leer. Köstliche Düfte strömten aus der großen Halle herauf, als Macey McHenry eine Hand auf das Geländer der Treppe legte, sich zu mir umdrehte und sagte: »Wir könnten in den Computer des Kraftfahrzeugamts eindringen und ihr ein Dutzend unbezahlter Knöllchen anhängen.«

»Macey!«, schrie ich.

»Du würdest dich vielleicht besser fühlen«, meinte sie. »*Ich* würde mich besser fühlen.«

Aber im Moment glaubte ich nicht, dass mir irgendetwas helfen könnte, vor allem nicht, als wir den Marmorfußboden der Eingangshalle betraten und Bex sagte: »Du *könntest* doch zur Party gehen und ihm zeigen, was er verpasst.«

Zu dieser Party zu gehen war echt das Letzte, was ich brauchte, weil ich (A) praktisch unter Eid versprochen hatte, dass ich mich nicht mehr vom Campus schleichen würde, (B) Zach mitnehmen müsste (was nie passieren würde) und (C) absolut nichts im Kleiderschrank hängen hatte, das niedlich genug wäre, um mit rosa Fausthandschuhen konkurrieren zu können!

Ich wollte gerade auf diese einfachen Tatsachen hinweisen, als mir plötzlich klar wurde, was Bex gesagt hatte.

»Warte!«, schrie ich. »Woher weißt du von der Party?«

»Cam«, sagte Bex leise, »wir konnten dich hören.«

Oh. Mein. Gott.

Als ob es nicht schon schlimm genug gewesen wäre, dass ich gerade eines der traumatischsten und herzzerreißendsten Gespräche meines jungen Lebens geführt hatte – nein, ich hatte auch noch in ein Mikro gesprochen!

Meine Mitschülerinnen hatten alles mitgekriegt … Mr Solomon hatte alles mitgekriegt … *Dr. Steve* hatte alles mitgekriegt!

Ich hatte die Chance gehabt, mich vor den Blackthorne Boys zu rehabilitieren und war erstarrt. Ich, Cammie, das Chamäleon, war von meinem Ex-Freund … und seiner neuen Freundin … gesehen worden und war erstarrt.

Meine drei Freundinnen mussten mich in die große Halle zum Abendessen ziehen. Ich beherrschte mich bis zum Nachtisch. Erst danach schlich ich mich davon. (Warum eine köstliche Crème Brûlée verschwenden?)

Aber dann fand ich mich in staubigen Korridoren wieder, die selten benutzt werden, wie ich weiß, kam an Eingängen zu geheimen Gängen vorbei und kämpfte gegen die Versuchung an hineinzuschlüpfen, bis ich in einer langen leeren Halle stand, den Wandteppich mit dem Stammbaum der Familie Gallagher anstarrte und mich danach sehnte mich dahinterzuschieben, um meinen geheimen Lieblingsgang zu betreten und zu verschwinden.

Ich hätte es wahrscheinlich auch getan, wenn ich nicht hinter mir eine Stimme gehört hätte.

»Ich glaube, ich hab auf meiner Sightseeing-Tour noch nicht alles gesehen.«

Zach. Zach stand hinter mir. Zach beobachtete mich im Korridor und ich wusste nicht, was mir mehr Angst machte – dass ich so schlampig vorgegangen war, dass ich ihn nicht gehört hatte, oder dass er so gut war, dass er nicht zu hören gewesen war.

»Was sagst denn du dazu, Gallagher Girl?« Er kam näher und hob den Wandteppich mit einem Finger an, um dahinterzuschauen. »Bekomme ich jetzt meine Kein-Gang-ist-zu-geheim-keine-Mauer-zu-hoch-Tour von Cammie Morgan?«

»Woher weißt du –«

Er zeigte auf sich und sagte: »Spion.«

Zach legte den Kopf schief und lehnte sich mit einer Schulter an die kalte Wand und plötzlich wurde mir bewusst, dass wir allein waren.

»Das war also Jimmy?«

»Josh«, verbesserte ich ihn.

»Ist ja auch egal«, sagte Zach und winkte ab. »Jedenfalls ein Süßer.«

Stimmt, Josh ist ein Süßer, aber ich bezweifelte stark, dass Zach das ernst meinte. Also verdrehte ich nur die Augen. »Was willst du, Zach? Wenn du gekommen bist, um dich über mich lustig zu machen – nur zu!«, sagte ich und stellte mich ihm unverhüllt entgegen (jedenfalls so unverhüllt, wie es einem Mädchen in einer staatlich genehmigten Schuluniform möglich ist). »Lästere, so viel du willst!«

Er musterte mich lang und kämpfte damit ernst zu bleiben. »Ach, weißt du, das würde ich schon gerne tun, aber du hast mir eben den Spaß verdorben.«

»Tut mir leid.«

Ich machte ein paar Schritte, aber Zach versperrte mir den Weg. »Hey«, flüsterte er. »Warum bist du heute so erschrocken?« Plötzlich war er nicht mehr der Junge, der mir in Washington zugezwinkert hatte, und ähnelte dem Typ, der sich auf den Stufen des Pavillons gesonnt hatte, kein bisschen mehr. Bis jetzt hatte ich drei verschiedene Gesichter des Zachary Goode gesehen und im Moment hatte ich keine Ahnung, was echt und was Legende war.

»Mir geht's gut«, sagte ich. »Ich bin damit fertig.«

»Noch nicht, Gallagher Girl. Aber sicher irgendwann.«

Als ich am Sonntagabend zum Büro meiner Mutter ging, fragte ich mich unwillkürlich, wann alles leichter werden würde. Josh war nicht einmal mehr mein Freund und trotzdem war mein Leben voller Dramen, die mit Jungs zu tun hatten. Hatte ich nicht einen großen Teil meiner Winterferien mit dem Versuch verbracht die Dinge hinter mich zu bringen? Das war jedoch, bevor mir klar wurde, dass ich bei der Gegenobservation versagen würde – dass die Dramen mir folgen würden, wohin ich auch ging.

Ein paar Minuten später tauchte Mom im Türrahmen ihres Büros auf. »Wie geht's dir, Kleine?«

»Gut.«

Einer der Nachteile eine Top-Spionin als Mutter zu haben ist jedoch der, dass sie meist weiß, wenn man lügt – sogar sich selbst gegenüber.

»Nein«, sagte Mom. Ich hörte das Klicken der Tür, die sich schloss. »Dir geht's nicht gut.«

Ich hätte behaupten können, dass es nichts war. Ich hätte ihr mitteilen können, dass es mir unter den gegebenen Umständen so gut wie nur möglich ging – wenn man bedachte, dass Eva Alvarez um sechs Uhr früh (an einem *Sonntag*) in unser Zimmer gestürmt war, um sich Maceys Lockenstab auszuleihen. Aber meine Mutter wusste es besser, also ging ich zum Ledersofa, versank in den weichen Polstern und gestand: »Ich hab Josh getroffen.«

Und meine Mutter sagte: »Ich weiß.«

Natürlich wusste ich, dass sie es wusste. Schließlich ist sie eine Spionin und die Schulleiterin und wahrscheinlich flatterte irgendwo ein Video der ganzen Tortur herum. (Notiz an mich: Video finden und vernichten.) Aber in diesem Moment sah mich Rachel Morgan nicht als Spionin an, sondern als Mutter. Vielleicht musste ich deshalb in eine andere Richtung schauen.

Sie setzte sich neben mich auf die Couch. »Ich weiß, es

kommt dir nicht so vor, aber das ist *gut*, Cam. Ihn wiederzusehen war eine gute Sache.«

Doch es fühlte sich nicht wie eine gute Sache an.

»Der Tee, den wir Josh serviert haben, hat eine starke Wirkung, aber manchmal können bestimmte Auslöser dafür sorgen, dass Leute sich an Dinge erinnern, die sie eigentlich vergessen sollten. Josh hat dich gesehen. Er hat mit dir gesprochen. Wir wissen, dass er sich nicht daran erinnert dir bei der GehOp-Prüfung gefolgt zu sein. Er weiß nicht mehr, dass er hierher zurückgekommen und befragt worden ist. Die Gallagher Akademie ist für ihn nur ein Elite-Internat«, sagte meine Mutter. »Josh ist kein Sicherheitsrisiko mehr.«

Wir wussten jetzt also, dass Josh niemals die Wahrheit erfahren würde.

Ich hatte auch früher schon einiges einstecken müssen – oft – und zwar von Leuten, die wissen, was sie tun, aber irgendwas an dem, was meine Mutter sagte, raubte mir den Atem. Ich weiß, es ist verrückt, aber ich konnte nicht anders – ich stellte mir vor, dass Josh vielleicht irgendwann mit DeeDee, der Entzückenden, Schluss machen würde, dass ihm plötzlich die Wahrheit über mich einfallen und er mich trotzdem lieben würde. Ich weiß, das war ein verrückter Traum. Aber es war *mein* Traum. Und ein Teil von mir wollte nicht zusehen, wie dieser Traum verflog.

»Ich weiß, es ist schwer, meine Kleine. Deshalb habe ich mir etwas überlegt, was dich auf andere Gedanken bringt.« Mom langte hinter ihren Schreibtisch und holte einen großen weißen Karton hervor, um den eine schöne blaue Schleife gebunden war.

Natürlich hatte ich schon öfter Geschenke von meiner Mutter bekommen – besondere Geschenke (signierte Erstausgaben des Buches *Führer durch das unterirdische Russland eines Spions* wachsen nämlich nicht auf Bäumen) –, aber ich hatte irgendwie das Gefühl, dass dieses Geschenk anders war. Als ob es an irgendwelche Bedingungen gekoppelt wäre.

»Mach schon auf«, sagte Mom. »Ich denke, es passt.«

Ich löste das Band und ließ es auf den Boden fallen, nahm den Deckel ab und wühlte im Seidenpapier.

»Es ist ein Kleid«, staunte ich, als ob das nicht offensichtlich gewesen wäre. Aber es war kein einfaches Kleid. Es war rot … und bodenlang … und schulterfrei! Und ich weiß, normale Mütter kaufen normalen Töchtern wahrscheinlich ständig schulterfreie Kleider – für Partys und Abschlussfeiern und Cello-Konzerte und solche Sachen, aber als meine Mutter das letzte Mal so ein Kleid in den Händen hielt, hatte sie sich für eine Silvesterparty an Bord der Jacht eines Waffenhändlers aus dem Nahen Osten zurechtgemacht. Deshalb war an dem Kleid irgendetwas einfach … anders.

»Es ist wunderschön«, lobte ich.

Mom ging zur Mikrowelle, um ein paar gefrorene Burritos reinzutun. »Ich bin froh, dass es dir gefällt. Ich dachte, dass es dir stehen würde.«

Was ich, ehrlich gesagt, bezweifelte, aber ich fand, dass dies nicht der richtige Zeitpunkt war darauf hinzuweisen.

»Ähm, Mom …«

»Ich hab mir auch gedacht, dass du es in einer Woche gebrauchen könntest.«

Ich saß da, starrte in den Karton und überlegte. Es musste etwas Großes sein, was mir bevorstand. Etwas Wichtiges. Etwas, das Abendgarderobe verlangte.

Kapitel Fünfzehn

Die Gallagher Akademie hat mich auf vieles vorbereitet, aber nichts davon ist rot. Oder schulterfrei. Vielleicht hatte meine Mutter vergessen, dass ich das Mädchen war, das niemand sieht – das Chamäleon. Chamäleons laufen nicht in Abendkleidern mit Empire-Taillen und langen, hauchdünnen Röcken herum, die flattern, wenn man sich dreht. Es war, als ob meine Mutter nicht wusste, dass dieses Kleid für ein Mädchen bestimmt war, das auf jeden Fall gesehen werden sollte.

»Was ist los, Gallagher Girl?«, fragte Zach, als wir am nächsten Vormittag aus der LdW-Stunde kamen und unterwegs zum K+A-Unterricht waren. »Du scheinst nervös zu sein.«

Er wäre auch nervös gewesen, wenn er Bex' Theorie gehört hätte. Sie meinte, eine Terroristengruppe habe wahrscheinlich vor einen Abschlussball zu überfallen, wobei wir uns unauffällig unter die Feiernden mischen würden, um das zu verhindern. Das konnte ich ihm natürlich nicht verraten. Und als wir uns ein paar Minuten später auf den Chippendale-Stühlen niedergelassen hatten, sagte *keiner* mehr einen Ton.

»Die gesamtschulische Prüfung ...«, verkündete Madame Dabney, die mitten im Raum stand. Sanfte Strahlen des morgendlichen Sonnenscheins funkelten um sie herum und ihre Stimme hatte einen so verträumten Klang, dass ich mir vorstellte, wie unsere Lehrerin bei Harfenklängen über den Parkettboden schwebte. »Oooh, meine Damen«, sagte sie und fügte dann schnell hinzu: »... und meine Herren. In all den Jahren des Unterrichtens an dieser feinen Lehranstalt hatte ich noch nie die Gelegenheit eine solch aufregende Lernerfahrung zu organisieren.«

Liz rührte sich nicht mehr und Eva und Tina rissen ihre Blicke von Grants muskulösen Unterarmen los.

»An diesem Freitagabend sind alle Schülerinnen und Schüler von der achten bis einschließlich zwölften Klasse zu einer offiziellen Prüfung eingeladen.« Madame Dabney wartete auf Standing Ovations. »Ein Ball, meine Damen und Herren«, erklärte sie, als niemand applaudierte. »Es wird einen Ball geben!«

Tina schnappte nach Luft und Liz' Augen wurden riesig, was nur bei der Kombination Tests *und* High Heels geschieht. Jonas schluckte und wurde genauso rot wie das Kleid, das in meinem Schrank hing – das Kleid, das ich tragen müsste, um eine gute Note zu bekommen!

Da hat irgendjemand einen Fehler gemacht, dachte ich. Bestimmt hätte Bex das Kleid bekommen sollen und ich Anweisungen, wie man in das staubige, dreckige, von Mäusen befallene Leitungssystem der russischen Botschaft oder Ähnliches gelangt.

Mit Mäusen werde ich fertig. Aber mit trägerlosen BHs? Sagen wir so: Ich bin ein Mädchen, das gern alles ordentlich fixiert.

»Morgen um diese Zeit werden Sie alle Kleider anprobieren.« Sie strahlte die Mädchen an. »Und Smokings«, sagte sie, an die Jungs gewandt. »Am Freitagabend wird man Sie bitten an einer breit gefächerten Prüfung teilzunehmen – in einer Nacht, die alles, was wir lehren, beinhalten wird. Und man wird von Ihnen erwarten, dass Sie tanzen.«

Ich bin ziemlich sicher, dass alle anderen Mädchen im Raum das Wort »tanzen« hörten.

Aber ich dachte an Bex' Worte im verlassenen Ostflügel und *ich* hörte »Revanche«.

Von Joe Solomon die Augen verbunden zu bekommen und nach Washington geflogen zu werden hat etwas. Schließlich besteht der schwierigste Teil streng geheimer Missionen nicht aus Schock, Angst oder Hubschrauber-Turbulenzen. Der schwierigste Teil ist das Warten. Ich war bestimmt nicht das einzige Gallagher Girl, das so empfand, denn in der Woche nach der Ankündigung des Balls schwirrten so viele Gerüchte durch die Gänge, dass selbst ich Probleme hatte, sie von der Wirklichkeit zu unterscheiden.

Zum Beispiel:

Statt der umfassenden Prüfung, die angekündigt worden war, würden wir einen Abschlussball infiltrieren, der von Terroristen überfallen würde. FALSCH.

Alle Mädchen der achten Klasse hassten jetzt Macey McHenry, weil alle Jungs der achten Klasse in sie verliebt waren. WAHR.

Unser Koch Louis würde vergiftete Häppchen servieren, so dass wir Gegengifte erfinden oder sterben müssten. FALSCH.

Die S+V-Stunde am Donnerstag würde sich auf defensive

Positionen konzentrieren, die dem Begriff »Sidekick« eine völlig neue Bedeutung geben würden. WAHR.

Die Entfernung der Körperbehaarung durch Wachs als Folter Schrägstrich Verhörtaktik ist laut internationaler Gesetzgebung illegal. FALSCH. (Aber wenn die Schreie, die aus Tina Walters' Badezimmer kommen, eine Aussage sind, sollte es eigentlich WAHR sein.)

Bis zum Freitagvormittag konnte man nicht durch den Flur gehen, ohne nicht mindestens ein Dutzend Gespräche mitzuhören, bei denen es um Haarnadeln ging (und zwar nicht im üblichen Zusammenhang mit dem Knacken von Schlössern und/oder der Selbstverteidigung). Ein Teil von mir machte sich ein paar Gedanken zum Zustand unserer Schwesternschaft, aber ein anderer Teil von mir wusste, dass der Erfolg einer Mission schon halb gesichert ist, bevor der Einsatz überhaupt begonnen hat. Die Vorbereitung spielt eine große Rolle, was erst recht zutrifft, wenn Abendgarderobe nötig ist.

»Hältst du bitte mal still?«, sagte Macey streng, als sie nach meinem Unterkiefer grapschte und meinen Kopf fixierte (weil jeder weiß, dass flüssiger Eyeliner in den falschen Händen tödlich sein kann). Aber ich konnte doch unmöglich einfach nur dasitzen, als ob mein Lidstrich das Wichtigste auf der Welt wäre. Es blieb uns weniger als eine Stunde, bevor der Ball begann, und diese Zeit hätte ich nutzen können, um mir mein Chemiebuch oder meine GehOp-Notizen noch einmal vorzunehmen. Wussten meine besten Freundinnen denn nicht, dass dies eine gesamtschulische Prüfung war, also *jedes* Fach umfasste, und dass dies meine Chance war einiges wiedergutzumachen?

Nein! Ich konnte überhaupt nicht lernen, weil Liz unheimlich schmerzhafte Dinge mit meinen Haaren anstellte, während Macey mir eine dreiminütige Lektion über den Zustand meiner Poren erteilte. In der Zwischenzeit war Bex damit beschäftigt die kugelsicheren Körbchen von Dr. Fibs in ihren *Wonderbra* zu nähen (anstatt der Schaumstoffdinger, die ursprünglich drin waren). Und ich musste unwillkürlich daran denken, wie kompliziert doch Spionagekram ist. Mädchenkram ist schwierig. Aber ich bezweifle, dass es etwas Schwierigeres als Mädchen-Spionagekram gibt.

Ich wollte gar nicht daran denken, was die Jungs im selben Augenblick taten. Ich hatte die Jacken im Klassenzimmer für K+A hängen sehen – alle schwarz. Auch ihre Schuhe. Und die Krawatten. Und alle Typen des Blackthorne Instituts hatten Stoppelfrisuren, also bezweifelte ich stark, dass sie sich abmühten wie wir. Nichts im Leben ist fair – und Spionage schon gar nicht!

Es war fast neunzehn Uhr. Unser Zimmer roch nach Parfüm und Lockenstäben, die zu lang in Betrieb waren. Und weiter unten im Flur hörte ich Anna Fetterman schreien: »Macht mich das dick?« – obwohl sie nicht mal fünfzig Kilo wiegt. Es war kein gewöhnlicher Abend in der Gallagher Akademie. Es war keine gewöhnliche Prüfung. *Ich* jedenfalls war nicht bereit und zwar in vielerlei Hinsicht.

»Kann jemand meinen Reißverschluss zuziehen?«, schrie Eva und rannte so schnell in unser Zimmer, wie es einem eins sechzig großen Mädchen mit acht Zentimeter hohen Absätzen möglich ist. Tina erschien und fragte, ob wir Isolierband hätten, wobei ich vermutete, dass sie es für einen total unüblichen Zweck benötigte.

Alles schien greller und lauter zu sein und ich wurde das Gefühl nicht los in Kürze auf Herz und Nieren geprüft zu werden, also zog ich das rote Kleid an. Ich wusste, es war Zeit mich nicht länger zu verstecken – nicht einmal in meinem Zimmer. Ich verdrängte die Tatsache, dass es Freitagabend war und dass sich drei Kilometer weiter eine ganz andere Schule auf eine ganz andere Art von Party vorbereitete.

Ich ging zur Tür und sagte: »Es ist Zeit.«

Ich hatte nicht gewusst, wie *uniform* uns unsere Uniformen machten, bis ich oben an der großen Treppe stand und ins Foyer hinunterschaute. Mädchen jeder Größe, Figur und Farbe trugen glänzende Saris und elegante Partykleider. Zum ersten Mal wurde mir klar, dass es auf der ganzen Welt keine Ecke gibt, in der wir nicht verschwinden können.

»Sie sehen wunderschön aus, meine Damen.« Madame Dabney blieb vor uns stehen und wandte sich an Mrs Buckingham. »Oh, Patricia, sehen sie nicht wunderschön aus? Ich wünschte, ich hätte meine Kamera dabei … vielleicht sollte ich zurückgehen … halt!« Sie schien sich plötzlich an etwas zu erinnern. »Da ist ja eine in der Brosche.« Dann trieb sie Bex und Macey zusammen, während sie mit der Brosche, die einen zarten Seidenschal zusammenhielt, ein Foto machte.

Alle lächelten. Und vielleicht sahen wir ja wirklich wunderschön aus. Bex' Kleid war lang und schwarz und hatte Riemchen auf dem Rücken, die ihre Muskeln zur Schau stellten. Liz sah in ihrem hellrosa Kleid mit dem weiten Rock wie die Zahnfee aus (aber gut). Und Macey sah in ihrem einfachen grünen Kleid und mit ihrem Pferdeschwanz natürlich wie ein Supermodel aus (mit Pferdeschwanz, echt – unglaublich!).

Die Eingangstür öffnete sich und ein paar Typen, die für den Hausmeister arbeiteten, kamen wahrscheinlich herein, um das Verhältnis zwischen den männlichen und weiblichen Ballbesuchern ein bisschen auszugleichen. (Aber ich kann euch versichern: Die Overalls der Hausmeister unserer Schule sehen nicht halb so vorteilhaft wie die Smokings aus.)

Drei Achtklässler stürzten sich auf Macey und flehten sie an Tänze mit ihnen zu reservieren und dann hörte ich eine tiefe, kräftige Stimme hinter mir.

»Ohooo«, sagte Zach gedehnt und musterte mich von unten bis oben, von den Schuhen, in denen ich nicht laufen konnte, bis zu meiner Frisur, zu der mich Bex und Macey überredet hatten. Dann lehnte er sich ans Geländer und verschränkte die Arme. »Du siehst gar nicht hässlich aus.«

Das war bestimmt als Kompliment gemeint, aber meine Jungs-Dialekt-Kenntnisse waren ein bisschen eingerostet und Macey war nirgends zu sehen, also musste ich improvisieren. »Danke, gleichfalls.«

Mann, dachte ich. Lächelt er? Lacht er? Hatten Zach Goode und ich möglicherweise einen partymäßig gekleideten, geheimen Vor-Einsatz-Moment?

Kann sein, aber das werde ich nie erfahren, weil in genau dieser Sekunde mein Absatz im Saum hängen blieb und ich alle Anmut zusammenraffen musste, um nicht aufs Gesicht und aus meinem Kleid zu fallen (dem *schulterfreien*, wie ihr wisst).

»Vorsicht, Gallagher Girl!«, sagte Zach und nahm meinen Ellbogen so, wie Madame Dabney es den Typen tags zuvor beigebracht hatte.

Ich riss meinen Arm weg. »Ich kann die Treppe allein hinuntergehen.« Er hatte anscheinend vergessen, dass ich auch in der Lage war ihn diese Treppe hinunterzuwerfen, aber im selben Moment schwebte Madame Dabney vorbei. »Eine Dame nimmt den Arm eines Herrn stets freundlich entgegen, wenn er ihr gereicht wird, Cammie, meine Liebe.«

Ihr seht, ich hatte überhaupt keine Wahl – nicht, wenn Madame Dabney in der Gegend herumstand und mit ihrem Schmuck fotografierte.

Ich nahm also Zachs Arm und wir schritten die Treppe hinab, dem größten (und schicksten) Test aller Zeiten entgegen. Aber war Zach nervös? Nein. Er grinste nur dieses Ich-weiß-etwas-was-du-nicht-weißt-Lächeln, mit dem er mich schon im Fahrstuhl in Washington angegrinst hatte.

»Lass das!«

»Was denn?«, fragte er und klang vollkommen unschuldig, was er mit Sicherheit nicht war.

»Dir macht die Sache viel zu viel Spaß. Du grinst.«

Wir erreichten die Eingangshalle und steuerten den großen Saal an. »Ich hab Neuigkeiten für dich, Gallagher Girl. Wenn dir das alles keinen Spaß macht, bist du im falschen Gewerbe.«

Vielleicht hatte er Recht. Schließlich hatte die große Halle noch nie so fantastisch ausgesehen. Kleine runde Tische voller Orchideen, Lilien und Rosen standen am Rand. Ein Streichquartett spielte Beethoven. Kellner trugen Tabletts mit Häppchen, die fast zu schön waren, um sie zu essen. Der Raum passte überhaupt nicht in eine Schule, aber total in ein Schloss. Er war perfekt und elegant und ich bekam langsam das Gefühl, dass es *doch* eine Party war und es vielleicht sogar Spaß machen könnte ein rotes Kleid zu tragen und auf einem Ball zu tanzen.

Aber das war, bevor ich Joe Solomon auf uns zuschlendern sah, einen Stapel Akten unter dem Arm und einen Ausdruck im Gesicht, der uns auf grimmige Weise daran erinnerte, dass der heutige Abend ein rein geschäftlicher war. Und es war auch, bevor ich meinen GehOp-Lehrer sagen hörte: »Hallo, meine Damen und Herren! Sie sehen alle sehr gut aus, aber ich fürchte, Sie sind noch nicht ganz fertig.«

Darf ich außerdem erwähnen, dass Mr Solomon zum Glück ein äußerst gewiefter Geheimagent ist, denn in diesem Moment hätte er sich ernsthafte Sorgen um seine körperliche Sicherheit machen müssen. Schließlich sagt man so etwas nicht zu einer Mädchengruppe, die sich gerade erst gezupft, gewachst, gegelt, besprüht und geschminkt hat.

»Ich fürchte, wir hatten nicht erwähnt, dass der heutige Abend so etwas Ähnliches wie ein Faschingsball ist«, sagte er. Danach brach Panik aus.

»Aber wir haben keine Masken oder … Kostüme oder –«, jammerte Courtney, bevor ihr Mr Solomon das Wort abschnitt.

»Das ist Ihre Verkleidung, Miss Bauer.« Anstelle von Masken reichte er uns die Ordner. »Tarnidentitäten, meine Damen und Herren. Sie haben drei Minuten, um sich alle darin befindlichen Informationen einzuprägen.«

Sofort schoss Liz' Hand in die Höhe.

Mr Solomon lächelte. »Auch wenn Sie nicht am GehOp-Kurs teilnehmen, Miss Sutton. Spione sind großartige Schauspieler, meine Damen und Herren. Die Schauspielerei ist ein wichtiger Teil unserer Arbeit. Deshalb ist Ihre Aufgabe heute Abend ganz einfach: Sie werden jemand anderes sein.«

Es fühlte sich nicht mehr wie Verkleiden an.

Er machte ein paar Schritte, blieb dann stehen und sagte:

»Das ist ein Test, Leute. Kultur, Sprachen, Observierung … Die wahren Prüfungen in diesen Fächern haben nichts mit Wörtern auf einem Stück Papier zu tun. Heute Abend geht es nicht darum Antworten auf Fragen zu wissen, meine Damen und Herren, sondern darum die Antworten zu *leben*.«

Ich nahm die Mappe mit meinem Namen vom Stapel und fand einen Führerschein, eine Sozialversicherungskarte und sogar einen Ausweis vom Außenministerium darin – alle mit meinem Foto, aber mit einem anderen Namen.

Ich weiß, ich hatte dieses Semester mit dem Versprechen begonnen ich selbst zu sein, aber als die geöffnete Mappe vor mir lag, sah ich, dass nicht *ich* in einem roten Kleid auf einen Ball gehen würde, sondern Tiffany St. James, Ministerialrätin des Inneren.

Das war bestimmt das Tröstlichste, was ich an diesem Tag erfahren hatte.

Kapitel Sechzehn

Ihr habt bestimmt schon mal von gesamtschulischen Prüfungen gehört, aber das hier … also, *das* war eine echt gesamtschulische Nacht. Alle Sprachen, die wir je gelernt hatten, wurden in der großen Halle gleichzeitig gesprochen. Wo ich auch hinschaute, gab jemand vor aus einem Land zu sein, von dem uns Mr Smith erzählt hatte. Es war ein Chor mit Musik, Akzenten und klapperndem Geschirr. Und langsam wurde mir klar, dass es viel einfacher ist eine Tarnidentität zu haben, wenn man sich unter Leute mischt, die die Wahrheit nicht kennen.

Tiffany St. James, Ministerialrätin des Inneren, sollte eine ausgezeichnete Tänzerin sein, aber sobald ich versuchte Foxtrott zu tanzen, hatte ich das Gefühl, dass mich die ganze Schule anstarrte. Wobei es keine Hilfe war, dass unser gegenwärtiges Junge-Mädchen-Verhältnis bedeutete, dass ich mit Dr. Steve foxtrotten musste.

»Miss Morgan, Sie sehen wunderschön aus«, sagte Dr. Steve zu mir, was ja ganz nett war, aber ich wusste, dass ich darauf zu antworten hatte: »Verzeihen Sie, aber Sie scheinen mich mit jemand anderem zu verwechseln. Mein Name ist Tiffany St. James.«

Dr. Steve lachte. »Ausgezeichnet, Miss Morgan ... ich wollte sagen *Miss St. James.*« Er schüttelte staunend den Kopf. »Einfach ausgezeichnet.«

Und als ob es noch nicht schlimm genug gewesen wäre, dass der einzige Mensch, der mich – das heißt Tiffany – zum Tanzen aufgefordert hatte, Dr. Steve war, wirbelte Zach lachend an mir vorbei und schaute mich über Liz' Schulter hinweg an, während sie jede Einzelheit ihrer Legende herunterrasselte.

»Und sie haben mich nach meiner Großmutter genannt ... und mein Sternzeichen ist Zwilling ... und ich bin Vegetarierin ... und –«

Zach lachte wieder und drehte Liz im Kreis.

Josh und DeeDee tanzten jetzt wahrscheinlich in einer Turnhalle, die mit Luftschlangen dekoriert war, während ich mich im großen Saal eines Schlosses befand. Ich wette, das Frühlingsfest von Roseville hatte einen DJ – vielleicht auch eine einheimische Band –, aber ich lauschte Musik von Mozart, die von vier Mitgliedern der New Yorker Philharmoniker gespielt wurde (weil das nämlich ihre Tarnidentität ist). Wann würde ich wohl anfangen mich als Tiffany St. James, Ministerialrätin des Inneren, zu empfinden und aufhören ein Mädchen zu sein, das sich in ihrem Kleid total unwohl fühlte? (Außerdem hoffte ich inständig, dass Dr. Steve mich nicht bitten würde auch noch Tango mit ihm zu tanzen.)

Courtney Bauers Legende behauptete, dass sie die Prinzessin eines kleinen europäischen Landes war. Also bestand Ihre Königliche Hoheit darauf mit Grant zu tanzen, angeblich ein berüchtigter Playboy, der der russischen Mafia eine Menge

Geld schuldete und sich deshalb vor Kim Lee versteckte, die die uneheliche Tochter eines russischen Gangsters sein sollte. (Was für Kim bedauerlich war, weil ich mit Sicherheit weiß, dass sie sich eine ganze Woche lang darauf gefreut hatte, mit Grant zu tanzen.)

Ob sich wohl bei allen Partys solche Dramen abspielen?, fragte ich mich. Ob wohl immer so viel darüber gelabert wird, wer mit wem tanzen darf?

Auf der Tanzfläche wiegte sich Bex mit dem Wachmann, der immer den Mund voller Kaugummi hat, im Tangoschritt. Ein Achtklässler hatte Macey neben dem Bowlegefäß in die Ecke gedrängt und versuchte erwachsen zu klingen. »Wie wär's, wenn wir irgendwo hingehen, wo wir alleine sind?«

»Kommt darauf an«, sagte Macey. »Willst du deine Hand behalten?«

Alle paar Minuten unterbrach Mr Solomon jemanden und fragte Sachen wie: »Hier im Saal sind vier Männer mit Taschentüchern. Wer?« Also blieb ich wachsam, beobachtete und lauschte. Deshalb fiel mir auch auf, dass Zach mit allen tanzte. Und viel. *Sogar mit meiner Mutter* (die als die First Lady von Frankreich auftrat).

Ich merkte, dass ich immer tiefer in den Schatten der Party tauchte, als plötzlich jemand »Tiffany!« schrie. »Da bist du ja!« Ein anderer Lehrer, Mr Mosckowitz, stürmte auf mich zu. Aber für Mr M. ist die ganze Undercover-Sache noch ziemlich neu, weshalb er sich zu mir beugte und sagte: »Cammie, ich soll Ihr Chef sein. Ich bin der Staatssekretär des –«

»Ja, Herr Sekretär«, sagte ich, bevor er uns beide in Schwierigkeiten brachte.

Madame Dabney schlenderte mit einem Klemmbrett vorbei. »Redet den Staatssekretär des Inneren mit Herr Sekretär an – abgehakt.«

Ich konnte der Versuchung gerade noch widerstehen ihm zu sagen, dass sein falscher Schnurrbart ihm den gewissen Touch verlieh. Mr Mosckowitz lächelte und mir fiel ein, dass er fast sein ganzes Leben lang im Keller der NSA verbracht hatte, wo er Codes knackte. Auch der Weltbeste im Datenentschlüsseln ist wahrscheinlich gerne mal jemand anderes.

»Sagen Sie, Tiffany, haben Sie eigentlich die Aktennotizen bekommen, die ich Ihnen geschickt habe?«, fragte er und versuchte wie ein Chef zu klingen – und es hätte sogar funktioniert, wenn nicht ein wenig Kaviar an seinem falschen Schnauzbart geklebt hätte.

»Ja, Herr Staatssekretär, ich habe sie bekommen.« Ich merkte, dass ich Tiffany St. James wurde, was im Augenblick viel besser war, als *ich* zu sein – vor allem, als Mr Mosckowitz fragte: »Nun, Tiffany, gefällt Ihnen die Party?«

»Tiffany ist der strahlende Mittelpunkt«, mischte sich eine Stimme ein.

Das stimmte überhaupt nicht, aber das konnte ich nicht sagen, weil Zach mit Gläsern in beiden Händen auf uns zukam.

»Entschuldigen Sie, Herr Staatssekretär«, sagte Zach und bot Mr Mosckowitz ein Glas an, »aber ich glaube, das ist Ihr Drink.«

Mr Mosckowitz zwirbelte die Enden seines falschen Schnurrbarts, bis er abging. Schnell klebte er ihn wieder an. »Oh, ja. Richtig!« Er nahm das Glas und beugte sich nah zu mir. »Das ist doch mein Drink, oder?«

»Ja«, sagte ich leise.

»Ich danke Ihnen, mein Bester«, sagte Mr Mosckowitz zu

Zach und ich stellte fest, dass der Staatssekretär plötzlich britisch geworden war. »*Splendid!*«

Durch die funkelnden Lichter der Party konnte ich meine Mutter an einer Wand am hinteren Ende der Halle stehen sehen. Ich wollte lächeln und winken, aber Tiffany St. James kannte die schöne Frau ja nicht. Und etwas zwang mich gerader zu stehen, intensiver zu lauschen und mir zu wünschen, dass wir im GehOp-Unterricht schon Lippenlesen gelernt hätten, denn, obwohl uns zwei Dutzend tanzende Paare trennten, wussten die Spionin und das Mädchen in mir, dass meine Mutter sich irgendwelche Sorgen machte.

»Nicht wahr, Tiffany?«, fragte Mr Mosckowitz und ich brauchte eine halbe Sekunde, um zu merken, dass er mit mir redete.

»Herr Staatssekretär«, sagte Zach zu Mr Mosckowitz, »hätten Sie etwas dagegen, wenn ich mir Tiffany für einen Augenblick ausleihe?«

»Keineswegs«, sagte Mr Mosckowitz, obwohl Tiffany – ich meine *ich* – eine Menge hätte dagegen haben können.

»Sie spielen unser Lied.« Zach stellte sein Glas auf ein Tablett, das vorbeigetragen wurde, nahm meinen Arm und zog mich auf die Tanzfläche.

Das Unangenehme an einer Tarnidentität ist, dass du mögen musst, was deine Legende mag, essen, was sie isst. Da Tiffany St. James zufällig gern tanzte, durfte ich mich nicht beklagen. Ich *musste* mit Zach Goode tanzen (ein Gallagher Girl ist schließlich immer bereit sich selbstlos für ihr Land zu opfern).

In meinen (sehr unbequemen) hochhackigen Schuhen erreichten meine Augen Zach ungefähr auf Halshöhe. Seine

Hand fühlte sich auf meinem Rücken breit an und er roch – na ja – anders als Dr. Steve. (Aber auf eine echt gute Art.)

»Wissen Sie, der Staatssekretär«, sagte Mr Mosckowitz gerade zu Anna Fetterman beim Vorübertanzen, »steht direkt *unter* … dem Minister. Also bin ich so etwas wie ein Minister, nur –«

»Unter ihm?«, riet Anna, aber ich glaube, Mr Mosckowitz kapierte nicht, worauf sie hinauswollte, denn er lächelte.

»Also, Tiffany St. James«, sagte Zach, »was macht ein Mädchen wie du zum Spaß?«

»Ich hab dir nicht verraten, dass mein Name Tiffany St. James ist«, sagte ich und hoffte ihn bei einem Fehler zu ertappen. »Woher hast du das gewusst?«

»Oh«, sagte er, hob eine Augenbraue und klang genau wie der charmante und lässig-elegante internationale Kunstdieb, den er darstellen sollte. »Ich achte stets darauf die Namen« – er zog mich näher an sich heran – »schöner Frauen zu kennen.«

Dann ließ er mich nach hinten kippen. Ja, er *kippte* mich. Und er zwinkerte mir zu. Ja, er *zwinkerte*.

»Ach, komm schon, Gallagher Girl« – er drehte mich weg und wieder zurück – »entspann dich!«

An der Seite des Raums lächelte Madame Dabney und kritzelte auf ihrem Klemmbrett herum.

Aber in diesem Moment konnte ich alles, nur nicht entspannen …

»Hey.« Wir hörten auf zu tanzen und Zach schüttelte mich leicht. Seine Stimme war anders. Seine Augen waren anders. Er war nicht seine Legende, als er fragte: »Gallagher Girl? Alles okay?«

Eigentlich war fast gar nichts okay …

Weil mein BH – ihr wisst schon, der *trägerlose* – aufgegangen war.

Und dann kamen die Dinge ins Rutschen.

Nur Stunden davor hatte ich geglaubt, es könnte nichts Peinlicheres geben, als dem Ex-Freund und seiner neuen Freundin zu begegnen, dann von einem Blackthorne-Jungen gerettet zu werden und dann herauszufinden, dass die gesamte GehOp-Klasse und zwei Lehrer das Ganze mitgehört hatten.

Aber ich hatte mich getäuscht.

Das Allerpeinlichste ist, dass einem all diese Dinge passieren und zum Schluss auch noch der BH auf geheimnisvolle Weise aufgeht, während man mit dem oben erwähnten Blackthorne-Jungen tanzt!

Ich war eine flotte Drehung vom Desaster entfernt, aber Zach hielt immer noch meine Taille umfasst und schaute mir immer noch in die Augen.

»Ich muss!«, stieß ich hervor, während ich mich losriss.

»Miss Morgan!«, warnte mich Madame Dabney im Vorübergehen.

»Ich meine«, sagte ich schnell und drehte mich zu Zach, »wenn du mich für einen Moment entschuldigen würdest?« Zach sah nicht aus, als ob er mich entschuldigen wollte – er sah aus, als ob er ehrlich wissen wollte, was vor sich ging –, aber ich wollte einfach nur verschwinden und meine ungehorsame Unterwäsche mitnehmen.

Ich machte einen Schritt, aber Zach hielt meine Hand fest.

»Danke vielmals für den Tanz«, sagte ich und riss mich los.

Ich spürte, dass mein BH mit jedem Schritt zur Tür ein kleines Stückchen weiterrutschte. (Das Kleid blieb zum Glück, wo es sein sollte.)

Liz kam auf mich zu und sagte: »Hallo, ich glaube nicht, dass wir uns schon kennen. Mein Name ist Maggie McBrayer. Ich bin Vegetarierin und –«

»Nicht jetzt, Liz«, wisperte ich und lief schneller.

In der Nähe des Eingangs sah ich, dass eine Gruppe von Mädchen der achten Klasse Macey, die Madame Dabney gezwungen hatte mit einem Typen der achten Klasse Foxtrott zu tanzen, mit bitterbösen Blicken bombardierte.

Mr Solomon hielt mich auf und fragte, welcher der Gäste am ehesten Feuerwaffen versteckt haben könnte. Es schien ewig zu dauern, bis ich in die leere Eingangshalle fliehen und die Treppe hochstürmen konnte.

»Kann ich Ihnen helfen, Miss Morgan?«, fragte Mrs Buckingham, die im zweiten Stock auftauchte.

»Ich muss nur für eine Minute in unser Zimmer gehen«, sagte ich und wollte sie umrunden. Aber trotz ihrer schlimmen Hüfte und arthritischen Finger war sie schneller als ein Mädchen, das Angst hat, ihr BH könnte durch eine plötzliche Bewegung unter dem Rocksaum landen.

»Oh, ich fürchte, das kann ich nicht zulassen, Miss Morgan«, sagte sie und versperrte mir den Weg. »Die Schulleiterin hat gesagt, dass alle Schülerinnen und Schüler während der Prüfung unten bleiben müssen.«

»Aber –«

»Keine Ausnahmen, Miss Morgan«, warnte sie mich und irgendwie hatte ich das Gefühl, dass Patricia Buckingham zu der Sorte Agentinnen gehörte, die sich niemals von einem Unglücksfall mit einem BH aufhalten ließ.

Plan B war dann natürlich die Toilette neben der Bibliothek, aber auf halber Strecke sah ich eine offene Tür und Dr. Steve, der auf mich zuschritt.

»Oh, ausgezeichnet, Miss Morgan. Oder sollte ich besser *Miss St. James* sagen –«, fügte er zwinkernd hinzu. »Ich hatte gehofft –«

Aber ich hatte keine Zeit für einen ausgezeichneten Plausch mit Dr. Steve – wirklich nicht –, weil ich spürte, wie der BH sich meiner Taille näherte. Die Türen zur großen Halle standen offen. Jeder konnte jeden Augenblick herauskommen, also stieß ich hervor: »Tut mir leid, Dr. Steve, ich muss … was machen.« Und dann tat ich, was ich am besten kann: Ich verschwand. Ich ging einen Korridor entlang, den so gut wie niemand benutzte, und betrat den ältesten Teil des Schlosses.

Als ich zu laufen begann, wurden die Partygeräusche leiser. Beethoven wurde vom Klappern meiner Füße abgelöst. Ich rannte den alten steinernen Gang entlang, lauschte und schaute, bis die Party von den dicken Mauern und Balken erstickt wurde und ich endlich allein war. Ich hätte allein sein *sollen*, aber da war Zach. Er lehnte an der Wand. Einige Sekunden lang standen wir nur da und starrten uns an. Ein seltsamer Ausdruck huschte über sein Gesicht. »Hey, Gallagher Girl – dachte ich mir doch, dass ich dich hier finden würde.«

Was eine wirklich schlimme Sache war, denn er schien erstens kaum überrascht zu sein mich hier zu sehen, was bedeutet, dass ich berechenbar bin – und ihr könnt mir glauben, für Leute in den Geheimdiensten ist Berechenbarkeit eine wirklich schlimme Sache –, und zweitens hing mein BH *buchstäblich* nur noch an einem seidenen Faden! Ich glaube, er hatte sich im Bund meiner Strumpfhose verheddert, weil ich spürte, wie er auf meinen Schenkeln hin und her schwang. (Notiz an mich: Herausfinden, warum die Gallagher Akademie Regenmäntel herstellen kann, die sich als Fallschirme einsetzen lassen, aber keine trägerlosen Büstenhalter, die wenigstens einen einzigen geheimen Abend überstehen.)

»Was machst du hier?«, hauchte ich.

»Ich hab dich gesucht.«

»Warum?«, fragte ich, obwohl ich sicher war, dass er nicht wusste, dass ich meinen BH hier ausziehen und im geheimen Gang hinter dem Wandteppich der Familie Gallagher verstauen wollte. Trotzdem wollte ich lieber noch einmal nachfragen.

»Weil du neulich auch hier warst.«

»Oh.«

»Ich dachte, du kommst her, wenn dich was aufregt.« Er kam näher und steckte seine Hände in die Taschen, was Körpersprache 101 ist und bedeutet, dass er jemandem die Nervosität nehmen will, aber alles an Zach Goode machte mich nervös.

Er sah gut aus. Er war stark. Und vor allem war mir klar, dass Zach – obwohl Josh es war, der mich *gesehen* hatte – meine Lieblingskorridore kannte, er wusste, dass ich eine Straßenkünstlerin war, wo ich im Klassenzimmer saß, was ich in der großen Halle aß und wer meine allerbesten Freundinnen waren. Zach *kannte* mich – oder zumindest die Version von mir, die Josh nie sah.

Und das war sicher das Beängstigendste von allem. Es war so beängstigend, dass ich vorübergehend vergaß, dass ich nicht nur cool war, als ich mit der Hand auf der Hüfte vor ihm stand, sondern dass meine Hand tatsächlich einem ganz anderen Zwecke diente. Und als Zach den Kopf neigte und fragte:

»Also, was gibt's, Gallagher Girl?«, hob ich die Hand und berührte die kalte Mauer.

Und mein BH landete auf meinen Füßen.

Aber ich hatte keine Zeit in Panik auszubrechen oder mir Gedanken darüber zu machen, wie ich für den Rest des Semesters wie angewurzelt stehen bleiben könnte (oder zumindest so lange, bis Zach sich entfernt hätte), weil eine Sirene losheulte.

Eine elektronische Stimme mit der Meldung »CODE BLACK CODE BLACK CODE BLACK« ertönte.

Und dann gingen die Lichter aus.

Kapitel Siebzehn

Die Sirenen kreischten und betäubten unsere Ohren und »CODE BLACK CODE BLACK CODE BLACK« hallte durch den langen steinernen Gang.

Neben mir bewegte sich der Wandteppich, auf dem der Stammbaum der Familie Gallagher zu sehen war, und glitt langsam über einen Spalt in der Mauer, der sich dann schloss, als hätte es ihn nie gegeben.

Die einzige Beleuchtung im Korridor war das Mondlicht, das durch die Buntglasscheiben schien, aber selbst das verschwand, als dicke Fensterläden aus Stahl sich vor die Scheiben schoben.

Obwohl die normalen Regeln bestimmten, dass die Schülerinnen sich bei einem Code Black in den Aufenthaltsräumen zu versammeln hatten, schien nichts in dieser Nacht normal zu sein. Also packte ich Zach an der Hand und lief mit ihm, so schnell wie mich meine High Heels trugen, zur großen Halle.

Als wir an den Recycling-Tonnen am Ende des Flurs vorbeirannten, brach in einem der Container mit der Aufschrift ZUM

VERBRENNEN – NUR STRENG GEHEIME MATERIALIEN ein Feuer aus.

Die Getränkeautomaten, die gleichzeitig geheime Eingänge zu den naturwissenschaftlichen Labors sind, versanken im Fußboden und wurden mit Fliesen abgedeckt, die den Scheuerleisten des Korridors glichen.

Anschließend ging in den Laternen, die beinahe unbemerkt im dunklen Gang hingen, nacheinander das blasse, gelbliche Licht an.

»Ich dachte, die Laternen sind nur Dekoration!«, brüllte Zach im Gekreisch der Sirenen.

»Wenn alles gut geht, dann ja.«

»Das heißt also …«

Männer und Frauen in Uniformen des Hausmeister- und Wachdienstes liefen an uns vorbei.

»Etwas ist *echt* nicht in Ordnung!«

Bücherregale glitten hinter Wände, Türen schlossen sich, Riegel schoben sich vor und ich brüllte so laut ich konnte, um mich im Sirenengeheul verständlich zu machen: »Sicherheitsmaßnahmen. Es muss eine Störung gegeben haben. Das ganze System verriegelt sich – nichts kommt mehr rein.« Und wie um zu beweisen, dass ich Recht hatte, senkten sich Stahltüren von den Zierleisten der Decke und riegelten den Gang hinter uns ab. »Und nichts geht raus.«

Als wir an der Bibliothek vorbeirasten, konnte ich durch die Glasscheiben sehen, wie sich alles bewegte. Die Bücherregale, die Sofas, *der ganze Raum* – alles drehte sich, versank im Fußboden und verschwand vor meinen Augen.

»Passiert das oft?«, fragte Zach und die Antwort war wohl das Erschreckendste von allem.

»Nein.«

Als wir das Foyer erreichten, sah ich, dass die Eingänge mit dem gleichen Metall abgedeckt waren, das in Raumfähren und Atomraketensilos verwendet wird. An den Balken brannte die Notbeleuchtung und hüllte das Gebäude in ein unheimliches rötliches Licht, so dass ich es kaum wiedererkannte.

Ich lief zur großen Halle und plötzlich verstummten die Sirenen. Grabesstille senkte sich auf meine Schule.

Die Türen der großen Halle öffneten sich und hundert Augenpaare und mindestens ein Dutzend sehr helle Taschenlampen richteten sich auf mich. Ich blinzelte und schirmte mein Gesicht vor den grellen Lichtkegeln ab. Plötzlich wurde mir klar, dass Zach meine Hand nicht mehr hielt. Ich blickte zurück, aber er war verschwunden.

»Miss Morgan«, rief Mrs Buckingham, als sie mich allein im verlassenen Foyer stehen sah. »*Wo* sind Sie gewesen? Hier findet eine Prüfung statt, Miss Morgan – von einer Verletzung der Sicherheitsstufe vier ganz zu schweigen. Warum waren Sie nicht bei Ihren Mitschülerinnen in der Halle?«

Aber bevor ich etwas erwidern konnte, rief eine Stimme: »*Cameron!*« Ich schaute zum Balkon über mir und sah, dass meine Mutter auf mich hinunterstarrte. »Komm sofort rauf!«

Die Gallagher Akademie wird durch viele Dinge geschützt: Unsere Mauern, unsere Legenden und ein paar eindrucksvolle Geräte, die alle Frequenzen daran hindern, in unseren Luftraum einzudringen. Aber in dieser Nacht hatte irgendetwas – oder irgendjemand – versucht hineinzugelangen. Oder rauszukommen. Darum war es auch kein Wunder, dass meine Beine sich ein bisschen wacklig anfühlten, als ich die Stufen erklomm.

Madame Dabney stand auf dem Treppenabsatz und richtete den Strahl einer Taschenlampe in den Flur. Ein Blick auf ihre strenge Miene genügte, um mir zu sagen, dass es sich nicht um eine Übung handelte.

Ich betrat den Geschichtssaal, wo ich beobachtet hatte, wie sich Vitrinen drehten und sich Fremden gegenüber verwandelten. Aber in dieser Nacht waren sie nicht verborgen, sondern hinter Stahltüren eingeschlossen. Wände hatten ganze Regale geschluckt. Und Gillian Gallaghers Schwert, unser kostbarster Schatz, war in einer Gruft versunken, geschützt und sicher. Das alles hatte ich noch nie gesehen und obwohl ich seit langem wusste, dass ein Code Red uns vor Fremden und ein Code Black uns vor Feinden schützt, war mir der Unterschied noch nie so gewaltig erschienen wie jetzt.

»Cameron!«, rief meine Mutter an der Tür ihres Büros – nicht *Cam, Cammie, Schätzchen, Süße* oder *meine Kleine*. Ihr wisst, was ich meine – wir begegneten uns auf Vollständiger-Namen-Ebene und ich wünschte mir die ohrenbetäubend lauten Sirenen zurück.

»Mom, ich hab nichts getan!«

Aber anstatt mir mütterliche Unterstützung zukommen zu lassen, machte sie einen Schritt zur Seite und sagte: »Komm rein!«

Ihre Bücherregale waren hinter Rollläden aus Titan verborgen, ihre Aktenschränke waren im Fußboden verschwunden und in einer Ecke qualmte immer noch der Abfalleimer, in dem geheime Dinge verbrannt wurden, aber ich konnte den Blick nicht von meiner Mutter wenden. Ihre Miene drückte weder Enttäuschung noch Wut aus, sondern etwas, das kein Mädchen im Gesicht ihrer Mutter, die gleichzeitig eine Top-

Spionin ist, sehen will: Angst. Sie saß an ihrem Schreibtisch und war mehr Schulleiterin als Mutter.

»Was ist denn passiert?«, fragte ich. Es klang ziemlich geschockt. »Was ist los?«

»Sie haben heute Abend die große Halle verlassen?« Ich fuhr zusammen, als jemand hinter mir sprach. Als ich mich umdrehte, sah ich, dass Mr Solomon an den Bücherregalen lehnte. Er hatte die Arme verschränkt, wie ich es schon hundertmal im Unterricht gesehen hatte. Aber mir war klar, dass ich mir gleich eine ganz andere Art Lektion anhören müsste.

»Ich hab nichts getan«, wiederholte ich, denn obwohl ich schon einiges angestellt hatte, hatte ich die Sicherheitsstufe zwei bisher noch nie überschritten. (Das weiß ich, weil Liz in meine Schülerakte eingedrungen war und mich informiert hatte.)

»Cammie«, sagte Mom ruhig. »Ich muss wissen, warum du heute Abend die große Halle verlassen hast.«

Es ist *eine* Sache deiner Mutter von Notfällen mit deiner Unterwäsche zu berichten, aber etwas ganz anderes das vor deinem Lehrer zu tun – vor allem einem Lehrer wie Joe Solomon –, also zuckte ich mit den Achseln und sagte: »Ich … ähm … mit meinem Kleid war was nicht in Ordnung …«

»Oh«, sagte Mom und nickte.

»Und Sie haben die große Halle verlassen?«, fragte Mr Solomon, ohne sich zu erkundigen, um was genau es sich handelte. »Wo sind Sie hingegangen? Wen haben Sie gesehen?«

»Mom«, sagte ich flehend und versuchte in ihren Augen im Schein der Notbeleuchtung abzulesen, worum es eigentlich ging. »Was ist denn los?«

Aber Mom antwortete nicht.

»Haben Sie heute Abend versucht, das Gebäude zu verlassen, Miss Morgan?«, fragte Mr Solomon streng.

»Nein«, erwiderte ich.

»Cam«, sagte Mom, »du kriegst keine Schwierigkeiten, aber wir müssen die Wahrheit erfahren.«

»Nein!«, schrie ich. »Ich bin nicht rausgegangen! Etwas ist mit meinem Kleid passiert und ich bin kurz aus der Halle und dann ...« Aber sie wussten ja schon über die Sirenen und die Lampen Bescheid und aus irgendeinem Grund brachte ich es nicht fertig sie daran zu erinnern. »Was ist los?«, fragte ich zum letzten Mal.

Mom und Mr Solomon sahen sich an. Dann zog meine Mutter mich neben sich auf das Ledersofa. »Cammie, weißt du, was sich in diesem Gebäude befindet?«

Sekundenlang dachte ich, dass sie mir eine Fangfrage stellte, aber dann fiel mir ein, was das Schloss enthielt – die Experimente, die Prototypen, die Einsatzberichte und vor allem die Namen und Spuren aller Gallagher Girls, die je gelebt haben.

»Kannst du dir vorstellen, was passiert, wenn die Allgemeinheit und erst recht unsere Feinde Zugriff auf das bekommen, was sich innerhalb dieser Mauern befindet?«, fragte meine Mutter. Ich wollte über die Antwort gar nicht nachdenken. Und die Wahrheit war sowieso, dass ich die Wahrheit nicht kannte – niemand kannte sie. Und das Allerwichtigste war, dass es so blieb.

»Miss Morgan, Sie haben sich in den Hallen aufgehalten, bevor die Sicherheit verletzt wurde«, stellte Mr Solomon fest. »Wir müssen *unbedingt genau wissen*, was Sie gesehen und gehört haben!«

Ich hätte mich noch einmal danach erkundigen können,

was los war, wen sie verdächtigten und warum, aber wenn man sein Leben lang hört, dass immer jemand etwas *unbedingt genau wissen* muss, stellt man irgendwann keine Fragen mehr, die – wie man weiß – keiner beantwortet.

Also saß ich auf der Ledercouch im Büro meiner Mutter und wusste, dass ich mir mehr eingeprägt hatte als je zuvor für einen Test. Ich schloss die Augen und erzählte die ganze Geschichte – vom Tanz mit Zach bis zum Öffnen der Türen. Ich ließ nichts aus.

»Sie haben Zach gesehen?«, fragte Mr Solomon.

»Ja, er hat auf mich gewartet. *Ihn* sollten Sie fragen, ob er etwas gesehen oder gehört hat«, empfahl ich, während Mr Solomon und meine Mutter sich unentwegt ansahen. »Mom …«, begann ich, aber mir versagte die Stimme.

»Schon gut, meine Süße, mach dir keine Sorgen!« Sie lächelte mich an und strich mir über den Rücken. Rachel Morgan ist die beste Spionin, die ich kenne, und deshalb versuchte ich ihr zu glauben, als sie aufstand, die Tür öffnete und behauptete: »Das Gebäude ist sicher, es war bestimmt nur falscher Alarm.«

Aber als ich einen Blick zurück auf meinen Lehrer riskierte, der seine Jacke ausgezogen und die Krawatte gelockert hatte, kam mir unwillkürlich der Gedanke, dass die Party vorbei war.

Nachdem ich das Büro meiner Mutter verlassen hatte, tastete ich mich durch den rötlichen Schimmer der Notbeleuchtung. Die Korridore waren leer, die Vorhänge an den Fenstern zugezogen. Ich hatte erwartet Mädchen herumlaufen zu sehen, Berichte und tausend verrückte Theorien zu hören, aber in den Fluren herrschte Stille, als ich langsam die Tür zu unserem Zimmer öffnete.

Mir kam es vor wie eine Ewigkeit, bis Bex mich fragte: »Was wollte denn deine Mutter von dir?«

Inzwischen hatten alle ihre Ballkleider gegen Flanellpyjamas eingetauscht, aber ein Blick auf meine Mitbewohnerinnen genügte, um mir zu versichern, dass sie kein bisschen entspannt waren.

»Sie wollte wissen, wo ich war und was ich gesehen habe.« Ich schleuderte meine kneifenden Schuhe von mir und spürte sofort, dass meine Füße auf die doppelte Größe anschwollen.

»Alsooo …«, sagte Bex gedehnt. »Und wo warst du?«

Dann erzählte ich alles – die ganze Geschichte. Schon wieder. Und als ich damit fertig war, wurde mir zweierlei klar:

1. Ich durfte auf keinen Fall vergessen, gleich am Morgen im Gang den BH aufzuheben.
2. Meine Mitbewohnerinnen hatten eine ganz andere Geschichte erwartet.

Liz saß aufrecht im Bett. »Also hattest du nicht beschlossen dich rauszuschleichen, um Josh beim Tanz zu treffen?«

»Nein«, sagte ich, »ich war's nicht. Ihr wisst doch, dass ich so ein Sicherheitsrisiko nie eingehen würde!«

»Natürlich warst du's nicht«, lästerte Bex. »*Du* würdest dich doch nicht erwischen lassen!«

Okay, das klang zwar nicht nach echtem Vertrauen, auf das ich gehofft hatte, aber es war immerhin ein Anfang.

»Außerdem würdest du niemals während einer Prüfung den Raum verlassen«, fügte Liz hinzu. »Also bekommst du keinen Ärger?«

»Nein.«

»Und Zach ist einfach verschwunden?«, fragte Macey. »Er ist nicht mal mit dir zu deiner Mutter gegangen?«

»Nein.«

»Cam«, sagte Liz und zum ersten Mal konnte ich Angst in ihrer Stimme hören, »was, glaubst du, ist passiert?«

Trotz meines Trainings, meiner Erfahrung und Instinkte konnte ich nur noch ins Bett kriechen, mich fest in meine Decke wickeln und zugeben: »Ich weiß es nicht.«

Dann gingen die Lichter an.

Kapitel Achtzehn

Ich hatte schon einige schwierige Tage erlebt, seit ich zur Gallagher Akademie gekommen war (wie damals, als unsere Zwischenprüfung im Bogenschießen zufällig auf den Tag fiel, an dem wir alles mit der schwächeren Hand tun mussten), aber der Tag nach dem Ball war der schwierigste und zwar aus mehreren Gründen:

- Obwohl es ein Samstag war, schlief keiner aus, was bedeutete, dass Mädchen die Flure entlanggingen und sich um sieben Uhr früh vor unserer Tür unterhielten.

- Auch ohne den Lärm hätte ich wahrscheinlich nicht schlafen können.

- Das Küchenpersonal hatte sich am Abend zuvor dermaßen verausgabt, dass wir zum Frühstück nur Cornflakes bekamen.

- Die umfangreichen Vorbereitungen für den Ball in der letzten Woche bedeuteten, dass alle mit den Hausaufgaben im Rückstand waren.

- Meine raffiniert gedrechselte Hochsteckfrisur der vergangenen Nacht machte den Haarwasch- und Entwirrungsprozess sehr kompliziert und schmerzvoll.

- Obwohl die Lehrer eifrig damit beschäftigt waren, die *offizielle* Geschichte zu verbreiten, dass der Code Black aufgrund fehlerhafter Verkabelungen nur falscher Alarm war, wurde *inoffiziell* behauptet, dass es an *mir* gelegen hatte.

Die Lichter brannten. Die Fensterläden aus Stahl waren verschwunden und alles im Haus war so, wie es immer war, aber sobald ich die Bibliothek betrat, wusste ich, dass sich die Dinge verändert hatten. Merkwürdig war aber nicht, dass sich fünfzehn Mädchen an einem Samstagmorgen um neun Uhr früh dort versammelt hatten. Merkwürdig war, dass alle schwiegen, sobald ich erschien.

Selbst Tina Walters ließ ihr Buch fallen und starrte mich mit offenem Mund an, als ich auf dem Weg zu den Büchern, die sich den verschiedenen Weltwährungen widmeten (eine Hausaufgabe für Mr Smith war fällig), am Kamin vorbeiging. Ich fuhr auf meiner Suche mit der Hand an den Buchrücken entlang, bis es flüsternd zu mir durch die Regale drang.

»Natürlich sagen sie, dass es falscher Alarm war«, wisperte eine Stimme, die ich nicht erkannte.

Ich erstarrte.

»Klar, dass ihre Mutter sie deckt.«

Mein Herz stand still. »Es ist schließlich nicht das erste Mal.«

Ich bin es gewohnt, dass Leute über mich reden. Immerhin bin ich die Tochter der Schulleiterin und als Chamäleon bekannt *und* mein heimlicher Freund war mir zur Abschlussprüfung im Fach *Geheimoperationen* gefolgt und mit einem Gabelstapler durch die Wand gefahren. Man kann also sagen, dass ich mich nie völlig unbeobachtet bewege. Aber nichts davon löste dröhnende Sirenen, sich drehende Bücherregale und eine gebäudeweite Verriegelung aus, die dreimal sicherer war als das, was im Fall eines Atomkriegs im Weißen Haus passieren würde.

Zur Mittagszeit konnte ich nur mit Mühe mein tapferes, unschuldig aussehendes Gesicht wahren, als ich mich in der großen Halle hinsetzte und mich überhaupt nicht wie ein Chamäleon fühlte.

Ich konnte ihnen aber nicht alle Schuld geben. Mein Ex-Freund *hatte* mich ja zu einer Party in Roseville eingeladen. Und ich *hatte* gelegentlich die Sicherheit der Schule verletzt, um diesen Freund zu treffen. Also hätte es mich nicht überraschen dürfen, dass mich die ganze Schule anstarrte, als ich mittags in der großen Halle meine Lasagne aß.

»Wie konnte das passieren?«, fragte ich meine Freundinnen leise.

»Na, jeder weiß doch, dass du dich früher rausgeschlichen hast, um Josh zu sehen. Und sie wissen, dass er dich zur Party eingeladen hat«, sagte Liz, die nicht mitbekommen hatte, dass es sich um eine rhetorische Frage handelte. (Liz mag Fragen einfach zu sehr, um eine unbeantwortet zu lassen.) »Und dann kam der Sicherheitsverstoß und als Nächstes bist du hin und hast nachgeschaut …«

»Schuldig«, erklärte Bex und fasste damit das Geschehene zusammen.

»Cam«, sagte Liz und rückte näher. »Es ist nicht so schlimm. Keiner denkt, dass du es mit Absicht getan hast.«

Bex hob die Schultern. »Aber alle denken, du warst es.«

Es hat auch früher schon Verräter unter den Gallagher Girls gegeben, nur spricht keiner von ihnen. Wenige kennen ihre Namen. Doch in diesem Moment fühlte ich mich wie eine davon – oder zumindest wie jemand, den die Leute für einen Verräter halten.

»Also, Cammie«, wisperte Tina und setzte sich neben mich, »stimmt es, dass du dich nicht wirklich hinausgeschlichen hast, um Josh zu treffen –«

»Es stimmt, Tina, ich hab mich nicht hinausgeschlichen«, sagte ich und war erleichtert das loszuwerden. Aber Tina schien mir gar nicht zuzuhören, weil sie weiterbohrte.

»Aus zuverlässiger Quelle weiß ich nämlich, dass du zwar nicht zu der Party in die Stadt gegangen bist, aber dich rausgeschlichen hast, um an einer hundsgemeinen Mission für die CIA teilzunehmen.«

»Tina! Hab ich nicht!«

»Echt nicht?«

»Nein, Tina. Ich hab mich nicht rausgeschlichen, um zu einer Party in Roseville zu gehen. Ich hab mich nicht rausgeschlichen, weil die CIA mich gebraucht hat. *Ich hab mich nicht rausgeschlichen!*«

Tina verdrehte die Augen.

»Tina, ich mein es ernst!«, schimpfte ich. »Du kannst meine Mutter fragen«, schlug ich dann vor, aber sie sah nicht überzeugt aus. »Du kannst Zach fragen.«

Jetzt wurde sie aufmerksam.

»Du warst mit Zach zusammen?«, flüsterte Tina. »Du warst mit Zach zusammen!«, brüllte sie gleich danach und lief bis ans Ende des langen Tisches, wo die Typen saßen.

Ich versuchte so zu tun, als ob ich nicht hinschaute – als ob es mir egal wäre. Aber ich schaute hin. Und es war mir nicht egal.

»Zach.« Tina beugte sich über ihn, während er aß. »Stimmt es, dass du gestern Nacht beim Code Black mit Cammie zusammen warst?«

»Cammie?«, fragte Zach verwundert. »Morgan?« Dann lachte er. »Warum sollte ich mit ihr zusammen gewesen sein?«

Ich dachte, mir würde der Hals anschwellen. Ich dachte, mir würde der Kopf vor Wut und Verlegenheit platzen, weil mir das Blut ins Gesicht schoss. Aber das war nicht das Schlimmste. Das Schlimmste war, dass Tina ihm glaubte. Sie sah erst Zach und dann mich an und schien zu wissen, dass ein Typ wie Zach nicht mit einem Mädchen wie mir zusammen wäre.

»Ja, klar, ich hab sie auf der Party gesehen«, fuhr Zach fort. Dann gab er wieder sein kleines Halblachen von sich. »Aber ich war nicht mit ihr *zusammen*.«

Die Spionin in mir wollte ein paar höchst illegale Verhörmethoden anwenden (oder vielleicht die Entfernung der gesamten Körperbehaarung mittels Wachs) und ihn zwingen die Wahrheit zuzugeben. Aber das Mädchen in mir … also, das saß nur da und war viel zu schockiert und verlegen, um irgendetwas zu tun.

»Zach«, sagte ich schließlich, aber er stand auf und verließ den Tisch.

»Bis später«, rief er und sah mich nur flüchtig an.

Ich spürte, wie sich alle Augen zu mir drehten, und in diesem Moment war ich das unsichtbarste Gallagher Girl im Raum.

Es gibt viele Dinge, die mir an der S+V-Scheune gefallen. Zum Beispiel wie das Licht durch das Dachfenster flutet und wie im Winter Vögel auf den Balken nisten und man neben all dem Stöhnen und den Tretgeräuschen Zwitschern und Vogelgesang hören kann. (Ich mag es allerdings nicht besonders, wenn ich auf Vogelmist lande. Das ist aber auch ein Ansporn sich auf den Füßen zu halten.) Heute gefiel mir jedoch an der S+V-Scheune am besten, dass man Leute hauen durfte – es wurde sogar von einem erwartet!

»Du Lügner!«, brüllte ich, als ich die Scheune betrat. Das alte Holz badete im Licht. Der ganze Raum schien zu glühen.

Aber Zach hörte nur sekundenlang auf den schweren Sack zu boxen, und sagte: »Spion.« Als ob damit alles in Ordnung wäre, und ich kann euch versichern, das war es nicht!

Erstens hatte er ein Mitglied der Schwesternschaft belogen, und auch wenn er technisch gesehen keine Schwester ist, tut man so etwas einfach nicht. Und zweitens hatte er mich vor der ganzen Schule blamiert.

Außerdem hatte mich auf der Strecke von der großen Halle bis zur S+V-Scheune ein ganz bestimmter Gedanke gequält. Entweder wollte Zach nicht zugeben, dass er mit mir allein war, oder er wusste mehr über das, was nachts passiert war, als er zugeben wollte. In diesem Moment war ich absolut nicht sicher, welche Antwort mir lieber gewesen wäre. Auf jeden Fall war mir eines klar: Zachary Goode hatte etwas zu verbergen.

Seine Fäuste schlugen ununterbrochen auf den schweren

Sack ein. Kleine Schweißperlen liefen ihm übers Gesicht und auf die Matte unter uns.

»Zach!«, brüllte ich wieder, als ob er vergessen hätte, dass ich da war. »Du weißt, dass ich die Sicherheitsstufe nicht überschritten habe! Du weißt, dass ich den Code Black nicht ausgelöst habe!«

Er sah mich an und sagte: »Oh, ich dachte mir schon, dass es falscher Alarm war.« Aber es klang, als ob er das Ganze überhaupt nicht für falschen Alarm hielt.

Ich schlug mit aller Kraft auf den Sack und Zach hob eine Augenbraue. »Nicht schlecht!« Er trat hinter den Sack, um ihn festzuhalten. »Häng deine Schulter rein!«

»Ich weiß, wie es geht!«, erwiderte ich patzig.

»Wirklich?«, fragte er und lächelte sein übliches zwinkerndes, spöttisches Lächeln. Und dann – ich weiß nicht, ob es meine Nerven waren oder PMS oder nur der Zorn einer verschmähten Frau, jedenfalls holte ich aus und trat mit Wucht gegen den Sack, der Zach im Bauch traf. Er krümmte sich und rang nach Luft. »Nett von dir, Gallagher Girl.«

»Nenn mich nicht –«

»Überleg doch!«, unterbrach mich Zach, trat vor den Sack und legte die Hände auf meine Schultern. »Sollen wirklich alle erfahren, dass wir zusammen waren?« Er schwieg kurz. »Kannst du dir vorstellen, dass das, was gestern Nacht passiert ist, Tina Walters zum Beispiel nichts angeht?«

Ehrlich, vierundzwanzig Stunden zuvor wäre mir der Gedanke verhasst gewesen, dass Tina dachte, Zach und ich wären irgendwo zusammen gewesen, aber alles ändert sich, wenn man erlebt, wie die Welt plötzlich schwarz wird.

»Außerdem«, sagte Zach lächelnd, während er sich mit dem

Handrücken die Schweißtropfen von der Oberlippe wischte, »dachte ich, du magst deine Intermezzos heimlich und mysteriös. Und deine Freunde im Verborgenen.«

»Es war kein *Intermezzo*. Und du bist *nicht* mein Freund.«

»Genau.« Er schlug fester auf den Sack. »Hab ich gemerkt.«

»Und was soll *das* jetzt heißen?«

Zach hörte auf zu schlagen. Der Sack schwang im Takt mit seinem Kopfschütteln vor und zurück. Er sagte: »*Du* bist das Gallagher Girl. Find es raus!«

Jungs! Sind sie immer so unmöglich? Sagen sie immer solche rätselhaften, unverständlichen Sachen? (Notiz an mich: Mit Liz zusammenarbeiten, um ihr Englisch-Übersetzungsprogramm für Typen in eine praktischere Form zu bringen, wie zum Beispiel eine Armbanduhr oder Halskette.)

»Außerdem«, sagte Zach, »lernen wir an unserer Schule, wie man ein Geheimnis wahrt.«

»Ja, ich weiß. Ich geh auf so eine Schule.«

Er sah mich an. »Echt?«

Während meiner Zeit als Gallagher Girl habe ich eine Menge geheimer Gänge gefunden. In der siebten Klasse war ich fast ständig mit Staub und Spinnweben bedeckt, weil ich andauernd Riegel zurückschob und Steine versetzte, bis ich wieder einen Teil meiner Schule zu Tage förderte, den wahrscheinlich noch keiner gesehen hatte, seit Gilly selbst durch die Hallen schweifte. Als ich jedoch den schmalen Tunnel entdeckt hatte, der zu einem verborgenen Raum neben dem Büro meiner Mutter führte, hatte ich mir selbst das Versprechen abgenommen, ihn nie zu benutzen – dass ich meine Mutter niemals belauschen würde. Aber diese Nacht empfand ich als Ausnahme.

Staub hing schwer im Tunnel. Meine Schultern schabten an alten Steinen und rauen Balken vorbei. Licht fiel durch Lücken zwischen den Steinen, als der Gang breiter wurde und bald suchte ich durch die Risse nach meiner Mutter – und sah Mr Solomon. »Glaubst du, die Mädchen haben es erraten?«, fragte er.

»Das mit Blackthorne?«, fragte Mom und Mr Solomon nickte.

»Nein. Aber wenn eine von ihnen die Wahrheit erfährt, erfahren es alle.«

Mr Solomon lachte. »Da hast du wahrscheinlich Recht.« Er setzte sich auf dem Sofa gerade. »Hältst du es immer noch für eine gute Idee?«

Mom ging an ihren Schreibtisch. »Wir müssen es tun.« Sie drehte sich um und blickte in die Ferne. »Für alle.«

Auf dem Weg zu unserem Zimmer vermied ich den bevölkerten Treppenaufgang und die vollen Korridore – nicht wegen des Anstarrens oder Flüsterns, sondern weil ich darüber nachdenken wollte, wie Zach beim Code Black ausgesehen hatte. Ich wollte mich an die lange, stille Fahrt von Washington hierher und das besorgte Gesicht meiner Mutter erinnern. Und mehr als alles andere wollte ich mir die Frage stellen, die, seit ich Zach zum ersten Mal in Washington gesehen hatte, in meinem Hinterkopf lauerte: Wer waren diese Typen wirklich?

Wir hatten nur ein Foto von Mr Solomon im T-Shirt und die Aussage meiner Mutter, wir sollten Freundschaften für die Zukunft schließen. Es änderte aber nichts an der Tatsache, dass es seit dem Ende des Kalten Krieges keinen Code Black mehr gegeben hatte – bis *sie* aufgekreuzt waren. Es änderte nichts an der Tatsache, dass Zach Tina in die Augen gesehen und gelogen hatte.

Vierundzwanzig Stunden zuvor hatte ich in dem kalten leeren Korridor gestanden und gedacht, dass Zach mich kannte, ich ihn aber nicht. Ich kannte keinen von ihnen. Und das gefiel mir nicht. Überhaupt nicht.

Ich stieß die Tür zu unserem Zimmer auf und erklärte meinen Mitbewohnerinnen: »Wir haben zu tun!«

Kapitel Neunzehn

Ich weiß, was ihr denkt. Und ich hätte es, ehrlich gesagt, vielleicht auch gedacht. Wir hatten schließlich keine Zeit totzuschlagen und brauchten nicht unbedingt noch ein zusätzliches Projekt. Ich fand es auch nicht lustig, nach Washington zitiert und von der CIA verhört zu werden. Wir suchten keinen Ärger, aber ich wurde das Gefühl nicht los, dass der Ärger uns gefunden hatte – dass er durch unser Tor geschritten und im Ostflügel eingezogen war. Und obwohl es eine Million von Gründen gab die Sache zu vergessen, taten wir es nicht. Stattdessen warteten und beobachteten wir und eine Woche später waren wir bereit. Jedenfalls so einigermaßen.

»Sag mir noch mal, warum das eine gute Idee ist«, murmelte ich im dunklen Gang. Spinnweben klammerten sich an jeden Zentimeter von mir. Mein Gerätegürtel saß zu fest und Liz trat mir ständig auf die Fersen und gab spitze Quietscher von sich (jeder weiß, dass sie sich vor Spinnen fürchtet).

»Ich finde es total super«, erwiderte Bex. Es war außerdem total riskant, was allerdings eher ein Anreiz für sie war.

Ich hatte nicht geplant so weit zu gehen. Ich wollte eigentlich nur die Geburtsurkunden der Typen sehen oder anderes harmloses Zeug. Aber als ich in dem geheimen Gang stand, der zum Ostflügel führte, fühlte ich mich ganz und gar nicht harmlos.

»Hört mal, gegen ein Dutzend Regeln zu verstoßen ist vielleicht doch nicht ganz das Richtige, um zu beweisen, dass ich gegen keine Regeln verstoßen habe«, gab ich zu bedenken.

Aber Bex lächelte nur im trüben Licht. »Doch, solange wir nicht dabei erwischt werden.« Sie trat über einen der dünnen bewegungsmeldenden Laserstrahlen, die der Sicherheitsdienst in den Winterferien installiert haben musste. »Und ich habe nicht vor erwischt zu werden.«

Ich blieb im Korridor stehen und spürte, dass erst Liz und dann Bex gegen mich prallten, als ich auf irgendetwas lauschte, das ein Grund zum Umkehren gewesen wäre.

»Aber was, wenn sie gar nicht weg sind?«, fragte ich.

»Sie sind weg«, erwiderte Bex.

»Aber sollten wir nicht warten? Wir haben uns nur eine Woche lang vorbereitet. Wir kennen ihre Verhaltensmuster noch gar nicht. Wir –«

»Cam, ich hab dir doch erklärt«, sagte Liz, »dass Dr. Steve mit den Jungs eine Art Bonding macht. Das kann nur heute Nacht sein.« Und sie hatte Recht. Wie immer. Aber mir ging es trotzdem nicht besser.

Observierungsbericht

Die Agentinnen führten eine hochgefährliche Aktion durch, die die Beantwortung gewisser Fragen ... oder einen Schulverweis ... oder beides zur Folge haben konnte.

»Mach dir keine Sorgen, Cam«, flüsterte Bex mir zu. »Es ist fast so wie damals, als wir in Joshs Haus eingebrochen sind.«

Ich kauerte mich neben den Luftschacht, der uns zu den Räumen der Jungs bringen würde, langte nach der kleinen Dose Haarspray, die ich für Notfälle aufbewahre (und zwar nicht solche, die mit Haaren zu tun haben), und besprühte den Bereich über dem Gitter. Ein Netz aus winzigen Bewegungsmeldern flackerte in den Dämpfen.

»Ja«, wisperte ich, »genau wie bei Josh.«

Liz hakte ein Gerät an den Laserkreis und ich beobachtete, wie die roten Strahlen verschwanden. Dann stand nichts mehr zwischen uns und dem verbotenen Flügel – zwischen uns und möglichen Antworten.

Bei der heimlichen Sicherung von Beweismitteln ist Folgendes zu beachten: Erstens, ein sogenannter »Black Bag Job« hat nichts mit schwarzen Plastiksäcken zu tun. Das heißt, man braucht keinen schwarzen Müllbeutel mit sich herumzutragen, um irgendwo einzubrechen und sich Informationen anzueignen (obwohl sie praktisch sind). Zweitens bist du niemals – egal, wie klar deine Ziele sind – hundertprozentig sicher, was du eigentlich suchst. Natürlich wäre es nett gewesen eine Akte mit der Bezeichnung STRENG GEHEIMER PLAN ZUR INFILTRIERUNG UND VERNICHTUNG DER GALLAGHER AKADEMIE zu finden, aber ich hätte mich schon mit ein paar Hinweisen auf die Typen, die jetzt an unserem Unterricht teilnahmen, zufriedengegeben. Ich wäre über einen Schnappschuss glücklich gewesen, der mir den *wahren* Zach Goode gezeigt hätte.

Während wir durch den Luftschacht rutschten und auf den Boden des Aufenthaltsraums fielen, sagte Bex: »Okay, Liz, ran an die Computer! Cam, du und ich – wir können –« Aber ihre

Stimme verhallte und sie blieb stehen und starrte. Wir drei taten etwas, das noch kein Gallagher Girl bisher getan hatte, und als wir so dastanden, wurde ich das Gefühl nicht los, dass nichts in unserer Ausbildung uns *darauf* vorbereitet hatte.

Wir waren erst vor ein paar Wochen in diesen Räumen gewesen, aber jetzt kam mir alles viel kleiner vor. Auch grüner (was aber wahrscheinlich daran lag, dass wir Nachtsichtbrillen trugen). Und …

»Ach. Du. Meine. Güte.« Zum ersten Mal konnte ich es Bex nicht verübeln, dass sie so theatralisch reagierte.

Das Mondlicht schien durch die Fenster. Jemand hatte in einer Ecke eine Schreibtischlampe angelassen. Ich nahm meine Brille ab und gab meinen Augen Zeit, sich an die schwache Beleuchtung zu gewöhnen, während ich mich umsah. Liz' Hoffnung typisches Jungsverhalten im Teenageralter wissenschaftlich zu analysieren, würde warten müssen, weil ein einziger Blick genügte, um uns zu verraten, dass diese Jungs nicht typisch waren.

»Sind alle so …«, begann Liz, schien aber nicht die richtigen Worte zu finden, um ihre Frage zu beenden.

»Sauber?«, schlug Bex vor und klang ziemlich angeekelt, weil niemand den »abgewohnten« Look mehr schätzt als Rebecca Baxter (was ihr mir, die vier Jahre lang mit ihr gelebt hat, ruhig glauben könnt).

Es gab acht Zimmer, in denen wir frisch geputzte Schuhe und picobello gemachte Betten vorfanden. Bücher und Hefte waren ordentlich auf den Tischen gestapelt. Auf den Fußböden lagen keine Socken, an den Wänden hingen keine Kalender mit Pin-up-Girls und es waren auch keine Zeitschriften wie *Sports Illustrated* zu sehen. Die Räume sahen eher wie die Baracken von Soldaten als Schlafzimmer von Jungs aus und ich bereute sofort, dass wir Macey draußen gelassen hatten, um Schmiere zu stehen. Noch nie hatten wir unsere Expertin für Typen an der Gallagher Akademie so dringend gebraucht.

Alles wirkte provisorisch. Und steril. Und mit jedem Schritt wurde ich sicherer, dass die Blackthorne Boys nur auf der Durchreise waren. Was ein angenehmer und gleichzeitig ein äußerst verwirrender Gedanke war. Warum waren sie überhaupt da?

Liz setzte sich an den ersten Computer, den sie erblickte, zog eine CD aus der Tasche und kopierte eine Spionage-Software auf den Rechner, die ihr die NSA seit Jahren abkaufen will. »Einhundertsechzehn-Bit-Verschlüsselung?«, sagte sie und klang schockiert und ein wenig enttäuscht, als sie auf die Firewall des Gerätes stieß.

»Vielleicht fordern sie dich beim nächsten Mal heraus, Schätzchen«, tröstete Bex und rannte in das erste Badezimmer, das sie sah, zog eine Pinzette aus ihrem Werkzeuggürtel und fing an Borsten aus Zahnbürsten zu reißen, um sie einer DNA-Analyse zu unterziehen (falls die Jungs biologisch konstruierte Spionage-Maschinen oder so etwas Ähnliches waren). Ich starrte die leeren Wände und kahlen Schreibtische an und suchte sie nach Familienfotos oder Briefen von zu Hause ab – Dinge eben, die uns eher als Fingerabdrücke und DNA-Analysen verraten würden, wer diese Typen in Wirklichkeit waren.

Als ich in den ersten Schrank schaute, wurde mir eines klar. »Die Hosen sind nagelneu«, sagte ich. »Und die Schuhe auch.« Ich dachte an meinen eigenen Kleiderschrank. Die Hälfte der weißen Kragen meiner Blusen, die zur Schuluniform gehörten, wiesen irgendwo auffällige Flecken auf. Meine Pullover waren alle bequem und oft getragen worden. Ich wandte mich an Bex. »Wie wahrscheinlich ist es, dass fünfzehn Jungs unterschiedlicher Altersgruppen ihre Uniformen gleichzeitig bekommen haben?«

Sie zuckte mit den Achseln und wühlte dann in ihrer Tasche nach einem paar winziger Drähte, die an kleinen Glaskugeln befestigt waren, welche genauso groß und genauso geformt waren wie die Plastikknöpfe, die sich in den Rauchmeldern der Gallagher Akademie befanden.

»Bex«, schrie ich, »wir können keine Kameras in ihren Schlafzimmern verstecken!«

»Aber ein Bild ist mehr wert als tausend Worte«, sagte sie und heuchelte Unschuld.

»Nur Wanzen«, warnte ich. Auch wenn ich vielleicht eine äußerst wissbegierige zukünftige Agentin der Regierung bin, bin ich noch nicht bereit für meine Zwecke so weit zu gehen.

»Gut«, seufzte sie, steckte die Kameras wieder in die Tasche und holte die winzig kleinen Mikrofone heraus, die mir im ersten Jahr an der Akademie eine Eins minus eingebracht hatten. (Zurzeit werden sie vom Verfassungsschutz benutzt.)

Das Anbringen von Wanzen ist eine Kunst. Leider hatten wir das Thema bei Mr Solomon noch nicht durchgenommen, aber wir taten die offensichtlichen Dinge, wie Peilsender in die Schuhe stecken und Staub verteilen, um Abdrücke zu bekommen. Ihr wisst schon – das Normale. Nicht einmal das Zimmer von Dr. Steve oder seine Schuhe waren vor unserer Kunstfertigkeit sicher. (Notiz an mich: Nie wieder freiwillig melden, um die Unterwäsche-Schublade von Dr. Steve zu untersuchen!)

Zehn Minuten später dachte ich, dass wir fast fertig wären. Im Gang führte mir Bex Drähte durch die Steckdosen zu.

Ich machte mich auf den Weg durch den langen, staubigen Korridor und steuerte unseren neuen Beobachtungsposten an (das geheime Zimmer, das ich in den Osterferien im ersten Schuljahr entdeckt hatte), während Drähte hinter mir herschleiften. Ich überlegte mir gerade, dass wir das Ding tatsächlich unentdeckt durchziehen könnten, als ich plötzlich eine Stimme hörte.

»Oh, Miss McHenry, das ist eine ausgezeichnete Idee, einfach ausgezeichnet!«

Dr. Steve. Ich konnte Dr. Steves Stimme durch die Heizungsschächte hören, was bedeutete, dass er sich direkt daneben im Flur befand. Im Flur, der zu den Zimmern der Jungs führte. Den Zimmern, in denen sich Bex und Liz immer noch aufhielten!

»Wir müssen verschwinden!«, sagte ich. »Abbrechen!« Dann fielen mir die gewaltigen Störsender ein, die alle Signale auf dem Grundstück der Gallagher Akademie blockieren – dass wir keine Kommunikationsgeräte trugen und Bex und Liz mich nicht hören konnten. Sie hatten keine Ahnung, was vor sich ging, es sei denn, sie hatten Dr. Steve und Macey im Flur bemerkt.

»Aber, Dr. Steve«, brüllte Macey, »ich hatte gehofft mich ein paar Minuten lang mit Ihnen unterhalten zu können.«

»Nicht jetzt, Miss McHenry«, sagte er. »Ich fürchte, ich habe nur eine Sekunde Zeit, bevor ich zu den jungen Männern zurückmuss.«

Ich drückte mich an das Bücherregal, das als Eingang zum Gang diente, und sah, dass Dr. Steve nach dem Türgriff langte, während Macey versuchte ihm den Weg zu versperren.

»Aber ich brauch doch nur eine Minute«, quengelte sie wie das verwöhnte Gör, für das man sie hielt.

»Vielleicht können wir uns morgen unterhalten, Miss McHenry«, sagte Dr. Steve und klopfte ihr auf die Schulter.

Er ging an die Tür. Er kam näher.

Ich konnte kein Risiko eingehen, also ließ ich meinen Gürtel fallen, wo ich stand, drückte gegen das Bücherregal und trat hinter dem Lehrer auf den Flur.

»Hallo, Dr. Steve«, sagte ich. Als er sich umdrehte, hörte Macey sofort auf zu quengeln und sah mich an, als wollte sie fragen: »Ist die Luft rein?« Was sie natürlich nicht war.

»Oh, gut«, sagte ich zu Macey. »Du hast ihn gefunden.«

Das schien seine Aufmerksamkeit zu erregen. »Sie haben mich gesucht, meine Damen?«

»Eigentlich habe *ich* Sie gesucht.«

»Ja«, sagte Macey, die sofort kapierte. »Cam braucht Sie.«

»Hier geht es also um einen Notfall?« Dr. Steve nickte, als ob dies ein tiefes, dunkles psychologisches Geheimnis bestätigen würde, das er irgendwo an mir entdeckt hatte. (Notiz an mich: Herausfinden, ob es ein tiefes, dunkles psychologisches Geheimnis an mir zu entdecken gibt.) »Ich verstehe«, sagte er wie ein Mann, der gar nichts versteht.

Die Agentin war in der Lage die unmittelbare Gefahr für den Einsatz zu beseitigen, indem sie einen schweren Leidensdruck vortäuschte – was leichter war, als sie gedacht hatte, da sie sich sowohl leidend als auch unter Druck gesetzt fühlte.

Leider gehört es zu den grundlegenden Gesetzen der Physik (und der Spionage), dass jeder Aktion eine gleichwertige und gegensätzliche Reaktion folgt, und ich erkannte zu spät, dass Dr. Steve irgendeinen Notfall erwartete. Ich musste deshalb mit einem aufwarten.

»Also«, sagte ich so bexartig und theatralisch wie möglich. »Sie wissen sicher, dass ich ein gebrochenes Herz habe.«

Ja, es stimmt – das habe ich tatsächlich gesagt. Vielleicht waren es die Nerven oder es lag an der unzureichenden Vorbereitungszeit, aber aus irgendeinem Grund war es dieser Teil meiner Seele, den ich einem Mann offenbarte, der darauf besteht, dass wir ihn »Dr. Steve« nennen.

»Gebrochene Herzen sind ziemlich normal in Ihrem Alter, Miss Morgan. Ganz sicher kein Grund zur Sorge.« Er machte wieder einen Schritt in Richtung Tür und ich überlegte mir schnell alle Möglichkeiten, wie ich ihn aufhalten könnte (neunzehn), während Macey meinen Arm schnappte.

»Das hab ich auch gesagt, Dr. Steve.« Macey trat von der Tür zurück. »Danke.«

Ich fing an zu protestieren, um noch ein paar Sekunden herauszuschinden, aber Macey packte mich jetzt an den Schultern und drehte mich herum. Da stand Bex. Und Liz. Und beide lächelten.

Kapitel Zwanzig

Observierungsbericht

Agentinnen:

Cameron Morgan, Elizabeth Sutton, Rebecca Baxter und Macey McHenry

Um festzustellen, welcher Art die Verletzung der Sicherheitsstufe vier war, die den Code Black auslöste, führten die Agentinnen eine routinemäßige Aufklärungsaktion durch, die sie tief in fremdes Gebiet hineinführte (auch als Ostflügel bekannt), wobei sie Folgendes beobachteten:
Die Schüler des Blackthorne Instituts (nachstehend »Zielpersonen« genannt) haben in der Gallagher Akademie für außergewöhnliche junge Frauen ihren Wohnsitz aufgeschlagen.
Obwohl nichts Belastendes gefunden wurde, legten die Zielpersonen einen fragwürdigen Geschmack hinsichtlich ihrer Freizeitaktivitäten an den Tag, da eine Überprüfung ihres Domizils KEINEN Fernseher, aber ein Übermaß an Schuhputzutensilien offenbarte.

Die DNA-Analyse ergab, dass die Zielpersonen männlich und tatsächlich keine Produkte eines Klonexperiments sind.
Die Fingerabdruck-Analyse hat jedoch ergeben, dass es sich um männliche Personen handelt, von denen es keinerlei Aufzeichnungen in irgendeiner Datenbank der Regierung gibt – nicht einmal in den ECHT streng geheimen. (Von uns natürlich auch nicht.)
Bekannter Umgang: Es wird vermutet, dass die Zielpersonen miteinander sowie mit Dr. Steven Sanders (auch als »Dr. Steve« bekannt) Umgang pflegen.
Falls es mit der Spionagetätigkeit nicht klappt, haben die Schüler des Blackthorne Instituts mit Sicherheit eine Zukunft in der Hauswirtschaft.
Die Analyse des Abfalls, der den Zimmern entnommen wurde, ergab, dass die Zielpersonen viel zu viel Zahnseide benutzen. (Verwenden die fünfzehn Jugendlichen sie vielleicht für heimliche Zwecke, beispielsweise als sehr dünne, halbdurchsichtige Kabel zum Abseilen?)
Außerdem recyceln sie absolut nichts.

Ich bin nicht hundertprozentig sicher, aber ich glaube, viele Mädchen träumen davon, einmal die Fliege an der Wand eines Jungenzimmers zu spielen. Also, lasst euch eines gesagt sein: Dieser Traum wird definitiv überschätzt. (Und wir haben 272 Stunden Audioüberwachung, um das zu beweisen!)

Abgesehen davon, dass wir gehört hatten, wie einer der Achtklässler damit angab, Macey hätte ihn beim Code Black geküsst (eine Lüge, die er in der S+V-Stunde schwer bereute), konnten wir nur abwarten. Und beobachten. Und daran denken, dass ein guter Spion vor allem Geduld braucht.

Es ist schließlich ein Kinderspiel, das Interesse an einer Zielperson nicht zu verlieren, wenn sie auf dem Schwarzmarkt

Atomwaffen kauft. Aber wenn sie nur zum Zahnarzt geht? Dann ist es schon schwieriger. Also hörten wir den Jungs zu, wenn sie über Baseballspieler und verschiedene Sandwich-Arten diskutierten; wir gingen zum Unterricht und wir warteten. Nach unserem fast zweiwöchigen Lauschangriff und all den DNA-Tests waren wir wieder da, wo wir angefangen hatten. Wir wussten nur, dass die Typen Gespenster zu sein schienen, Phantome – Rauch.

Uns blieb nichts anderes übrig, als ihnen zur GehOp-Stunde zu folgen. Als wir Madame Dabneys Klassenzimmer verließen und die Treppe hinuntergingen, waren Zach, Grant und Jonas zehn Meter vor uns. Liz zwinkerte ein paarmal und flüsterte: »Sie sind echt, nicht? Ich hab sie nicht nur geträumt, oder?«

»Oh ja«, sagte Bex. »Sie sind aus Fleisch und Blut.« Mit der Betonung auf *Fleisch*.

»Nur weil Grant dich eine britische Sexbombe nennt –«

»Liz!«, warnte ich. »Pst!«

Sie senkte die Stimme. »Warum können wir nichts über sie herausfinden?« Bei Liz ging es inzwischen weniger um die nationale Sicherheit als um ihren Stolz. Liz war ein Genie mit einem Problem, das sie nicht lösen konnte.

Und ich verstand das Ganze, ehrlich gesagt, auch nicht. Liz kann jeden Code knacken. Bex kann jeden zu allem überreden. Und ich hatte mich, seit ich laufen konnte, immer vor aller Augen verstecken können. Wir *haben* unsere geheimen Mittel und Wege!

Aber als Bex und ich am Fahrstuhl standen und Liz auf den Knopf drückte, dachte ich unwillkürlich darüber nach, wie eine Schule für junge Spione so geheim existieren kann, dass eine Gruppe von jungen Spioninnen sie nicht findet.

»Wir müssen uns mehr anstrengen«, wisperte Bex, als die Fahrstuhltür sich unten öffnete. »Wir müssen tiefer graben!«

Aber bevor ich darauf reagieren konnte, betrat Mr Solomon das Klassenzimmer. »*Gewinn.*« Er schob seine Hemdsärmel hoch und ging an die Tafel. »Definieren Sie den Begriff, Miss Alvarez!«

»Ein Gewinn ist ein Mensch, der von einem Agenten angeworben und benutzt worden ist, um geheime Informationen zu erhalten«, leierte Eva herunter.

Unser Lehrer tat so, als hätte er sie nicht verstanden. Seine Stimme wurde sehr leise. »Hören Sie gut zu!«, sagte er, als ob auch nur eine Person im Raum ihm keine Beachtung schenkte. »Das Wichtigste, was Sie jemals tun werden, ist *das Vertrauen der Leute zu gewinnen*. Sie werden zu einem Menschen, der Sie nicht sind, um sich mit jemandem anzufreunden, den Sie hassen.« Er sah uns alle der Reihe nach an.

»Wir schaffen Gewinne, meine Damen und Herren. Wir finden Leute, die über Informationen verfügen, die wir haben wollen, und dann nehmen wir sie uns«, fuhr er fort. »Oder wir überreden die Leute, sie uns zu geben. Wir suchen Verräter.« Er machte eine Pause und starrte uns an. »Wir lügen.«

Ich wünschte, ich könnte behaupten, dass mir schlecht wurde, weil ich mich einem Leben des Lugs und Betrugs verschrieben hatte. Aber nichts davon war so erschreckend wie der Ausdruck in Bex' Gesicht, als sie mich ansah und lautlos mit den Lippen die Worte *Phase zwei* formte.

In der Nacht verwandelte sich der alte, verlassene Raum zu einem modernen Beobachtungsposten. An den Wänden klebte Evapopapier. Jungsgeräusche waren zu hören, als meine Mitbewohnerinnen und ich den Wanzen im Ostflügel lauschten und Listen mit den Namen der Typen und dem Unterricht, den sie besuchten, aufstellten. Außerdem dachten wir uns »glaubwürdige Vorwände für die Entwicklung von Beziehungen« aus, was ziemlich normaler Spionagekram ist. Und vielleicht auch ziemlich normaler Mädchenkram. Das alles wäre gut gewesen – es wäre bestens gewesen –, wenn in einer Zeile nicht *Zach* gestanden hätte und zwar gleich neben einem Pfeil und dem Wort *Cammie*.

»Bex soll das machen. Sie ist die bessere Schauspielerin.« Ich wandte mich an Bex. »Du bist *viel* besser, wenn es um Legenden ... und flirten geht als ich ... und –«

»Ich *mach's* ja!«, sagte Bex. »Ich nehme Grant.« Sie zeigte auf eine Tabelle. »Und den Schüler in der Abschlussklasse mit dem lockigen Haar. Und ...«

»Aber Zach ist der Hauptverdächtige!«, schrie ich. »Wieso muss *ich* mich an Zach heranmachen?«

Meine drei Freundinnen, die mich umringten, erstarrten und weder Bex noch Liz schienen zu wissen, was sie sagen sollten. Aber Macey zuckte nur mit den Schultern. »Weil es einhundert Mädchen und fünfzehn Jungs an dieser Schule gibt und er aus irgendeinem Grund immer wieder zu *dir* geht.« Sie hob eine Augenbraue. »*Du* bist das Genie, Cam«, sagte sie. »Du kannst es dir ausrechnen.«

Ich dachte an den Fahrstuhl in Washington, dass Zach sich als Fremdenführer angeboten hatte und schließlich daran, wie er mich angeguckt hatte, als ich ihn im Korridor sah, bevor die Welt schwarz wurde. Zach kam tatsächlich immer wieder zu mir zurück und jeder gute Spion weiß, dass es keine Zufälle gibt ... nur Pläne und Einsätze und Lügen. »Also«, fuhr Bex fort, »ist er entweder ein feindlicher Agent, der versucht dich für irgendwelche geheimen Zwecke zu benutzen oder –«

Liz schnitt ihr das Wort ab. »Er *mag* dich!«

Und sofort schöpfte ich Hoffnung, dass Zachs Interesse an mir in Wirklichkeit etwas mit feindlichen Agenten und geheimen Missionen zu tun hatte, weil ich mit geheimen Missionen eben einfach besser umgehen kann.

Die Agentin wartete den passenden Zeitpunkt ab (während sie das Teezimmer verließ), um sich der Zielperson zu nähern.

»Hey, Gallagher Girl«, sagte Zach und strahlte mich mit seinem typischen Ich-weiß-etwas-was-du-nicht-weißt-Lächeln an. »Was kann ich für dich tun?«

Ich blickte tief in mich hinein. Ich rief meine innere Top-Spionin ab. »Mr Smith sagt, unsere Klausurarbeiten in der Mitte des Semesters müssen ein Gemeinschaftsprojekt werden. Und meine Mutter meint, ich soll mir Mühe geben, *die gemeinschaftliche Natur dieser Austauscherfahrung zu begrüßen*«, sagte ich, als ob ich meine Mutter gerade wortwörtlich zitieren würde, anstatt das alles auf der Stelle zu erfinden.

Zach hob die Augenbrauen. »Und du willst *mich* begrüßen?«

»Nur im akademischen Sinn. Also – hast du Lust bei dem Projekt mit mir zusammenzuarbeiten oder nicht?«

Ich spürte die Blicke der Mädchen, die an uns vorbeigingen, was wirklich zu den schlimmsten Dingen gehört, wenn man Spionin ist – wenn Leute dich nämlich hinter deinem Rücken angucken und über dich tratschen, merkst du es, weil es antrainiert ist.

»Was ist?«, fragte ich und hatte das Gefühl die Sache jetzt wieder im Griff zu haben.

»Ja, klar, Gallagher Girl.« Er ging den Korridor entlang und wartete, bis die halbe achte Klasse zwischen uns war. Dann rief er: »Wir haben ein Date!«

Kapitel Einundzwanzig

Ich hatte ein Date! (Oder so was Ähnliches.) Mit einem feindlichen Agenten! (So was in der Art.) Das Mädchen in mir war aufgeregt und ängstlich, aber die Spionin in mir wusste, dass dies mein bisher größter Undercover-Auftrag war.

Es war noch gar nicht so lange her, da dachte ich, mich mit dem süßesten, niedlichsten, nettesten Jungen auf der Welt zu verabreden und ihn zu belügen, würde mich auf ein Leben der Täuschung vorbereiten, aber jetzt wusste ich, dass ich mich geirrt hatte. Echt und total geirrt. Weil wahre Spione nämlich keine netten Jungen belügen, sondern eher die andere Sorte.

»Sie muss sexy aussehen«, sagte Liz am nächsten Abend, als wir vier uns in unserem Zimmer versammelten, um mich auf meine Mission vorzubereiten. Oder mein Date?

Oh, Mann – ist es wirklich ein Date?, fragte ich mich. »Ist es ein Date?«, fragte ich laut.

Macey zuckte mit den Schultern. »Schwer zu sagen. Gibt es was zu essen oder ein Unterhaltungsprogramm?« Ich schüttelte den Kopf. »Gibt es Plüschtiere zu gewinnen?« Wieder Kopfschütteln. »Dann wahrscheinlich nicht.«

Liz schrieb alles auf. »Aber wenn geküsst wird?«, fragte sie.

»Liz, es wird nicht geküsst! Und es wird auch nicht Händchen gehalten. Oder getanzt – es sei denn, wir haben K+A und dann … Es wird NICHT geküsst!«

Liz sah ein bisschen verwirrt aus, also erklärte Macey: »Man kann ein Date haben, ohne sich dabei zu küssen, aber sich küssen, ohne miteinander auszugehen, ist etwas ganz anderes.« Macey ging an mein Bett und fing an in den neun Millionen Tops herumzuwühlen, die wir bereits als »zu aufgedonnert«, »zu lässig« oder »braucht mehr Busen« aussortiert hatten.

»Sie ist so weit!«, rief Bex aus und drehte mich herum.

Ich fühlte mich überhaupt nicht *so weit*. Bei Josh war ich immer nervös gewesen. Bei Zach auch, aber auf eine ganz andere Art. Ich sah noch nicht einmal *so weit* aus, jedenfalls nicht wie bei Josh. Damals waren noch Lipgloss, Röcke und Schuhe im Spiel gewesen, die sich bestimmt nicht zum Laufen über eine Strecke von sechs Kilometern im Dunkeln geeignet hätten. Jetzt sah ich einfach nur aus wie … ich.

»Nein«, sagte ich. »Es wird nicht klappen. Er ist ein Spion. Er wird herausfinden, dass ich spioniere.«

»Es ist perfekt und nein, er wird es nicht herausfinden«, entgegnete Macey. Sie steckte sich einen Lippenpinsel in den Mund, umkreiste mich und begutachtete, was sie sah.

»Sollte ich nicht *besser* aussehen?«

»Cam, er hat dich beim S+V-Unterricht gesehen«, sagte Bex, wobei sie offensichtlich auf meine Neigung zu Schweißausbrüchen anspielte.

»Und er hat dich aufgebrezelt gesehen«, fügte Liz hinzu.

»Was er noch nicht gesehen hat«, erklärte Macey und stellte mich vor den Spiegel, »ist die lässige Cammie.«

Ich kam mir vor wie Barbies weniger perfekte Freundin.

»Heute Abend muss alles normal erscheinen, Cam«, warnte mich Bex, die anscheinend nicht begriffen hatte, was für ein Witz es war sich dermaßen anstrengen zu müssen, um auszusehen, als hätte man sich überhaupt keine Mühe gegeben.

»Sie hat Recht«, sagte Macey. »Typen sind wie Hunde – sie merken gleich, wenn du Zuwendung brauchst.«

»Denk an deine Tarnung!«, ermahnte mich Liz und reichte mir meinen Rucksack.

»Und vergiss nicht – lass ihn den Ton angeben! Schau, was er dir gibt, bevor du weißt, was du nehmen musst«, empfahl Bex und zitierte Mr Solomon in einem seiner besten Vorträge.

»Richtig«, sagte ich und erinnerte mich daran, dass wir uns nur in der Bibliothek aufhalten würden. Was, um Himmels willen, konnte schon Schreckliches in der Bibliothek passieren?

»Und Cam«, rief Macey mir hinterher. »Sei einfach nur du selbst!«

Egal, wohin ich in diesem Semester ging, immer verfolgte mich: Sei du selbst! Aber ich konnte nie ganz *ich* sein, vor allem jetzt nicht, weil gute zwanzig Prozent von mir Zachs morgendlichen Orangensaft mit Wahrheitsserum versetzen wollten, um die Sache hinter mich zu bringen. (Eigentlich war das Bex' Idee, aber wir hoben diese Möglichkeit für einen Notfall auf.)

Während ich die große Treppe hinunterschritt, redete ich mir ein nicht nervös zu sein. Ich hatte mich doch auch schon früher mit Leuten verabredet – im wahren Leben und zu Studienzwecken. Und mit Zach – nicht mit Josh – zu lernen bedeutete nicht einmal die Tatsache verbergen zu müssen, dass ich bereits in der zehnten Klasse Physikunterricht auf Doktoranden-Level hatte. Aber als ich die Bibliothek betrat und mich nach Zach umsah, wurde ich das Gefühl nicht los, dass *ich selbst* eine Tarnidentität war, die ich nicht beherrschte.

»Hallo, Gallagher Girl.« Er hatte sich einen hinteren Tisch ausgesucht. GANZ hinten.

18 Uhr: Die Agentin traf sich mit der Zielperson an einem verdächtig abgelegenen Ort, was darauf hinwies, dass die Zielperson möglicherweise mehr »Date« und weniger »Lernen« im Kopf hatte. Analyse von Macey McHenry

Bücher lagen verstreut auf dem Tisch. Die Jacke seiner Schuluniform hing über der Rückenlehne seines Stuhls.

Ich setzte mich ihm gegenüber. »So«, kam es mühsam aus mir heraus. »Womit fangen wir an?«

»Keine Ahnung«, sagte er, aber ich hatte den deutlichen Eindruck, dass er es ganz genau wusste. Dass er eine Menge wusste. Weil ich der wissenschaftlichen Auffassung war, dass Zack zu den Leuten gehörte, die mit Hilfe ihrer Intelligenz dafür sorgten, dass niemand wusste, wie intelligent sie waren (wie Macey sagt, kommt das bei Jungs mit sexy Armen ziemlich häufig vor).

18 Uhr 02: Die Agentin wurde von der totalen und eindringlichen Stille am Tisch überwältigt.

»Zach«, sagte ich, nur um festzustellen, ob meine Stimme noch funktionierte. Er schaute mich an. »Ich hab mir gedacht, wir könnten uns vielleicht überlegen, welchen Einfluss Propaganda auf die Wirtschaft in Ländern der Dritten Welt nimmt.«

»Daran hast du eben gedacht?«

»Ja«, antwortete ich, aber er schaute mich weiter an … er schaute mich *richtig* an. Ich wollte Tiffany St. James sein (auch wenn das bedeutete, ein schulterfreies Kleid tragen zu müssen). Ich wollte ein Mädchen sein, das zu Hause unterrichtet wurde und eine Katze namens Suzie hatte. Ich wollte jede sein außer mir, während ich dasaß und mich total ungeschützt fühlte.

»Also …«, versuchte ich es wieder. »Wir sollten wahrscheinlich den Bericht entwerfen und vielleicht unsere Notizen zusammenfassen und –«

»Gallagher Girl«, sagte Zach, ohne abzuwarten, bis ich meinen Satz beendet hatte, der kein Ende hatte. »Willst du mich irgendwas fragen?«

»Nein«, log ich. Dann wandten wir uns beide unseren Büchern zu.

18 Uhr 14: Der Agentin wurde langsam klar, dass die Verabredung zum Lernen tatsächlich aus Lernen bestehen würde.

Wie lange dauert es, bis zwei Menschen Schweigen als angenehm empfinden? Ich weiß es nicht. Einmal fuhr ich mit Grandpa Morgan bis nach Omaha und zurück und er sagte kaum mehr als zehn Wörter. Mein Vater und ich verbrachten früher die Sonntage auf dem Wohnzimmerboden und tauschten Teile der Zeitung aus. Dabei war nichts als das Geräusch von umgeblätterten Seiten zu hören gewesen. Aber mit Zach dazusitzen war anders.

»Also –«, fing ich wieder an, bis mir klar wurde, dass ich nicht die geringste Ahnung hatte, was als Nächstes käme.

Er hob die Brauen, aber nicht den Kopf und musterte mich mit großen Augen. »*Alsooo* …« Sein Wort zog sich mehr in die Länge als meins und füllte diese schreckliche Leere.

»Also, wie findest du die Gallagher Akademie?«

Er wollte lachen, überlegte sich die Sache aber im letzten Moment. »Oh – granatenstark.«

Der Agentin fiel auf, dass die Verwendung des Adjektivs »granatenstark« durch die Zielperson entweder absichtlicher Sarkasmus oder regionaler Slang war, und sie beabsichtigte, den Begriff in der Datenbank der Gallagher Akademie zu überprüfen.

Ich wandte mich wieder meinen Lehrbüchern zu, konnte aber kein einziges Wort erkennen. Ich hatte immer angenommen, dass es schwierig wäre mit einem normalen Typ zu reden. Wie sich herausstellte, war es *nichts* im Vergleich zu einer Unterhaltung mit einem bestens ausgebildeten Jungs-Spion, der möglicherweise von der amerikanischen Regierung gezüchtet und großgezogen worden war.

Ich überlegte mir gerade, ob ich die ganze Mission nicht abbrechen sollte, als zwei Achtklässlerinnen hinter den Bücherregalen hervorhuschten, wie angewurzelt vor uns stehen blieben und uns anstarrten. Dann drehten sie sich um und flitzten kichernd und flüsternd davon.

»Das hast du gut gemacht«, sagte Zach nickend und schaute dem Tratsch hinterher, den ich ausgelöst hatte.

»Darin bin ich Profi. Das kratzt mich überhaupt nicht«, sagte ich, was ja auch stimmte. Gekicher allein konnte eine Spionin nicht verletzen.

Ich blätterte um und spürte, dass meine Augen nicht mehr richtig lesen konnten, als ich der Stille lauschte, die in Zachs Gegenwart lauter zu werden schien.

»Ich muss zugeben«, sagte er und verschränkte die Hände hinter seinem Kopf, während er sich zurücklehnte und auf zwei Stuhlbeinen balancierte, »ich bin ein bisschen enttäuscht.«

»Enttäuscht!«, rief ich aus.

Er lachte. »Ja, Gallagher Girl. Ich dachte, du hättest den Ruf Eigeninitiative zu ergreifen.«

Was nett formuliert war, wie ich fand. »Ja«, sagte ich und hoffte, dass mir was einfiel, um das Gespräch wieder auf ihn zu bringen. »Was würdest *du* tun, wenn alle meinen, du hättest gegen die Sicherheitsregeln verstoßen?«

Er lächelte und beugte sich vor. Ich hörte, wie die vorderen Stuhlbeine krachend auf dem Holzboden landeten. »Ich würde wahrscheinlich versuchen alles über alle herauszufinden, die … *neu* sind.« Als ob ihm die Worte gerade eingefallen wären. »Die für die Ballnacht vielleicht kein Alibi hatten. Ich würde vielleicht sogar versuchen, mich jemandem, den ich verdächtige, zu nähern.« Er rückte an mich heran. »Ich würde vielleicht sogar Wanzen in ihrem Zimmer verstecken, wenn ich die Möglichkeit hätte.«

»Hahahahaha!« (So klingt das gezwungene Lachen einer hoch qualifizierten Geheimagentin.)

»Aber *du* würdest so etwas natürlich nicht tun«, sagte er und stand auf. »Oder, Gallagher Girl?«

»Natürlich –«

Zach griff in seine Tasche und zog ein kleines Kabel heraus, das ich zuletzt im Zimmer der Jungs gesehen hatte, als es in einer Steckdose verschwand. Er ließ die Wanze auf den Tisch fallen, beugte sich zu mir und flüsterte mir ins Ohr: »Ich bin nicht durch und durch schlecht, Gallagher Girl.«

Er nahm seine Jacke von der Stuhllehne und wandte sich zum Gehen. »Ich bin aber auch nicht durch und durch gut.«

Ich saß da, starrte auf die Wanze und überlegte, was Zach wohl damit gemeint haben könnte, als er um die Ecke bog und mir noch zurief: »Danke für das Date!«

»Was soll das heißen?«, wollte Liz wissen, aber mir war nicht klar, von welchem Abschnitt meines furchtbaren Abends sie sprach – als Zach gesagt hatte, dass er nicht durch und durch gut oder schlecht war, als er routinemäßig Maßnahmen der Gegenspionage eingesetzt hatte (ein Merkmal der wirklich Vorsichtigen und/oder Schuldigen), oder dass er geglaubt hatte, wir hätten ein Date gehabt! Ehrlich gesagt, ich hätte mich am liebsten übergeben, als ich an das alles dachte.

Unser Beobachtungsposten war staubig und eng, also setzten wir uns auf den Fußboden, umringt von Bonbonpapier und halb geleerten Popcorntüten, Schulheften und Tabellen, und nur das eine war klar: Egal, wie sehr es den Anschein hatte, dass *normale* Jungs Psychospielchen spielten – mit Jungs zur Schule zu gehen, die das Thema tatsächlich im Unterricht behandelt hatten, ist viel, viel schwieriger.

»Also, war es für ihn nun ein *richtiges* Date?«, fragte Liz Macey. »Weil er ihr nichts gekauft hat. Oder war es nur eine Verabredung zum Lernen? Oder hat er es für eine Art *schicksalhaftes Date* gehalten oder –«

»Pst!«, sagte Bex und hielt mit leuchtenden Augen einen Kopfhörer ans Ohr. »Da ist was!«

21 Uhr 08: Die Audio-Überwachung erfasste eine Unterhaltung, bei der viele Zielpersonen sich einig waren, dass die Schulleiterin Morgan »so heiß ist, dass sie qualmt«, obwohl die Agentinnen mit Sicherheit wissen, dass Rachel Morgan jeglichen Konsum von Nikotin total ablehnt.

»Also hat er nicht alle Wanzen gefunden?«, fragte Liz.

»Oder er hat welche *hinterlassen*«, erwiderte ich und ließ mir alle möglichen Szenarien durch den Kopf gehen. »Vielleicht will er, dass wir weiter abhören, damit sie uns falsche Informationen geben können. Oder vielleicht hat er wirklich ein paar Wanzen übersehen. Oder er hat welche in den Zimmern der anderen Jungs hinterlassen, damit wir sie verdächtigen. Oder vielleicht haben die anderen tatsächlich gegen irgendwelche Sicherheitsregeln verstoßen und Zach kann das aber nicht zugeben, weil er an irgendeinen krassen Blutschwur-Bruderschafts-Pakt gebunden ist, der –«

»Cam!«, heischte mich Macey an und riss mich in die Wirklichkeit zurück. (Ich muss zugeben, dass die Sache mit dem Blutschwur ein bisschen irre war, aber die anderen Möglichkeiten waren durchaus nachvollziehbar.) »Er hat dir die Wanze entweder deshalb gegeben, weil er dir zeigen wollte, dass er auf dich steht, oder um dich zu verwirren, was funktioniert hat.«

Spionage ist ein Spiel, Dates sind es auch. Nehm ich jedenfalls an. Es geht um Strategien und den Einsatz deiner Stärken. Die Leute denken, Spionieren macht Spaß – dass alles, was wir tun, ein Katz-und-Maus-Spiel ist. Aber an diesem Abend lernte ich eine Lektion der Geheimoperationen, die genauso wertvoll war wie alles, was Joe Solomon mir bisher beigebracht hatte. Im wahren Leben der Geheimdienste geht es nicht um Katz und Maus, sondern um Katz und Katz.

Kapitel Zweiundzwanzig

Lügen«, sagte Mr Solomon am nächsten Morgen, als er das Klassenzimmer betrat. »Wir belügen unsere Freunde, wir belügen unsere Feinde. Und irgendwann ... belügen wir uns selbst.« Er drehte sich zur Tafel, um etwas aufzuschreiben.

»Welche körperlichen Symptome begleiten typischerweise eine Lüge, Miss Lee?«, fragte Mr Solomon.

»Erweiterte Pupillen, beschleunigter Puls und untypisches Verhalten«, sagte Kim, während ich mir das Gehirn zermarterte, um mich zu erinnern, ob irgendwas davon am Abend zuvor auf Zach zugetroffen hatte. Ob irgendetwas, das er *je* gesagt hatte, wahr gewesen war.

»Spione lügen, meine Damen und Herren, aber darum geht es heute nicht. Heute«, sagte Mr Solomon, »geht es darum, wie man Lügen erkennt. Ein erfahrener Agent weiß, wie er seinen Puls und seine Stimme unter Kontrolle hat, aber zum Zweck des heutigen Unterrichts halte ich diese Dinge für angebracht.«

Er reichte jedem von uns etwas, das den Stimmungsringen glich, die Bex, Liz und ich uns im achten Schuljahr in Roseville gekauft hatten. »Dr. Fibs war so freundlich uns diese Muster eines neuen tragbaren Stimmenanalysators, den er entwickelt, zu überlassen«, fuhr Mr Solomon fort. »Sie sind mit einem Mikrochip versehen, der die Stimme einer Person überwacht, und wenn dieser Mensch lügt, vibriert der Analysator leicht und warnt den Träger, dass gelogen wird.«

Das Stück Plastik in meinen Händen wirkte billig, fast wertlos, aber wie bei den meisten Dingen an der Gallagher Akademie war es nicht so harmlos, wie es aussah.

»Sie müssen an Ihrer Zielperson nahe dran sein«, erklärte Mr Solomon, als er zum Tisch von Tina Walters ging. »Die Analysatoren lassen sich mit etwas Übung täuschen. Stellen Sie mir eine Frage, Miss Walters – irgendeine!«

Tina zögerte ein, zwei Sekunden lang. Dann rief sie: »Haben Sie eine Freundin?«

Die halbe Klasse kicherte, während die andere Hälfte erschrocken schwieg. Joe Solomon verkniff sich ein Lächeln und sagte: »Nein.«

Tinas Augen starrten auf den Ring an ihrer rechten Hand. Sie sagte: »Nichts. Er hat nichts gemacht. Also stimmt es?«

»Fragen Sie mich noch einmal«, sagte Mr Solomon.

»Haben Sie eine Freundin?«

Diesmal sagte Mr Solomon: »Ja.« Einen Augenblick später schüttelte Tina ihre Hand, als ob sie eingeschlafen wäre. »Das Ding ist nicht kaputt, Miss Walters«, versicherte ihr Mr Solomon. »Es kann nur Lügen nicht so gut erkennen, wie ich sie erzähle.«

Ich musste unwillkürlich zu Zach hinüberschauen, der mich dabei ertappte.

»Arbeiten Sie mit der Person, die Ihnen gegenübersitzt«,

sagte Mr Solomon und ein unangenehmes Gefühl kroch in meinen Bauch. »Beobachten Sie ihre Augen, achten Sie auf ihre Stimme. Und versuchen Sie zu erraten, wer lügt.«

Ich weiß, ich bin nicht das erste Mädchen aller Zeiten, das diesen Auftrag bekam, aber ich hatte das Gefühl, das noch nie so viel auf einer Sache herumgeritten worden war. »Oh«, sagte Zach und zog die Augenbrauen hoch, »das wird lustig.« Ich brauchte nicht den Ring an meinem Finger, um zu wissen, dass das nicht gelogen war.

Ich überlegte mir schnell, was ich als Ausrede vorbringen könnte, um das Klassenzimmer zu verlassen, aber seit Mitte der Neunzigerjahre war niemand mehr Plutonium ausgesetzt gewesen, also saß ich fest. Mit Zach. Und mein Talent zum Schwindeln sollte gründlicher getestet werden als je zuvor.

»Wie heißt du?«, fragte ich und dachte an den kalten, sterilen Raum unter der Mall in Washington, wo ein Fachmann nach der Wahrheit geforscht hatte.

»Zach«, sagte er.

»Wie ist dein vollständiger Name?«

»Was für eine langweilige Frage, Gallagher Girl.«

»Zach!«

»Ja, stimmt.« Er hielt meine rechte Hand hoch. »Siehst du? Keine Lüge.«

»Wo warst du beim Code Black?«

Er lächelte breit. »Schon besser.«

»Beantworte meine –«

»Ich war mit dir zusammen«, sagte er. »Weißt du noch? Dann beugte er sich über den Tisch. »Ich bin dran.« Er grinste wie ein Idiot. »Hattest du gestern Abend Spaß?«

»Zach, ich glaube nicht, dass Mr Solomon bei dieser Übung an so was gedacht hat.«

»Dann war das ein Ja«, sagte Zach. »Wir sollten das echt mal wiederholen.«

Ich schaute auf den Ring an meiner Hand, aber er tat nichts. Zach sagte die Wahrheit. Doch ich wusste immer noch nicht, was es bedeutete.

»Woher kommst du?«, fragte ich.

»Vom Blackthorne Institut für Jungen«, leierte er herunter.

»Was machen deine Eltern?«, fragte ich und zum ersten Mal kam keine Antwort. Er grinste nicht. Er witzelte nicht.

Er rückte sein Heft auf dem Tisch gerade und fragte: »Was glaubst du wohl?«

Ich hörte, wie Tina Grant fragte: »Wie stellst du dir das perfekte Date vor?« Am anderen Ende des Raums wollte Courtney wissen, was Eva wirklich von Courtneys neuem Haarschnitt hielt, aber nichts erschien mir im Augenblick komisch, interessant oder cool.

Würde die Gallagher Akademie auf dem Schwarzmarkt Wahrheitsringe verkaufen, dann würde sich jedes Mädchen in Amerika anstellen, um einen zu ergattern, aber ich brauchte keinen Ring am Finger, um zu wissen, dass Zach mir nichts vorspielte und nicht log. Hinter dieser Geschichte steckte viel mehr.

»Waren sie bei der CIA?«, wisperte ich.

»Früher mal.«

Aber ich fragte nicht nach Einzelheiten, weil ich wusste, dass sie geheim waren. Und traurig. Und vor allem wusste ich jetzt, dass Zach ein bisschen wie ich war.

Kapitel Dreiundzwanzig

Ich hätte es eigentlich notieren sollen. Ich hätte es meinen Freundinnen sagen müssen. Wir hatten wochenlang nach einem Hinweis gesucht, einem Zeichen, dass die Jungs eine Vergangenheit und eine Geschichte hatten – dass sie überhaupt existierten. Für einen kurzen Moment hatte ich den echten Zach gesehen – ohne Tarnung, ohne Legende, ohne Lüge. Aber als ich am Sonntagabend die schwach beleuchteten, stillen Korridore entlangging, hatte ich Zachs Geheimnis bei mir, und ich konnte mich nicht überwinden es abzuschütteln.

»Hey, meine Kleine!«, rief Mom, als sie hörte, dass ich ihr Büro betrat. Rauch und Dampf stiegen aus einer Elektropfanne hinter ihrem Schreibtisch auf, während die Mikrowelle summte. Als Mom zu mir kam, um mich zu umarmen, sah ich, dass sie dicke Wollsocken trug, die ihr viel zu groß waren – Dads Socken. Sie hatte ein altes ausgefranstes Sweatshirt an, dessen Ärmel sie hochgekrempelt hatte – Dads Sweatshirt. Und obwohl ich meine Mutter schon in allem Möglichen gesehen hatte – in Ballkleidern und strengen Kostümen –, war sie noch nie so schön gewesen.

»Heute Abend«, verkündete Mom gut gelaunt, »ist Taco-Abend!« Ich fragte mich, ob das die gleiche Frau war, die in diesem Zimmer gesessen hatte, als die Welt um uns schwarz wurde, im Schatten verborgen und vom rötlichen Schimmer der Notbeleuchtung berührt. Ich wusste, dass ich niemals alle Legenden meiner Mutter erfahren würde.

»Wie läuft's im Unterricht?«, fragte sie, als ob sie es nicht wüsste.

»Gut.«

»Wie geht es den Mädchen?«, wollte sie wissen, als würde sie meine Freundinnen nie sehen.

»Sehr gut. Macey wird in den Physikunterricht der Neuntklässler befördert.«

Mom lächelte. »Ich weiß.«

Alles war normal. Alles war gut. Selbst die Tacos sahen halbwegs essbar aus, trotzdem zupfte ich an meinen Fingernägeln und rutschte auf der Couch herum. Ich beobachtete meine Mutter, die sich die letzten Spuren meines Vaters übergestreift hatte. »Wie hast du eigentlich Dad kennengelernt?«

Mom hörte auf das, was sie aus der Mikrowelle genommen hatte, umzurühren und zwang sich zu einem Lächeln. »Wie kommst du plötzlich darauf?«

Es war eine gute Frage. Sicher kennen normale Mädchen die Geschichte ihrer Eltern, was aber für junge Spioninnen nicht immer gilt – junge Spioninnen lernen früh, dass die meisten Dinge, die ihre Eltern betreffen, geheim sind.

Trotzdem konnte ich mit dem Fragen nicht aufhören. »War es bei einer Mission? Habt ihr euch kennengelernt, als ihr beide in Langley gearbeitet habt, oder war es davor?« Ich merkte, dass mir die Luft wegblieb. »Hat die Gallagher Akademie damals auch schon einen Schüleraustausch mit Blackthorne veranstaltet?«

Mom legte den Kopf schief und musterte mich, als ob sich bei mir eine Krankheit ankündigte. »Wieso glaubst du, dein Vater hätte das Blackthorne Institut besucht?«

Ich dachte an das Bild, log aber. »Ich weiß nicht. Ich hab wohl nur … was angenommen. Aber er ist doch hingegangen – oder nicht?«

Sie schaute in die Schüssel und rührte weiter. »Nein, Süße. Er hatte Freunde, die dort hingegangen sind. Er hat ab und zu Gastvorlesungen gehalten. Aber dein Vater wuchs in Nebraska auf – das weißt du doch.«

Ich wusste es, aber in den letzten Monaten hatte ich angefangen alles zu hinterfragen, was mir bekannt war.

»Und wie habt ihr euch kennengelernt? Wie hast du gewusst …«, sagte ich und verbiss mir die eine Frage, die ich wirklich stellen wollte, aber nicht konnte: *Wie konntest du ihm vertrauen?*

Mein Magen knurrte, aber ich hatte keinen Hunger.

»Irgendwann erzähl ich dir die Geschichte, meine Kleine.« Mom lächelte und reichte mir einen Teller. »Sobald es eine Sicherheitsfreigabe für dich gibt.«

In dieser Nacht saß ich lange auf dem Geheimplatz Schrägstrich Beobachtungsposten und lauschte der angezapften Leitung auf der Suche nach einer Spur.

Mitternacht war längst vorbei, als ich mich endlich aus dem Korridor schlich und über die Asche eines Feuers trat, das verloschen war. Ich huschte durch die riesige Öffnung des steinernen Kamins (einem von vielen Zugängen zu diesem Korridor) und erwartete Stille und Dunkelheit, aber bestimmt nicht die Stimme von Zach, die sagte: »Die Tour ist zu Ende, wie?«

Weshalb ich mich – trotz meines ausgiebigen Spionage-Trainings – zu schnell aufrichtete und mir den Kopf am Kaminsims anschlug.

»*Au!*«, schrie ich und umklammerte meinen Schädel. »Was machst *du* denn hier?«

»Komm schon!«, sagte er und ignorierte meine Frage. Er strich mir sanft über den Hinterkopf, auf dem sich langsam ein Höcker bildete.

Ich versuchte mich wegzureißen, aber er schob mich energisch weiter und obwohl ich wusste, dass er die Zielperson war, ist es schon schwierig, keine Gänsehaut zu bekommen, wenn ein cooler Typ nur ein paar Zentimeter von dir entfernt ist und die Hand in deinen Haaren hat.

»Du wirst es überleben.«

»Du bist ja nett!« Ich war echt schockiert.

»Verrat es keinem!« Er verschränkte die Arme und nickte in Richtung Steinmauer, aus der ich gerade auf geheimnisvolle Weise aufgetaucht war. Er lächelte und fragte: »Haben deine Wanzen was Interessantes gehört?«

21 Uhr: Die Zielperson gab zu ein paar Lauschapparate der Agentin im Ostflügel zurückgelassen zu haben. Oder er versuchte, die Agentin auszutricksen, damit sie zugab, dass es noch weitere Geräte gab ... Oder die Zielperson wollte nur geheimen Small Talk machen. Oder ...

21 Uhr 01: Die Agentin musste unwillkürlich daran denken, wie viel einfacher es ist sich mit normalen Typen zu unterhalten.

»Was ist, Gallagher Girl?«, fragte er und schob die Hände in die Taschen. »Keine flotten Sprüche? Hat die nicht existierende Katze namens Suzie dir die Zunge geklaut?«

»Woher weißt du was von Suzie?«

Er zeigte wieder einmal auf sich und sagte: »Spion.«

Der Mond schien ins Fenster und an uns vorbei. Es knarrten keine Dielen und keine Mädchen kicherten. Und mir fiel nicht das Geringste ein, das ich hätte sagen können, als ich so dastand, in der Stille ertrank und nach Atem rang, während mein Kopf pochte und Zach näher kam. Und noch näher. Seine Hand fasste nach meinem Gesicht und zum zweiten Mal in diesem Semester erstarrte ich.

Seine Finger schoben eine Haarsträhne aus meinen Augen, dann zuckte er zurück, als ob er einen Schock bekommen hätte. Seine Hände glitten in seine Hosentaschen. Er blickte zu Boden.

Es kam mir vor, als hätten wir ewig so dagestanden, bis er sagte: »Warum fragst du mich nicht danach? Nach ihnen?« Ich spürte, wie mir der Atem stockte, als Zach mich wieder ansah. »Ich erzähl dir meine Geschichte, wenn du mir deine erzählst.«

Ich weiß nicht, was mich mehr überraschte – dass endlich mal jemand hören wollte, was mit meinem Vater passiert war, oder dass Zachs harte Schale zu bröckeln begann. Er weinte nicht und zitterte nicht, sondern stand nur still da. Ich trat einen Schritt zurück, als ich die Hand nach ihm ausstreckte, weil ich Angst hatte, ich könnte ihn aus seiner Trance reißen.

Ich dachte an Grandpa Morgans Warnung, dass es bestimmte Lebewesen gibt, die man nicht anfassen darf.

»Es war eine Mission.«

Ich weiß nicht, warum ich es sagte. Die Worte waren mir fremd und doch glitten sie so mühelos aus meinem Mund, als wären sie immer da gewesen, als hätten sie sich schon vor Jahren gebildet und nur auf eine Gelegenheit gewartet, sich zu befreien.

»Vor vier Jahren war mein Vater auf einer Mission. Er kam nicht nach Hause. Niemand weiß, was … passiert ist.«

Dann sah Zach mich an und sprach das aus, was ich immer gewusst, aber mich nie zu sagen getraut hatte: »Irgendjemand weiß es.«

Er hatte Recht – irgendwo war jemand, der wusste, was mit meinem Vater geschehen war, aber das konnte ich nicht sagen. Es war merkwürdig, dass Zach nur dastand und mich beobachtete. Stille breitete sich zwischen uns aus und obwohl uns nur wenige Zentimeter voneinander trennten, fühlte sich der Abstand wie tausend Kilometer an.

»Was ist?«, fragte ich. »Was meinst du?«

»Ich sage, jemand weiß Bescheid.« Zachs Stimme war jetzt schärfer – kräftiger. »Ich sage, du sollst nicht so tun, als ob es keine Antworten gäbe, nur weil du dir die Zeit nicht nimmst, sie zu suchen.«

»Was soll ich denn machen, Zach? Ich bin doch nur –«

»Nur ein Mädchen?«, sagte er. Dann hob er die Schultern und seufzte. »Ich dachte, du wärst ein Gallagher Girl.«

Zach verschwand, aber ich stand noch lange da und fragte mich, ob ich zu meiner Mutter gehen sollte. Oder zu meinen Freundinnen. Stattdessen schlich ich mich in die Korridore, die ich seit Monaten nicht betreten hatte, tastete mich durch Spinnweben und die Dunkelheit und versuchte vor den Tränen davonzulaufen, die mir heiß über die Wangen liefen, weil ich mir keine Schwäche eingestehen und in meiner Einsamkeit und meinem Kummer schwelgen wollte.

Vielleicht ist Weinen ja wie alles, was wir tun – am besten ist es, wenn man dabei nicht erwischt wird.

Kapitel Vierundzwanzig

Die nächsten beiden Wochen waren wirklich die merkwürdigsten meines Lebens – nicht wegen der Dinge, die passiert waren, sondern wegen der Dinge, die *nicht* passiert waren.

Zach nervte mich nicht. Er neckte mich nicht. Er nannte mich nicht einmal *Gallagher Girl* und grinste mich nicht an.

Nachdem ich ein Leben lang das Mädchen war, das niemand sieht, hatte ich das Gefühl, jetzt auf eine ganz andere Art unsichtbar geworden zu sein.

Aber eines Tages, als ich die große Halle verließ, spürte ich, wie mich jemand anrempelte, und hörte Zach »Sorry« sagen. Dann entfernten wir uns in entgegengesetzten Richtungen – er die große Treppe hinauf und ich nach draußen.

Erst als ich im Freien im Nieselregen stand, der niemals aufzuhören schien, bemerkte ich den Zettel in meiner Tasche.

Ich blieb nicht stehen, um darüber zu staunen, dass Zach gerade die tollste heimliche Übergabe durchgezogen hatte, die ich je erlebt hatte. Ich rannte auch nicht los, um mich in der Scheune unterzustellen.

Stattdessen stand ich in der feuchten Luft und schaute auf meinen Namen, den Zach auf ein Stück Evapopapier gekritzelt hatte. Ich faltete den Zettel auseinander und las die Wörter, die ich kaum registrierte, bevor sich das Papier auflöste.

Der Zettel war natürlich längst verschwunden, ehe ich meine Freundinnen fand und die Tür zu unserem Zimmer verbarrikadierte – was schade war, denn noch nie hatte es einen Beweis gegeben, der dringlicher untersucht werden musste als dieser. Aber der Zettel war weg. Verloren. Wir konnten weder die Handschrift noch die Kraft analysieren, mit der Zach den Kugelschreiber gehalten hatte. Wir konnten uns nur auf die Wörter konzentrieren und die mageren Informationen über die Zielperson, die wir bereits hatten.

(Kopie mit freundlicher Genehmigung von Cameron Morgan)

Wie ich gehört habe, gehen wir am Wochenende alle in die Stadt. Hast du Lust dir einen Film anzuschauen oder so was? Z.
PS: Natürlich nur, wenn Jimmy nichts dagegen hat.

Übersetzung: Es wäre eine gute Gelegenheit uns gesellschaftlich und konkurrenzlos außerhalb unserer Schule zu treffen. Ich betrachte andere Jungs nicht als Bedrohung und genieße es sie als unbedeutend erscheinen zu lassen, indem ich ihnen falsche Namen gebe.
(Übersetzung von Macey McHenry)

»Oh, mein Gott, Cam!«, rief Liz aus. »Er hat dich gefragt, ob du mit ihm ausgehen willst!«

»Und was bedeutet das?«, wollte ich wissen und wandte mich an Macey, die sich auf ihr Bett fallen ließ und ihre Neunhundert-Dollar-Schuhe auszog, die sie in der S+V-Scheune getragen hatte und die jetzt voll Schlamm waren.

»Du meinst, was bedeutet es noch, außer dem offensichtlichen Er-lädt-dich-ein-mit-ihm-ins-Kino-zu-gehen-Teil?«, fragte Macey.

»Ja, außer dem«, sagte ich, weil es nicht so einfach sein konnte. Spione handeln nie ohne Beweggrund, ohne Ursache und ich hatte nicht die geringste Ahnung, welchen Hintergedanken Zach haben konnte. Ich wusste nicht, warum er mich auf einem Zettel gefragt hatte und nicht persönlich. Ich hatte keine Ahnung, was es zu bedeuten hatte, dass er nicht seinen vollständigen Namen druntergesetzt hatte. Wir hatten Jungs fast ein ganzes Semester lang studiert und trotzdem verstand ich nichts von einer Kultur, in der Menschen dich zuerst beleidigen, dann aufziehen, dann wochenlang ignorieren und dich *dann* ins Kino einladen!

»Er hat bestimmt irgendwas vor«, sagte ich schließlich. Aber meine Mitbewohnerinnen sahen sich an, als gäbe es noch eine andere Erklärung. »Glaubt ihr nicht, dass er was vorhat?«

Der Regen war stärker geworden, der Wind heulte und endlich erhob sich Bex und ging langsam auf mich zu. »Ja, er hat ganz bestimmt etwas vor.«

Ich schaute Liz an, um zu sehen, ob sie der gleichen Meinung war, aber sie war zu beschäftigt damit Zachs Worte in das Englisch-Übersetzungsprogramm für Typen einzugeben, das endlich die Versuchsmuster-Phase erreicht hatte.

»Und deshalb«, sagte Macey lächelnd, »musst du hin.«

Ja klar, wenn du ein Gallagher Girl bist und jeden Tag von früh bis spät innerhalb des Gallagher-Geländes verbringst, ist die Aussicht in die Stadt – irgendeine Stadt – zu gehen ziemlich verlockend. Und mit einem Typ wie Zach zu gehen ist noch verlockender.

Aber nicht, wenn man ein Gallagher Girl ist und sich möglicherweise auf eine Undercover-Lockvogel-Sache einlässt, nicht, wenn die besten Freundinnen die Sache für die perfekte Gelegenheit halten, um (A) Maceys neuen Concealer auszuprobieren, der nur in der Schweiz zugelassen ist, und um (B) die klassische dreifache Agenten-Observierung zu üben.

Und vor allem nicht, wenn man ein Gallagher Girl mit einem Ex-Freund in der betreffenden Stadt ist.

Am Samstagmorgen wachten wir auf und der Himmel war blau. Der Winter war irgendwie verschwunden und mit dem Schnee geschmolzen. Blasses Sonnenlicht sickerte durch die Fenster und mir fiel ein, wozu ich mich verpflichtet hatte.

»Es geht nicht«, sagte ich und war nicht ganz sicher, ob ich von Zach sprach oder dem trägerlosen BH, den mir Bex aufdrängen wollte (weil trägerlose BHs für solche Situationen erfunden worden waren). »Was, wenn ich aus Versehen verrate, dass wir ihnen auf der Spur sind? Oder was, wenn er mich betäubt und benutzt, um in den verbotenen Teil des Chemielabors zu gelangen? Oder was, wenn …« Den letzten Satz ließ ich verhallen, weil ich an die eine Frage denken musste, die ich nicht herausbrachte: *Was, wenn ich Spaß habe?*

Stattdessen stellte ich die andere Frage, die mich seit Tagen verfolgte: »Was, wenn ich Josh treffe?«

Ich hatte seit Monaten im Schutz unserer Mauern im Verborgenen gelebt und gewusst, dass ich Josh nicht wiedersehen würde, wenn ich das Gelände nicht verließ – ein Luxus, den normale Mädchen nicht kennen, wenn sie ihren Ex-Freunden aus dem Weg gehen wollen.

»Entspann dich, Cam«, sagte Bex. »Wir folgen dir mit unseren Kommunikationsgeräten. Du hast Rückendeckung. Und wie groß ist die Chance, dass du Josh überhaupt begegnest?«

»Einhundertsiebenundachtzig zu eins«, antwortete Liz automatisch. Vielleicht habe ich sie angesehen, als ob sie spinnt (was sogar stimmt, aber auf eine gute Art), aber sie zuckte nur mit den Achseln und fragte: »Was denn? Wenn du den Fußgängerverkehr, die Bevölkerungszahl und Verhaltensmuster berücksichtigst, ist die Antwort einhundertsiebenundachtzig zu eins.«

Aber es gab einen Faktor, mit dem selbst Liz nicht rechnete: das Schicksal. Ich wusste, dass ich es herausforderte. Wieder einmal.

Mein Magen kippte. Meine Finger kribbelten. Jeder Nerv in meinem Körper schien lebendig zu sein. So hatte ich mich noch bei keiner Verabredung gefühlt. Und bei keiner Mission. So hatte ich mich noch *nie* gefühlt.

Liz machte mir die Haare. Macey vollbrachte ein Wunder mit meinem Make-up. Und Bex war eifrig damit beschäftigt, mir einen Kameraknopf auf die Jacke zu nähen. Wir hatten einen Plan. Wir hatten jahrelang für diesen Moment trainiert, aber als meine Mitbewohnerinnen sich in Bewegung setzten, um die Treppe hinunterzugehen, betrachtete ich mich im Spiegel.

»Es wäre okay, wenn du ihn magst, weißt du?« Macey lehnte am Türrahmen. Hinter ihr wurde die Eingangshalle still, als Mädchen sich auf den langen Weg in die Stadt machten.

Ich dachte an die Regeln der Geheimoperationen: Lass dich

gefühlsmäßig nicht auf eine Zielperson ein; verlier nie die Perspektive aus den Augen und behalte die Kontrolle! Bessere Spione als ich haben diese Regeln missachtet und waren am Ende todunglücklich oder Schlimmeres. Ich schaute aus dem Fenster auf die Scheune, wo wir lernen, unsere Augen und unsere Nieren zu schützen – wir weichen Schlägen aus und verteilen Tritte.

Aber selbst die Gallagher Akademie hatte noch keinen Weg gefunden, um uns zu helfen unsere Herzen zu schützen.

»Ich hab dich im Blick«, meldete Bex eine Stunde später. Es klang beruhigend. Bis jetzt hatten weder Zach noch ich viel gesagt, weil im Foyer erstens eine riesige Menge darauf gewartet hatte, in die Stadt zu gehen (unter ihnen Tina Walters), zweitens der Wind jetzt blies und ich meinen Kopf komisch zur Seite drehen musste, damit mir nicht alle Haare ins Gesicht wehten, und ich drittens zwar schon Verabredungen (und Missionen) hatte, aber nie gleichzeitig.

Außerdem ist es schwierig sich zu unterhalten, wenn man drei Kilometer gegangen ist und sich dann mitten in der Gründertags-Parade von Roseville, Virginia, wiederfindet. Ja, ich habe *Parade* gesagt.

Sowohl die Spionin als auch das Mädchen in mir wusste, dass ich etwas sagen sollte, etwas *tun* sollte, aber sobald wir in die Hauptstraße einbogen, hörte ich die Fanfaren der Blaskapelle »Stolz von Roseville«. Ich sah Frauen, die für die Kirche Schokokekse und Lose verkauften, mit denen man eine handgenähte Patchworkdecke gewinnen konnte. Die ganze Stadt schien entweder die Straße entlangzumarschieren oder den Marktplatz auszufüllen.

»Er sieht gut aus, Cam… ähm, *Chamäleon*«, verbesserte sich Liz schnell. Ich schaute die vollgestopften Straßen rauf und runter und konnte meine Freundinnen nirgends sehen, aber es war tröstlich zu wissen, dass sie da waren. »Huste, wenn *du* findest, dass er gut aussieht.«

10 Uhr 41: Die Agentin stellte unwillkürlich fest, dass die Zielperson ECHT gut aussah und außerdem gut roch.

Zach sah wirklich gut aus. Er trug keine Schuluniform und hatte sich irgendwas in die Haare geschmiert, damit sie an den richtigen Stellen verwuschelt waren. Und ich hatte das Gefühl, dass irgendetwas Unheilvolles im Gange war – dass dieser Typ auf gar keinen Fall ein richtiges Date mit mir hatte.

»Hey, Chamäleon, du weißt, du kannst reden«, hörte ich Macey im Ohr. »Es ist erlaubt.«

Aber Reden war nicht einfach, weil ich mit Zach unterwegs war … eine Verabredung hatte und gleichzeitig den Lockvogel spielen musste! Ich hatte einen Stöpsel im Ohr und ein Päckchen Pfefferminzbonbons in der Tasche und es bestand eine Chance von 1:187, dass ich meinen Ex-Freund und seine neue Freundin treffen würde … ich musste mit vielen Problemen fertig werden!

»Hättest du Lust irgendetwas zu machen?«, fragte ich ein bisschen blöd, da wir ja technisch gesehen schon etwas machten.

»Wir könnten ins Kino gehen«, schlug Zach vor. »Oder was essen.«

»Okay.«

»Oder wir könnten … einfach nur rumlaufen«, sagte er und

zum ersten Mal fragte ich mich, ob er vielleicht selber nervös war.

»Okay«, wiederholte ich.

»Oder wir könnten uns von dem Clown dort drüben die Gesichter bemalen lassen und dann eine Bank ausrauben«, war sein nächster Vorschlag, als ob ich nicht wirklich zuhörte. Aber ich fiel nicht darauf rein.

»Auf keinen Fall. Im letzten Oktober haben sie einen Safe der Marke Stockholm 360 eingebaut – wir bräuchten mindestens eine Dreiviertelstunde, um den zu knacken.«

»Gut zu wissen.« Er lachte.

Plötzlich wollte ich mitten auf der Straße stehen bleiben und Zach fragen, warum er mit mir ausgehen wollte. Er sollte zugeben, dass auch ich ausspioniert wurde. Aber als Zach meine Hand ergriff und mich die vollen Gehsteige entlangführte, fühlte es sich nicht wie die Tat eines Agenten auf einer Mission an. Und dann wollte ich mehr als alles andere, dass ich Maceys Worte nicht mehr hörte – *Es ist okay, ihn zu mögen!* –, weil es manchmal einfacher ist jemanden nicht zu mögen.

Ein Mann mittleren Alters in einer roten Jacke drückte sich auf dem Marktplatz herum. Oldtimer standen am Straßenrand, während Männer mit dicken Bäuchen gegen die Reifen traten und Limonade schlürften. Wir waren nur drei Kilometer von der Schule entfernt, aber der Marktplatz von Roseville war wie eine andere Welt. Das Gefährlichste, was ich sehen konnte, war eine Gruppe kleiner Mädchen in glitzernden Trainingsanzügen, die sich auf dem Gehsteig durchboxten. Zach zog mich um eine Ecke auf eine ruhige Seitenstraße.

»Na, hast du wieder gute Wanzen versteckt?«, fragte er.

Seine Augen funkelten, aber ich konnte nicht lachen. Ich

konnte nicht einmal sprechen. Die Stille pulsierte zwischen uns wie der Beat der sich entfernenden Blaskapelle.

»Nur, damit du Bescheid weißt, Gallagher Girl«, flüsterte er, »ich werde dich jetzt küssen.«

Zum ersten Mal seit Monaten vergaß ich meine Mission, meine Tarnung und meine Freundinnen.

Ich dachte an nichts.

Seine Hände waren warm in meinem Nacken, seine Finger fuhren durch meine Haare und er neigte den Kopf, als er näher kam. Ich schloss die Augen.

Und ich hörte: »Oh, mein Gott! Cammie, bist du das?«

Zach sagte ein richtig schlimmes Wort, als er von mir abrückte. (Aber ich bezweifle, dass DeeDee es verstanden hatte, denn er hatte es auf Farsi gesagt.) Der Lärm, der vom Marktplatz zu uns herüberdrang, erschien mir lauter als vor Sekunden, also hatte sich die Trance, in der ich mich befunden hatte, aufgelöst – der Augenblick war vorbei.

Zach wollte mich küssen. *Ich hatte mich beinahe von Zach küssen lassen!*

»Hi, Cammie«, sagte DeeDee. Sie umarmte mich und lächelte Zach an. »Ich freu mich so, dass ihr beide da seid!«

Josh stand anderthalb Meter von uns entfernt. Er starrte mich an, sagte aber nicht »Hi«. Ich hab schon genug Schläge verteilt, um zu wissen, wann jemand verletzt ist.

Ich trat zur Seite, als ob ich damit bewirken könnte, dass Josh vergaß, was er eben gesehen hatte. Dann bemerkte ich das Spiegelbild im Schaufenster hinter mir – Joshs Spiegelbild. Also hatte Zach ihn gesehen. Sofort rasten tausend Fragen durch meinen Kopf: Hatte Zach deshalb versucht mich zu küssen? Warum sah Josh so traurig aus?

Es gab mindestens zwanzig Dinge, die Macey McHenry für mich klären müsste! Ich schaute in die Menge und suchte meine Freundinnen, stattdessen fiel mir ein Mann auf der gegenüberliegenden Straßenseite auf.

Ein ganz normaler Mann. Ich hatte gesehen, wie er Kuchen gekauft und unter die Motorhaube eines Oldtimers geschaut hatte.

Niemand auf der Straße redete mit ihm und seine Schuhe waren zu elegant für eine Parade. Mir fiel ein, was mein Vater zur Gegenspionage gesagt hatte: *Beim ersten Mal ist es ein Fremder, beim zweiten Mal ist es Zufall, beim dritten Mal wirst du beschattet.*

Ich hatte den Mann jetzt zum dritten Mal gesehen.

Als wir zu viert den Gehweg entlangschlenderten, wurde ich das Gefühl nicht los Rückendeckung zu brauchen. Josh und DeeDee gingen ein paar Schritte voraus, weshalb ich Zach zuflüsterte: »Hey, du wirst mich gleich für verrückt halten!«

»Zu spät, Gallagher Girl.« Beim Wort *Gallagher* drehten sich zwei Frauen um und starrten uns an, aber ich hatte keine Zeit mich um den Ruf meiner Schule zu sorgen.

»Dir ist nicht zufällig aufgefallen, dass uns jemand folgt?«, fragte ich.

Zach lachte. »Du meinst, außer deinen Freundinnen?«

Ich verdrehte die Augen. »Ja, außer ihnen.«

»Nein, ich hab niemanden gesehen, der uns beschattet. Warum?«

»Der Typ. Die blaue Jacke.« DeeDee drehte sich zu uns um, weshalb ich mich schnell etwas anders ausdrückte. »Findest du nicht, dass er in der dicken Jacke *warm* aussieht?« Das ist Spionage-Slang und bedeutet, dass ein Agent gleich geschnappt wird, was DeeDee allerdings nicht wusste. Zach zum Glück aber schon. Er beobachtete alles, von den Cabrios mit der Gründertags-Prinzessin und ihrem Gefolge bis zu DeeDee, die fast jeden grüßte, dem wir begegneten.

»Was soll mit ihm sein?«, fragte Zach.

»Die Jacke ist beidseitig tragbar. Vor zehn Minuten hatte er sie noch andersrum an. Glaubst du, dass viele normale Typen in Roseville sich die Zeit nehmen ihre Jacken zu wenden?«

Wir blieben stehen und betrachteten das verschwommene Spiegelbild in einem Schaufenster.

»Schau dir den Typ an, Gallagher Girl«, flüsterte Zach, als der Mann sich ein Würstchen kaufte. »Er ist die wandelnde Senfkatastrophe. Ich wette, er hat einen Riesenfleck auf der Innenseite.«

Es klang vernünftig – es fühlte sich vernünftig an –, aber dann lachte Zach und irgendwas war seltsam. Ich wusste, dass es keine Wahnvorstellung war. Ich wusste, dass es größer war als ich und größer als Roseville und größer als jede Parade.

»Was tuschelt ihr denn so?«, neckte uns DeeDee.

»Ach, Cammie wollte mir nur einreden, dass ich den Typ in der blauen Jacke kenne.« Zach sah mich an und ich wusste, dass seine Worte für mich bestimmt waren und nicht für DeeDee. »Aber ich hab ihn noch nie gesehen.«

Es wäre eine gute Nachricht gewesen. Ich hätte entspannen können. Aber dann sah ich den Ring an, den ich trug, spürte das leichte Vibrieren und wusste, dass Zach gelogen hatte.

Kapitel Fünfundzwanzig

Ich bin nicht gerade stolz auf das, was folgte, aber Mr Solomon hat mir selbst gesagt, dass Spione manchmal aus guten Gründen böse Dinge tun, also lächelte ich, packte DeeDee am Arm, benutzte das ahnungslose Mädchen als Tarnung und verkündete: »Ich muss aufs Klo!«

»Ich gehe mit …«, fing Zach an, aber ich ließ ihn nicht zu Ende reden.

»Nein«, sagte ich und lächelte DeeDee an. »Das ist Frauensache.«

Wir ließen Josh und Zach stehen und DeeDee kicherte und hängte sich mit ihrem dünnen Arm in meinen ein. Sie fand das wahrscheinlich lustig – zwei Mädchen, die sich allein durch die Menge auf dem Gehsteig drängten. Aber ich steckte in einem ganz anderen Abenteuer und suchte den überfüllten Platz nach Freunden und Feinden ab.

»Wir können zur Apotheke gehen«, brüllte DeeDee im Lärm eines vorbeidonnernden Feuerwehrautos, das mit Cheerleadern bepackt war – das Ende der Parade.

»Was?«

»Die Apotheke hat Toiletten«, sagte DeeDee und ich nickte.

»Okay, wir gehen in die *Apotheke!*«, wiederholte ich laut und hoffte, dass meine Freundinnen mich hörten.

Etwas stimmte nicht: Zach log und ein Mann, den ich noch nie gesehen hatte, verfolgte Gallagher Girls in Roseville. Was bisher noch nie passiert war – erst nachdem die Blackthorne Boys zur Gallagher Akademie gekommen waren und einen Code Black ausgelöst hatten.

»Also, Cammie, ich bin richtig froh, dass ich dich getroffen habe«, sagte DeeDee, als ob ich Zeit für solches Blabla gehabt hätte. »Ich wollte dich fragen ... weißt du ... ist es was Ernstes? Mit dir und Zach? Ihr seht nämlich so glücklich aus.«

Trotz allem blieb ich stehen und sah DeeDee an. War ich glücklich mit Zach? Könnte ich jemals mit ihm glücklich sein? Zwei Minuten zuvor hätte ich vielleicht eine andere Antwort auf die Frage gehabt, aber im Leben eines Spions reichen schon zwei Minuten, um die Welt zu verändern.

»Cammie!« Bex kam winkend auf mich zugerannt. »Oh«, sagte sie mit einem kurzen Blick auf DeeDee. »Hi.« Dann schaute sie mich an und rollte mit den Augen. »Ich hab eben einen Anruf auf meinem Handy bekommen«, log sie. »Wir müssen in die Schule zurück.« Sie klang enttäuscht – verärgert. In ihrer Stimme war nichts von der Angst zu erkennen, die mich überkam.

Ich sah DeeDee wieder an. »Tut mir leid«, sagte ich und machte schon einen Schritt. »Ich muss –«

»Okay.« DeeDees übliches strahlendes Lächeln schien zu verblassen. »Cammie«, rief sie noch, als ich mich umdrehte, »ich hoffe wirklich, dass ihr beiden glücklich seid!«

An jedem anderen Tag hätte ich stundenlang über diesen Satz gegrübelt, ihn mit Macey zerlegt und nach einer versteckten Bedeutung der Worte gesucht. War das DeeDees Art mir zu sagen, dass sie und Josh nicht glücklich waren? War ich eine Bedrohung ihrer scheinbar vollkommenen Liebe? Oder war DeeDee einfach ein Mensch, der wollte, dass alle anderen so glücklich waren wie sie?

Wenn ich ein normales Mädchen gewesen wäre, hätte ich jede Sekunde des Tages noch einmal durchgespielt: mein Beinah-Kuss, der verletzte Ausdruck in Joshs Gesicht. Aber ich war kein normales Mädchen. Wie Zach mir immer und immer wieder erklärt hatte – ich war ein *Gallagher Girl*.

»Hinter uns waren zwei Typen«, sagte Bex und lief neben mir her. Ich blieb auf der Straße stehen und wandte mich um, aber sie verdrehte die Augen. »Ich habe *waren* gesagt.« Sie schüttelte den Kopf. »Ich wusste, dass wir Jungs nicht trauen können, die ihre Zimmer so sauber halten. Das ist doch unnatürlich!«

Liz lief einen halben Schritt hinter ihr und war schon außer Atem. Ich schaute mich um. »Wo ist Macey?«

»Sie informiert so viele Mädchen, wie sie finden kann, über die Verfolger«, antwortete Bex.

»Warte, Cammie!«, japste Liz. »Du kannst nicht einfach mitten im Date verschwinden! Was, wenn Zach sich Sorgen um dich macht? Was, wenn er denkt, dass du gekidnappt worden bist?« Dann hauchte sie: »Was, wenn er denkt, du magst ihn nicht?«

»Liz!«, blaffte ich sie an. »Die Regeln schreiben vor, dass wir der Sicherheitsabteilung alle verdächtigen Aktivitäten sofort melden müssen! Wir wurden in Roseville beschattet!« Die

Worte fühlten sich schwer an. »Und Zach hat einen davon erkannt.« Ich holte tief Luft, bevor ich sagte: »Und er hat mich belogen.«

Ich musste an den Ausdruck im Gesicht meiner Mutter denken, als wir beim Code Black im roten Licht der Notbeleuchtung saßen. Jemand oder etwas hatte unsere Schule in diesem Semester schon einmal bedroht, also machte ich mir über Zachs Gefühle oder das, was Madame Dabney dazu sagen würde, dass ich einen Jungen mitten in einem Date stehen ließ, keine Gedanken. Ich fragte meine Freundinnen nicht nach den Gründen, weshalb ein Typ versucht ein Mädchen zu küssen und das Mädchen das vielleicht zulässt.

Man hatte uns in Roseville beschattet und das war alles, was zählte. Ich spürte, wie meine Füße auf dem Pflaster trommelten. Als wir die Schule erreicht hatten, drehte ich mich endlich um und sah, dass fast der ganze zweite Jahrgang auf der Straße hinter mir herrannte. »Du hattest Recht«, stieß Courtney hervor, schluckte und rang nach Luft. »Wir hatten auch Verfolger!«

Und jede Hoffnung, dass ich mich getäuscht haben könnte, dass alles nur ein komisches Missverständnis war, zerstob im Wind.

Wir stießen die Tür des Schulgebäudes auf und ich spürte sofort die Stille, die sonst nur den Schulferien vorbehalten war, wenn ich als einziges Gallagher Girl durch die Räume streifte.

»Mom!«, rief ich, aber meine Stimme verhallte in den leeren Korridoren.

Courtney und Eva gingen in die große Halle. Mick und Tina steuerten die Bibliothek an. Ich machte mich auf den Weg in den Geschichtssaal.

»Mom!«, rief ich wieder, aber meine Stimme ging im Gekreisch der Sirenen unter, als die Beleuchtung erlosch und »CODE BLACK CODE BLACK CODE BLACK« durch das Gebäude dröhnte.

Gillys Schwert verschwand in seinem undurchdringlichen Fach, aus den Bücherregalen um uns herum wurden Gewölbe und Läden aus Stahl verdeckten die Fenster.

»Cammie!«, rief Bex und übertönte die Sirenen und meine rasenden Gedanken. »Cammie, los – komm!«

Meine beste Freundin nahm mich an der Hand und zog mich ins Büro meiner Mutter, aber meine Mutter war nicht da. Niemand sagte: »Hey, Kleine«, und niemand versicherte mir, dass alles okay wäre.

Wir machten kehrt und liefen die große Treppe hinunter, während die Schule sich in ein Grab verwandelte.

»Cam, wo ist deine Mutter?«, fragte Liz, als ob ich es wüsste, aber nicht verriet.

»Wo sind die Lehrer?«, wunderte sich Bex, die sich um die eigene Achse drehte und in alle Richtungen schaute. Tina und Eva liefen durch die Halle. Mick, Kim und Courtney kamen aus dem großen Saal. Bald stand fast der ganze zweite Jahrgang im Foyer, aber es waren keine Lehrer zu sehen. Keine Wachleute. Die ganze Schule schien ausgeflogen zu sein und ihre Freiheit in Roseville zu genießen. Anscheinend waren wir vollkommen allein.

Dann sah ich eine schattenhafte Gestalt, die sich stolpernd durch die Halle bewegte und an der Wand abstützte.

»Mr Mosckowitz?«, schrie Liz und rannte mit Bex zu ihm.

Unser Lehrer fiel ihnen in die Arme. Eine Gesichtshälfte war voll Blut und auf dem Boden liegend sagte er mit schwacher Stimme: »Er hat sie.«

»Was?«, schrie ich lauter als die Sirenen.

»Die Liste – eine CD mit den Namen der Ehemaligen.« Er richtete sich auf und packte mich an den Schultern. »Er hat sie. Und sie ist … draußen.«

Dann verlor Mr Mosckowitz das Bewusstsein.

Es fällt leicht das schlossartige Gebäude der Gallagher Akademie mit seinen hohen Mauern und der efeuumrankten Fassade anzuschauen und sich vorzustellen, welche Reichtümer sich im Haus befinden mochten. Selbst Leute, die wissen, wer wir sind und was wir tun, denken wahrscheinlich an die wissenschaftlichen Labors, in denen einige der größten Erfindungen entstanden sind. Unsere Bibliothek wird als unbezahlbar bezeichnet. Trotzdem befinden sich unsere kostbarsten Schätze nicht hinter diesen Mauern, sondern draußen in der Welt. Verdeckt. Das wahre Erbe der Gallagher Girls ist nichts, was sich hinter Stein und Glas verbirgt, sondern es besteht aus Fleisch und Blut. Alles andere – kann man verbrennen.

Als wir Mr Mosckowitz zu einem bequemen Sessel schleppten und ihm den Puls fühlten, kam es mir vor, als würde ich die ganze Schwesternschaft auf meinen Schultern tragen.

Die letzten Sonnenstrahlen verschwanden und Tina nahm eine Laterne von der Wand und zündete ein Streichholz an. »Kann mir bitte jemand erklären, was hier eigentlich los ist?«, fragte sie frustriert.

»Die Jungs«, sagte ich. Obwohl es dunkel war, konnte ich sehen, dass meine Freundinnen mich anstarrten und mir jedes Wort von den Lippen ablasen. »Zach hat gelogen. Er hat behauptet, keine Verfolger zu sehen – Leute, die uns beschattet hatten –, damit wir nicht zu früh umkehren würden.«

»Und Mr Mosckowitz hat gesagt, *er* hat die CD«, fügte Bex hinzu.

»Wer?«, fragte Mick. »Woher sollen wir wissen, wie wir ihn finden?«

Das schien eine sehr gute Frage zu sein, bis ich Liz im Lärm der Sirenen sagen hörte: »Vielleicht ist es einfacher, als ihr denkt.«

Sie streckte uns eine Hand entgegen und zum ersten Mal fiel mir auf, dass sie keine normale Armbanduhr, sondern einen ihrer eigenen Entwürfe trug. Winzige rote Punkte leuchteten wie Lichtsignale im Dunkeln. Ich dachte an unsere Mission im Ostflügel – die Fingerabdrücke, die DNA und schließlich …

Bex grinste triumphierend. »Wir haben Peilsender.«

Sofort drehten wir uns um und blieben dann wie angewurzelt stehen. Stahl deckte alle Fenster und Türen ab. Die gleichen Sicherheitsmaßnahmen, die Eindringlinge fernhalten sollten, versperrten uns jetzt den Weg nach draußen.

»Wir können nicht raus!«, sagte Tina erschrocken.

Unsere Hoffnung schwand. Der Punkt auf Liz' Monitor – das Signal der Peilsender, die wir vor Wochen in den Schuhen der Jungs versteckt hatten, entfernte sich immer mehr. Ich dachte an den Rat meiner Mutter und wusste, dass ich vor allem jetzt *ich* sein müsste.

Also schaute ich meine Freundinnen an. »Doch«, beruhigte ich sie, »wir können.«

Ich sagte mir, dass ich mich ein Leben lang auf so etwas vorbereitet hatte und dass wir nicht so hilflos waren, wie ich mich fühlte. Und zum ersten Mal an diesem Abend hörte mein Herz auf zu rasen. Ich holte tief Luft. Liz reichte mir ihre Uhr und ich starrte auf die Punkte. Mick machte sich auf die Suche nach der Ausrüstung für Geheimoperationen. Und fünf Minuten später schoben wir uns durch Spinnweben und atmeten die staubige Luft meines Lieblingsgangs ein.

Unsere Taschenlampen leuchteten in der Dunkelheit und in der Ferne klangen die Sirenen wie eine Stereoanlage.

Ich kenne diese düsteren Gänge – ich kann sie im Dunkeln betreten. Mit verbundenen Augen. In High Heels. Aber dieses Mal erwartete uns etwas anderes am Ende des Tunnels.

Als der Gang sich verzweigte und wand und uns vom Gebäude entfernte, schaute ich auf den Monitor an meinem Handgelenk und sah, dass sich die meisten Punkte zwischen dem Haus und der Stadt sammelten – genau dort, wo die Jungs sein sollten. Aber ein Punkt entfernte sich und das war das Signal – der Typ –, dem wir folgten.

Als wir aus dem Tunnel traten, sah ich die verlassene Straße, die in beide Richtungen führte. Der flackernde Punkt entfernte sich weiter und schneller, während wir dastanden und ihn nicht einholen konnten.

»Und jetzt?«, fragte Liz.

»Anna, lauf zur Wache und hol Hilfe!« Im Nu war sie verschwunden.

»Bex«, sagte ich zu meiner besten Freundin. Aber dann blieben mir die Worte im Hals stecken, als ich Reifen quietschen hörte und Scheinwerfer aufblitzen sah. Einer unserer Vans raste auf uns zu und kam schlitternd zum Stehen. Ich atmete seit ewigen Zeiten zum ersten Mal auf und fühlte mich total erleichtert. *Hilfe ist da*, dachte ich.

Es war bestimmt meine Mutter.

Oder Mr Solomon.

Dann flogen die Türen auf und Macey schrie: »Einsteigen!«

»Du hast einen Van der Gallagher Akademie gestohlen!«, staunte ich.

Macey zuckte mit den Achseln. »Organisiert, Cam«, sagte sie. »Als ich nicht ins Haus kam und die Code-Black-Sirenen hörte, *organisierte* ich einen Wagen. Und ja«, fügte sie grinsend hinzu, als ob sie meine Gedanken lesen könnte, »so etwas lernt man als Debütantin, *bevor* man auf eine Spionageschule geht.«

Unsere Scheinwerfer durchbohrten die Finsternis. Nebel senkte sich von oben – ein warmer, feuchter Hinweis, dass wir den Winter endlich hinter uns hatten.

Als wir durch die Dunkelheit fuhren, spürte ich nicht den sonst üblichen Adrenalinstoß bei Geheimoperationen. Statt aufgeregt zu sein, war ich entsetzt, dass sich ein Doppelagent in unserer Mitte befand. Also ließ ich es nicht zu an den Jungen zu denken, der mich beinahe geküsst hatte. Ich traute mich nicht zu fragen, ob ich mir solche Gefühle je wieder erlauben würde.

Ich drehte die Lautstärke des Monitors an meinem Handgelenk auf, lauschte dem *Piep, Piep, Piep*, das sich beschleunigte, und wusste, dass wir näher kamen.

»Bieg hier ab!«, sagte ich und die Straße verschwand. Wir fuhren langsam über Kies und Schlaglöcher. »Licht aus!«, befahl ich und das Auto kroch im Dunkeln weiter.

Es piepste noch schneller. »Hier ist es«, sagte Bex.

Die Wolken teilten sich. Die Mondsichel schien auf eine Industrieanlage. Massive Metallgebäude standen in Gruppen zusammen. Unkraut kämpfte mit Kies und bröckelndem Asphalt um die Vorherrschaft.

»Wo sind wir eigentlich?«, wollte Macey wissen.

»Das ist eine stillgelegte Fabrik«, erklärte Liz. »Aber sie gehört jetzt der Schule.«

»Sie wird anscheinend nicht bewacht«, staunte Macey.

Und dann sagten alle: »Schau noch mal hin!«

Um das ganze Gelände verlief ein Maschendrahtzaun. Bewegungsmelder im Wert von einer Million Dollar verbargen sich wahrscheinlich im Boden. Es war eine Festung, als Ruine getarnt, und ich hatte nicht die geringsten Zweifel, dass derjenige, den wir verfolgten, aus gutem Grund hierhergekommen war.

»Also suchen wir den Typ, der da drin ist, und holen die CD zurück?«, fragte Macey, obwohl sie technisch gesehen eine Achtklässlerin und noch zwei Jahre vom Untergeschoss eins entfernt war.

»Stimmt«, sagte ich.

»Dann ist es genau wie …«, fing Bex an und verstummte. »Genau wie im letzten Herbst?«

Rein theoretisch hatte sie Recht. Es war wie bei unserem Test im Herbst. Es handelte sich um dasselbe Übungsgelände und wir waren immer noch Schülerinnen, aber als Mick anfing Headsets und Napotin-Pflaster zu verteilen, vermisste ich Mr Solomon mit seinen rätselhaften Durchhalteparolen und die fest umrissenen Missionen, denen ein eindeutiges *Bestanden* oder *Durchgefallen* folgte.

Ich musste unwillkürlich daran denken, dass die Dinge nicht mehr nur Theorie waren.

Kapitel Sechsundzwanzig

Es ist schon erstaunlich, wie schnell einem alles wieder einfällt – wie Instinkt und Training sich doch bewähren.

In Windeseile setzte Bex die winzige Deckenleuchte des Vans außer Betrieb, damit uns das Licht beim Öffnen der Autotüren nicht verriet. Mick deaktivierte die Drähte des Elektrozauns und wir schlüpften eine nach der anderen darunter durch. Dann zogen wir uns in die fernen Winkel des Geländes zurück, tauchten in die Schatten und Finsternis und mischten uns unter die Dinge, die nachts ihr Unwesen trieben.

Wenn man sich einer Zielperson im Dunkeln nähert, ist das Wichtigste nicht, unsichtbar zu sein, sondern nicht gehört zu werden. Leider war Liz ausgesprochen redefreudig.

»Cam, ich bin sicher, Zach kann alles erklären. Ich *weiß* einfach, dass er kein schlechter Kerl ist.« Es war nett von ihr das zu sagen, ein hoffnungsvoller Gedanke, der mir auch gefallen hätte, wenn Liz' Fuß nicht wenige Zentimeter von einem fast unsichtbaren Stolperdraht entfernt gewesen wäre, der im Mondlicht glänzte.

»Liz!«, zischte ich und sprang vor, um sie schleunigst wegzuziehen. »Warum wartest du nicht einfach hier?«

»Aber …«, erwiderte sie, stolperte und klang nur leicht beleidigt, »… Teamarbeit ist der Schlüssel zum Erfolg geheimer Operationen.«

»Ich weiß«, sagte ich so leise wie möglich. »Aber ich brauche jemanden, der hier steht und die Ecke observiert.« Ich war froh, dass ich hinter einer alten Regentonne ein tolles Versteck entdeckte. »Geht das?«, fragte ich. »Kannst du genau hier stehen bleiben und mir sagen, wenn jemand vorbeikommt?«

Selbst im Dunkeln konnte ich sehen, wie erleichtert Liz war. Sie würde observieren! Es war der wissenschaftlichste Auftrag, den ich ihr erteilen konnte, also trat sie in den Schatten zurück und ich ging alleine weiter, watete durch Pfützen unter den Regenrinnen von Blechdächern und wich streunenden Katzen und Bretterhaufen aus.

Ich ging durch das Labyrinth von Gebäuden und lauschte auf etwas Lauteres als meinen Herzschlag. In meinem Kopf schwirrten Fragen: Wo sind sie? Wer sind sie? Und vor allem – sind wir für so etwas bereit?

Die Liste der ehemaligen Lehrer der Gallagher Akademie lag sicher in einem der Stahlgebäude – die Identitäten der Top-Spione der Welt waren schwarz auf weiß erfasst. Leben waren in Gefahr. Jahrelange Arbeit konnte zunichtegemacht werden. Ich hoffte, dass Anna Hilfe fand und diese nicht zu spät käme.

Der Wind blies über das Gelände und heulte zwischen den Gebäuden. Ich prüfte auf dem Monitor an meinem Handgelenk, ob ich mich immer noch in Richtung des blinkenden Punktes bewegte – ja, aber der rote Punkt war jetzt nicht mehr allein.

Ich wollte etwas sagen, meine Freundinnen rufen – dann spürte ich, wie Finger sich auf meinen Mund pressten. Ein Arm hatte sich um meine Taille gelegt. Und bevor ich einen Schritt machen oder um mich schlagen konnte, hörte ich das Surren eines Seils und spürte, dass sich meine Füße vom Boden hoben …

Und plötzlich flog ich.

»Cam«, wisperte eine Stimme an meinem Ohr, als wir auf dem Dach des Gebäudes aufsetzten, vor dem ich eben noch gestanden hatte. Kabel waren zwischen den umliegenden Dächern gespannt. Klettergurte zum Abseilen lagen zu meinen Füßen. Und an meinem Handgelenk blinkte Liz' Uhr wie verrückt.

Ohne zu überlegen, trat ich zurück und stieß mit meinem Angreifer zusammen, versuchte ihn über meine Schulter zu schleudern, aber er konterte im selben Augenblick mit seinem Gewicht und fing den Schwung ab. »Ich bin's! Zach!«, flüsterte er, als ob mich *das* getröstet hätte.

Der Strahl eines Scheinwerfers fuhr im Dunkeln über das Gelände und Zach und ich ließen uns auf das Dach fallen. Wir lagen flach, während das Licht über uns hinwegfegte.

»Nenn mir *einen* Grund, warum ich dich nicht sofort vom Haus schmeißen soll!«, zischte ich, aber das Verrückte war nicht, dass ich es ernst meinte. Das Verrückte war, dass ich es nicht ernst meinen wollte – dass ich an Zach glauben wollte. Ich wollte ihn mögen und ihm vertrauen und wissen, dass er mein wahres Ich kannte und mich trotzdem mochte.

Ich lag vollkommen still da und spürte das raue Dachpapier unter meinen Handflächen.

»Nenn mir *einen* Grund, warum –«, fing ich wieder an, aber

Zach rollte auf mich zu. Sein Arm legte sich um meine Schultern und sein Körper drückte sich an meinen.

»Ich geb dir zwei«, sagte er, als zwei bewaffnete Wächter unter uns um die Ecke bogen – genau da, wo ich vor wenigen Minuten gestanden hatte.

Wir lagen zwanzig Sekunden schweigend da und lauschten den Schritten, die sich entfernten, bevor ich von ihm abrückte. »Was geht hier vor, Zach?« Zum ersten Mal wusste ich genau, was ich zu ihm sagen wollte, und hatte keine Angst es auszusprechen.

»Wer war der Mann in der Stadt?« Ich merkte, wie ich noch wütender wurde. Ich klemmte ihm den Arm auf den Rücken und wälzte ihn auf den Bauch. »Wie hast du das Gelände gefunden? Wer ist dort unten und was werden sie mit der Liste machen?«

»Also, erstens mal *autsch*«, flüsterte er, aber ich ließ nicht locker. »Zweitens bin ich in die Schule zurück, als du mich in der Stadt mit Jimmy sitzengelassen hast –«

»Josh!«, blaffte ich.

»Ich bin in die Schule zurück, nachdem du mich sitzengelassen hast – danke übrigens. Dann gab's schon wieder diesen Code Black und du und deine ganze Klasse verschwanden. Wir haben gedacht, dass ihr uns orten würdet, also haben wir an dem Signal gedreht, damit wir eurem Peilmechanismus folgen konnten. Und jetzt sind wir hier.«

»Wer ist wir?«, fragte ich und packte kräftiger zu.

»Echt, Gallagher Girl, das tut weh – *au!*« Ich drehte noch fester. »Grant, Jonas, ein paar von den Älteren. Sie sind auch da. Sie sind draußen bei den Mädchen.«

Ich schaute über den Rand des Gebäudes und wollte sie

gerade warnen, aber diese eine Sekunde, in der ich mich ablenken ließ, genügte. Zach rollte sich weg und dann war ich diejenige, der die Hände auf den Rücken geklemmt wurden.

»Cammie«, stieß er hervor. »Schau mich an!« Ich kämpfte und trat um mich, aber er hielt mich fest. »Gallagher Girl«, sagte er sanft und sah mich mit den Augen des Jungen an, der mich beinahe geküsst hatte – des Jungen, der wusste, wie es sich anfühlte einen Elternteil zu verlieren. Ich hatte ein ganzes Semester damit verbracht den *echten* Zach zu finden und in dieser Nacht wollte ich unbedingt herausfinden, was echt war und was Legende.

»Du hast gelogen.« Meine Stimme war leise und klang verletzt. »Ich weiß, dass du in der Stadt gelogen hast, Zach. Ich weiß, dass du den Mann gesehen hast, der uns beschattet hat.«

»Ach, darum geht es?« Zach lachte. »Du hast mich in der Stadt sitzengelassen und deine Krieger zusammengetrommelt, weil ich vorgegeben habe den Typ nicht zu kennen?«

»Nein, ich habe meine Krieger zusammengetrommelt, weil jemand Mr Mosckowitz niedergeschlagen und die Liste mit den Ehemaligen der Gallagher Akademie gestohlen hat!«, sagte ich wütend. Ich stellte fest, dass Zach mich plötzlich erschrocken anstarrte, als ihm klar wurde, was auf dem Spiel stand. Der Druck auf meinen Armen ließ nach. Er hielt mich nicht mehr fest – er hielt mich nur noch.

Und dann schien etwas in Zach zu reißen. Er schob mir meine rechte Hand vors Gesicht. »Hier – schau ihn dir an!« Ich hatte den Ring an meinem Finger total vergessen. »Oder besser noch: Schau mich an! Schau mir in die Augen, Cammie! Ich lüge nicht.« Seine Pupillen waren normal, sein Puls war regelmäßig und der Wahrheitsring blieb vollkommen ruhig, als Zach erklärte: »Ich hab den Typ schon einmal mit Dr. Steve gesehen und wollte seine Tarnung nicht auffliegen lassen. Ich hatte keine Ahnung, dass er eine Bedrohung war. Ich dachte, er hätte was mit dem Training zu tun oder … ich weiß nicht … er sollte uns überprüfen oder was. Ich hab das nicht für eine große Sache gehalten.« Er verlagerte sein Gewicht und legte sich neben mich. »Ich fand, dass es sich nicht lohnte, die Sache zu erklären – vor …« Er verstummte und ich sprach seinen Satz zu Ende.

»Josh und DeeDee.« Ich schüttelte den Kopf und versuchte das alles zu verstehen.

»Wir sind nicht die Bösen, Gallagher Girl«, sagte er.

Ich wollte ihm so gerne glauben. »Und wer ist es dann?«

Zach ließ meine Handgelenke los und zeigte ins Dunkel. »Er.«

Im Haus gegenüber ging eine Tür auf. Ich sah vier bewaffnete Wächter und in dem kurzen Augenblick, bevor die Tür wieder zufiel, hörte ich ein leises »Ausgezeichnet« und sah das Gesicht von Dr. Steve.

»Chamäleon«, sagte Bex in meinem Ohr. »Hast du das gesehen? Hast du gesehen, wer in dem Haus ist? Es ist –«

»Dr. Steve«, unterbrach ich sie und bevor ich ein weiteres Wort sagen konnte, hörte ich Eva schreien: »Chamäleon! Die Jungs – sie sind hier!«

»Ich weiß, Chica«, sagte ich, Evas Decknamen benutzend. »Zach ist bei mir.«

»Echt?« Es war Liz. Sie klang aufgeregt.

»Das bedeutet also, dass Tina nicht auf Grant sitzen muss?«, fragte Eva.

»Nein, Tina muss von ihm runter.« (Darüber schien Tina überhaupt nicht glücklich zu sein.) »Und bringt ihn aufs Dach des Gebäudes an der Nordwestecke.« Ich musterte den Typ neben mir. »Sie haben einiges zu erklären.«

In den nächsten sechzig Sekunden hörte ich, wie meine Schulfreundinnen sich ihren Weg durch das dunkle Gelände bahnten und über die Headsets miteinander flüsterten, als sie um Ecken spähten und sich vor den Wächtern duckten. Die Gallagher Girls kamen, aber aus irgendeinem Grund ertappte ich mich dabei, dass ich im Mondlicht, vor meinen Schwestern, die alles mitbekamen, Zach ins Gesicht schaute.

Vor ein paar Wochen hatte er mich gewarnt, ich würde nicht in seiner Schule schlafen wollen, und jetzt, nach einem Semester voll rätselhafter Botschaften und zarter Hinweise, war dies das Ergebnis?

»Was ist los, Cam?«, fragte Bex, als meine Freundinnen neben mir auftauchten. Sie streifte Zach mit einem Blick. »Soll ich ihn vom Dach schmeißen?«

»Nur, wenn er uns nicht verrät, was das Blackthorne Institut ist und warum einer ihrer Lehrer die Gallagher Girls vernichten will.«

»Was soll das heißen? Du weißt, was unsere Schule ist«, sagte Grant, als ob die Antwort auf der Hand läge. Was aber nicht stimmte.

Ihre Zimmer waren unheimlich sauber. Es gab überhaupt keine Informationen über die Typen. Sie waren nicht wie wir – das hatte ich von Anfang an gewusst. Aber am Ende sagte Zach: »Ihr habt eure Tarnung. Wir haben unsere.«

»Was soll das denn –«, fing ich an, aber Zach unterbrach mich.

»Ihr seid Gallagher Girls«, erklärte er mit schneidender Stimme, während der Nebel sich in Regen verwandelte. Er lief ihm über das Gesicht, aber Zach zwinkerte nicht. Er machte keinen Rückzieher. Er trat nur näher und fügte hinzu: »Wir sind die Stiefkinder, über die niemand redet.«

Ich dachte an die militärische Ordnung ihrer Zimmer, die neuen Uniformen, die Art, wie Zach in der Bibliothek gestanden und mir gesagt hatte, dass er weder ganz gut noch ganz schlecht sei, und ich wusste, dass noch viel mehr an dieser Geschichte war.

»Was hat dann –«, fing ich wieder an, aber das Quietschen rostiger Scharniere unterbrach mich. Licht erhellte den dunklen Platz unter uns, als zwei Wächter das Haus gegenüber verließen und sich auf ihren Streifengang machten. Die Frage, die mir noch vor wenigen Minuten so wichtig erschienen war, löste sich auf und ich sagte stattdessen: »Er kann nicht einfach verschwinden. Die Liste darf nicht verschwinden.«

»Das wird sie auch nicht.« Zachs Worte erinnerten mich an die Nacht, in der Gallagher Girls unterwegs gewesen waren, um eine Geisel und ein Paket zu retten.

Diesmal stand mehr auf dem Spiel.

Zach ging an den Rand des Daches und befestigte einen Klettergurt zum Abseilen an einem Kabel, das zwischen den Gebäuden hing. Dann ergriff er meine Hand. »Wir müssen los, Cam.« Seine Geste war die eines Gentleman, der eine Dame zum Tanzen auffordert. Madame Dabney wäre stolz auf ihn gewesen. »Vertraust du mir?«, fragte er und ich merkte, dass ich wieder an dem Punkt angelangt war, an dem alles angefangen hatte.

Monate zuvor hatte ich auf demselben Dach mit einem anderen Jungen gestanden und war in der Dunkelheit meinem Schicksal entgegengesprungen.

Aber diesmal sprang ich nicht allein.

Kapitel Siebenundzwanzig

Zach und ich landeten auf dem Grasstreifen zwischen den Gebäuden und ich war dankbar für den Regen, die Wolken, für jedes bisschen Dunkelheit von Mutter Natur, während ich geduckt an den Häusern entlanglief.

»Was *machst* du?«, zischte Zach, aber ich haute schon mit den Fäusten auf die Stahltür, die mich von Dr. Steve trennte.

»Hey, kann mir mal einer helfen?«, rief ich mit der männlichsten Stimme, die ich zu Stande brachte.

Zach sah mich an, als ob ich verrückt wäre, aber dann ging die Tür auf und ich zerrte einen der Wächter am Kragen ins Freie. Erschrocken und verwirrt merkte er gar nicht, was wirklich passierte. Ich schlug ihn mit einem einzigen Hieb bewusstlos und klatschte ihm zur Sicherheit auch noch ein Napotin-Pflaster auf die Stirn.

»Tolle Leistung«, sagte Zach. »Hast du das in S+V gelernt?«

»Nein, von Buffy.«

Ich schaute mir den Mann, der vor uns auf dem Boden lag, genauer an. Als ich ihn zuletzt gesehen hatte, hatte er sich an einen Cadillac Jahrgang 1957 gelehnt, der am Marktplatz von Roseville geparkt war. Wie viele Agenten hatte Dr. Steve wohl als Helfer? Ich wollte nicht darüber nachdenken. Ich zog den Mann in das hohe Unkraut, das in einiger Entfernung wuchs, und half Zach beim Durchwühlen seiner Taschen.

»Kommunikationszeug«, sagte ich und entfernte Ohrstöpsel und ein Mikrofon vom Körper des schlafenden Mannes. Zach steckte sich den Stöpsel ins Ohr, während ich durch die schmutzigen Fenster spähte.

Dr. Steve schritt in dem metallverkleideten Raum auf und ab. Kisten stapelten sich an den Wänden vom Betonboden bis zu der hohen Decke.

»Leute«, flüsterte ich in mein Mikrofon. »Ich kann die Zielperson sehen.« Mindestens vier Wächter standen in Dr. Steves Nähe. Alle paar Schritte blieb er stehen und klopfte auf seine Taschen, als ob er sicher sein wollte, dass ihm nichts geklaut worden war. »Bleibt, wo ihr seid, bis wir euch Bescheid geben!«

Zach rückte nah an mich heran. »Da sind mindestens fünfzehn Typen.«

»Was kannst du hören?«, fragte ich und Zach hielt einen Finger hoch, damit ich schwieg. Ein dunkler Schatten legte sich auf sein Gesicht, als er den Feind belauschte. »Was ist, Zach? Was ist los –«

»Cammie, hör zu!«, sagte Zach. »Ich weiß nicht, wo er hingeht oder was Dr. Steve mit der Liste vorhat, aber …« Er verstummte und sah mich an und eine Sekunde lang schien sein Blick zu verharren und auf einem fernen Sternbild zu ruhen. »Ich glaube, ich weiß, wie er hinkommt.«

Zach drehte sich in westliche Richtung, in der ein kleines rotes Licht blinkte und immer näher kam.

»Leute«, sagte ich leise, als das Flugzeug am Horizont niedriger flog, »wir müssen unsere Pläne ändern.«

Wir waren zahlen- und größenmäßig unterlegen. Ich hörte, wie das Fahrwerk ächzte, und sah die Umrisse von Männern, die aus dem Gebäude liefen. Für einen sorgfältig geplanten Überfall war keine Zeit.

Bex sprang vom Dach und machte einen Wachmann platt, streckte ein Bein aus und haute mit einem einzigen glatten Schwung einen zweiten Wächter von den Socken. »Sie sind da!«, schrie der Mann beim Umkippen. Aber es war schon zu spät.

Gurte und Seile surrten und plötzlich schien es Gallagher Girls zu regnen. Um mich herum flogen Fäuste und Füße verteilten Tritte. Zach berührte den Ohrstöpsel, den er dem bewusstlosen Wachmann abgenommen hatte, und rief Bex und Grant zu: »Drei Typen kommen auf der Südseite um die Ecke – lauft!« Im Nu waren sie weg.

Liz hatte sich in das Fahrerhaus eines Gabelstaplers geflüchtet.

»Cammie, ich brauch eine Waffe!«, rief sie mir zu.

Ich hatte einen Wächter zu Boden geworfen und kämpfte mit einem Napotin-Pflaster, schaffte es aber trotzdem noch ihr zu antworten. *»Du sitzt auf einer!«*

»Richtig«, sagte sie und suchte nach den Schlüsseln oder einem Schalter – irgendwas, um die große Maschine in Bewegung zu setzen. Sie musste das aber aufgegeben haben, denn als ich wieder zu ihr hinüberschaute, sprang sie aus dem Fahrerhaus und landete auf dem Rücken eines Wächters, der Eva verfolgt hatte. Der Mann wirbelte herum, als ob er nicht fassen könnte, was ihm gerade passierte, und Liz drückte noch fester.

Das Flugzeug setzte auf der Landebahn auf. Im Regen sah ich den Mann mit der blauen Jacke.

Ich ging auf ihn zu und spürte, dass der Kampf inzwischen härter geworden war, aber dann schüttelte sich der Mann, den Liz gepackt hatte, und sie wirbelte durch die Luft und streckte den Typ mit der blauen Jacke ohne einen einzigen Hieb zu Boden.

In Dr. Steves Nähe fiel ein Wächter nach dem anderen. Rechts von mir wurde Liz von einem muskulösen Riesen verfolgt, aber Zach sprang dazwischen und schlug ihm mit der Faust ins Gesicht. Er stolperte rückwärts und entdeckte mich. Zach hielt eine Hand vors Gesicht und gestikulierte mit der anderen in Dr. Steves Richtung.

»Lauf!«, schrie er und ich rannte.

Das Flugzeug hatte das Ende der Piste erreicht. Seine Propeller drehten sich noch. Wasser und Lichter blitzten auf, als der Lehrer der Jungs – unser Verräter – durch tiefe Pfützen und feuchtes Gras sprang und schnurstracks auf das wartende Flugzeug zulief, der Freiheit entgegen.

Ich dachte nicht an meine schmerzenden Füße oder meinen knurrenden Magen. Ich hörte nicht die schrecklichen Gedanken in meinem Kopf. Ich setzte nur einen Fuß vor den anderen und rannte, bis ich nur noch wenige Meter vor Dr. Steve und dem wartenden Flugzeug stand. Seiner Miene war abzulesen, dass ihm in diesem Moment nichts »ausgezeichnet« erschien.

»Ich glaube, Sie haben etwas, das uns gehört«, sagte ich. Meine Stimme war ruhig, weil wir das oft geübt hatten, weil ich die Nerven behielt oder weil ich sah, dass Bex durch das hohe

Unkraut kroch, das die Piste säumte, bis sie am Hinterrad des Flugzeugs kauerte. »Sie verschwinden nicht mit der CD«, fügte ich hinzu und spürte, dass ich trotz des Adrenalins, das durch mein Blut jagte, zu schwanken begann.

»Oh«, kam es von Dr. Steve, als sich hinter ihm die Treppe senkte. »Ich glaube, Sie kommen ein bisschen …« Er japste. »… zu …« Er holte noch einmal tief Luft.

»Spät.« Aber es war nicht Dr. Steve, der sprach. Das konnte er auch gar nicht. Weil dir nämlich, wie ich aus Erfahrung weiß, schon das Atmen schwerfällt, wenn Rebecca Baxter dich im Würgegriff hat.

Dr. Steve sackte zu Boden und Bex mit ihm. Die CD fiel aus seiner Tasche und ich schnappte sie mir. »Das Ding nehmen Sie nirgends mit hin!« Zum ersten Mal spürte ich, dass mir die Kräfte schwanden. »Sie besteigen dieses Flugzeug nicht.«

Und dann sagte eine Stimme hinter mir: »Stimmt, Miss Morgan, das tut er nicht.« Da wusste ich, dass etwas richtig war. Oder falsch. Aber eines war vollkommen klar: Nichts war so, wie es schien.

Ich erwartete, dass Mr Solomon sagen würde, ich solle aus dem Weg gehen, weil er mit einer Elite-Einheit aus Langley erschienen war. Ich dachte, er würde Dr. Steve in Handschellen legen oder wenigstens die CD an sich nehmen und in Sicherheit bringen. Stattdessen kletterte er leichtfüßig aus dem Flugzeug und sagte: »Alles okay, Dr. Sanders?«

»*Sie!*«, staunte ich und erkannte meine eigene Stimme kaum. »*Sie* haben das gemacht?«

»Ich hatte Hilfe«, erklärte Mr Solomon.

Und dann stellte sich meine Mutter neben ihn.

Ich sah beide an. Tausend Gefühle brodelten in mir, als meine Mutter uns anlächelte und lobte: »Gut gemacht, alle miteinander!«

Selbst Dr. Steve brachte ein Lächeln zu Stande. Jedenfalls soweit ein Typ mit großen Schmerzen sich eines abringen kann.

»Rebecca?«, fragte Mom und Bex lockerte ihren Griff. (Sie ließ aber nicht vollständig los.)

Mr Solomon schaute auf seine Uhr. »Zweiundvierzig Minuten«, sagte er. »Nicht übel.« Er drehte sich um und rief in die Dunkelheit: »Was meinst du, Harvey?«

Mr Mosckowitz erschien an der offenen Flugzeugtür – Mr Mosckowitz, der einen falschen Schnurrbart getragen hatte, Mr Mosckowitz, den ich eigenhändig ausgetrickst hatte, um mich bei der Abschlussprüfung im letzten Herbst zu befreien, Mr Mosckowitz, der wahrscheinlich der letzte Agent der gesamten Lehrerschaft der Gallagher Akademie war, der sich noch im Außendienst bewährt hatte, lächelte und wippte auf den Ballen seiner Füße.

»Hi, Mädels«, sagte er und strahlte. »Wie war ich?«

Oh. Mein. Gott.

Der Regen ließ nach. Das Klopfen meines Herzens verlangsamte sich und ich spürte, wie meine Ängste schwanden und von einem anderen Gefühl abgelöst wurden, das ich nicht beim Namen nennen konnte.

»Es …«, stotterte ich. »Es war … ein Test?«

»Unsere Aufgabe ist es nicht, Sie auf Tests vorzubereiten, Miss Morgan«, korrigierte mich Mr Solomon. »Unsere Aufgabe ist, Sie auf das Leben vorzubereiten.«

Ich sah Suchscheinwerfer aufleuchten und bemerkte, dass der trübe Himmel immer heller wurde, bis der Nebel, der in der Luft hing, einen kräftigen Regenbogen über den verlassenen Gebäuden und den dunklen, leeren Parkplätzen zog. Ich beobachtete, wie die Lichter angingen – in vielerlei Hinsicht.

»Sie wollten also sehen, ob wir das alles wirklich schaffen?«, fragte Tina.

»Nein«, erwiderte meine Mutter. »Wir wollten sehen, ob ihr das« – sie schaute erst die Jungs an und dann uns – »*gemeinsam* schafft.«

Unsere Lehrer drehten sich um und gingen durch den Regen auf die wartenden Autos zu, während hinter uns das Flugzeug die Piste entlangrollte und seine Lichter verblassten. Ich hätte mich freuen sollen. Schließlich waren die Geheimnisse meiner Schwesternschaft in Sicherheit und ich hatte gerade meine Abschlussprüfung im Fach *Geheimoperationen* mit Glanz bestanden.

Dann rief uns Mr Solomon aus der Ferne zu: »Oh … und willkommen im zweiten Untergeschoss!«

Kapitel Achtundzwanzig

Es gibt Prüfungen, auf die sich nicht einmal ein Gallagher Girl vorbereiten kann. Also: keine Notizen, keine Karteikarten, nur Fragen, die man jeden Tag beantworten muss, und Probleme, die man lösen soll. Wahrscheinlich trifft das für jedes Leben zu und erst recht für das Leben eines Spions. Aber als ich in jener Nacht im Bett lag und dem Gemurmel der Lehrer im Aufenthaltsraum lauschte, die das Ganze ausführlich besprachen, wurde ich das Gefühl nicht los, dass mir die schwierigste Prüfung des Frühjahrssemesters noch bevorstand. Ich fragte mich, ob ich wirklich alles richtig gemacht hatte.

»Komm rein, Kleine!«, rief meine Mutter, als ich am nächsten Morgen vor dem Geschichtssaal stand – lange bevor sie mich gesehen haben konnte, weil meine Mutter eben einfach erstaunlich ist.

Ihr Büro sah aus wie immer. Helles Sonnenlicht strömte durch die Fenster. Die Regale aus Mahagoni glänzten. Und meine Mutter sah überhaupt nicht aus wie eine Frau, die bis spät in die Nacht hinein noch wach gewesen war. Sie hatte keine Ringe unter den Augen und keine verräterischen Make-up-Spuren vom Vortag, als sie mit einer Akte auf dem Schoß auf der Fensterbank saß. »Bist du wahnsinnig?«

Ich weiß nicht, warum mich die Frage aus der Fassung brachte, wenn auch längst nicht so wie meine Antwort. »Nein.«

Ich gehe nicht auf eine normale Schule und ich habe mich entschlossen kein normales Leben zu führen – normale Prüfungen bringen mir die Dinge nicht bei, die ich wissen muss, und die Frau vor mir wusste das besser als alle anderen.

Mom rutschte in eine Ecke der Fensterbank und ich setzte mich neben sie. »War irgendwas davon echt?« Ich widerstand der Versuchung sie zu fragen, was ich wirklich wissen wollte: Waren *sie* echt? War Zach echt?

Das Semester hatte damit begonnen, dass ich im Turmzimmer saß und mir der Gedanke kam, dass Spione keine Lügen erzählen – wir leben sie. Kein Wunder also, dass ich an diesem Morgen zu meiner Mutter ins Büro kam, um nach der Wahrheit zu forschen. Es hätte mich nicht wundern dürfen, dass die Frage, die ich schon lange mit mir herumtrug, endlich den Weg nach draußen fand.

»Was ist mit Dad passiert?«

Die Hand meiner Mutter fuhr mir nicht mehr durch die Haare. Die Akte auf ihrem Schoß schien ein paar Zentimeter weiter zu rutschen und ich wusste, dass ich eines der ungeschriebenen Gesetze der Gallagher Akademie überschritten hatte: Ich hatte um die Wahrheit gebeten.

»Du weißt, was mit Dad passiert ist, Süße.«

Eben *nicht* und das ist das Problem. Gib mir einen Code – ich kann ihn knacken. Erzähl mir einen Witz auf Suaheli – ich weiß, wann ich lachen muss. Ich kenne eine Million verschiedener Fakten in mehr als einem Dutzend Sprachen. Aber frag mich nicht, wann oder wo mein Vater gestorben ist.

Ich wollte gerade anfangen die Fragen zu stellen, auf die ich Antworten brauchte, aber Mom richtete sich auf, ich spürte, wie sie von mir abrückte, und merkte, dass ich Zachs Worte leise wiederholte: »Irgendjemand weiß es.«

Um uns herum erwachte die Schule. Ich hörte Gelächter im Geschichtssaal. Also stellte ich auch noch die andere Frage, die bisher keiner beantwortet hatte. »Warum dieses Jahr?«, fragte ich. »Warum jetzt?«

»Ich glaube, du kennst die Antwort, meine Süße.«

Und vielleicht kannte ich sie wirklich, denn ich sagte: »Josh.«

»Ich weiß nicht, ob dir eigentlich klar ist, Cam, dass du im letzten Semester ... was zwischen dir und Josh geschehen ist ... es hat vielen Angst gemacht. Es hat uns veranlasst vieles zu überprüfen.«

»Meinst du die Leute vom Sicherheitsdienst?«, fragte ich. »Ich könnte nämlich echt auf ein paar Schwachpunkte hinweisen, die sie übersehen haben.«

»Nein, Süße. Etwas Wichtigeres. Wir geben Millionen aus, um euch Mädchen mit dem besten Lehrplan der Welt auszubilden. Und trotzdem wisst ihr nur wenig über die andere Hälfte der Bevölkerung.« Was stimmte. »Die Verwaltung und ich fanden es dringend erforderlich, dass Gallagher Girls lernen, wie sie mit Männern, mit denen sie eines Tages zusammenarbeiten werden, kommunizieren und ihnen vertrauen.«

Vertrauen. Unser Leben hängt davon ab, aber es ist etwas, das nicht einmal die Gallagher Akademie uns beibringen kann. Wann hört man auf wachsam zu sein? Wen lässt man herein? Neben meiner Mutter in der warmen Frühlingssonne wurde mir plötzlich bewusst, dass dies Fragen waren, die ein guter Spion sich immer wieder stellt.

Mom sah mich an und ich hätte schwören können, dass sie tief in mich hineinschaute. »Wenn du dich beeilst, kannst du ihn noch erwischen.«

»Wen?«

»Zach«, sagte Mom. »Die Jungs … die Verwaltung vom Blackthorne Institut will, dass sie die Abschlussprüfungen gemeinsam mit ihren Mitschülern absolvieren.« Meine Mutter musste meine Verwirrung gespürt haben, denn sie fügte hinzu: »Sie gehen.«

»Du hast schon gepackt«, murmelte ich, als ich ihn erreichte, weil es wirklich nichts anderes zu sagen gab. Oder zu viel.

Er lächelte. »Wir haben alle unser Päckchen zu tragen.«

Ein frischer, klarer Wind blies durch die offenen Türen. Das Frühstück wartete. Und der Unterricht. Und die Tests. Aber die ganze Schule schien in einer Raum-Zeit-Falle zu verharren. Die Jungs waren mit Koffern und Rucksäcken bepackt, während unsere Welt sich bereit machte, in die Normalität zurückzukehren – was auch immer das bedeutete.

Ich zeigte auf den blauen Fleck in seinem Gesicht. »Sieht schlimm aus.«

Zach schüttelte den Kopf. »Es ist nicht schlimm. Er –«

»Schlägt zu wie ein Mädchen?«

Aber Zach lächelte nicht. Er lachte auch nicht. Etwas anderes hing zwischen uns in der Luft, als er sagte: »Nicht wie die Mädchen, die ich kenne.«

Ich dachte an den Jungen, den ich in Washington getroffen

hatte – den Typ, der mich das ganze Semester lang genervt hatte –, und ich versuchte, diese Erinnerungen mit dem Jungen in Einklang zu bringen, der vor mir stand.

Zach war immer noch frech. Er war immer noch *tough*. Andererseits hatte er mir einmal Bonbons angeboten, als ich Hunger hatte. Ob ihn das zu einer Art Ritter machte? Vielleicht war es nicht seine Schuld, dass seine Rüstung nicht überall glänzte.

Das Semester war vorbei, also erlaubte ich mir nicht, darüber nachzugrübeln, was hätte passieren können, wenn alles anders gewesen wäre. Schließlich findet kein Mädchen es einfach zu vertrauen, vor allem kein Gallagher Girl, und das Leben, das ich führe, habe ich selbst gewählt. Es wird mein Leben lang Fragen und Zweifel geben.

Ich drehte mich langsam um und entfernte mich – ich ging auf meine Freundinnen zu, meine Zukunft und was auch immer als Nächstes passierte.

»Cammie!« Als ich seine Stimme hörte, wirbelte ich herum und erwartete, dass er irgendwas Witziges oder *Gallagher Girl* sagen würde. Das Letzte, was ich erwartete, waren seine Arme, die sich um mich legten, und das Gefühl, dass die Welt auf dem Kopf stand, als Zach mich mitten im Foyer nach hinten bog und seine Lippen auf meine presste.

Dann lächelte er dieses Lächeln, das ich so gut kannte. »Ich bringe immer zu Ende, was ich beginne.«

Er ging auf die offene Tür zu und die Frühlingssonne wartete nur darauf, zur Sommersonne zu werden und eine neue Jahreszeit einzuleiten, einen Neuanfang zu wagen.

»Dann heißt es also jetzt aus und vorbei?«, fragte ich.

»Ach, Gallagher Girl.« Zach drehte sich zu mir und zwinkerte. »Wie wahrscheinlich ist *das* denn?«

Er ging hinaus und stieg ins Auto und soweit ich wusste, schaute er nicht zurück –

Denn ich tat es auch nicht.

Ich dachte nicht an die Vorschriften, die wir verletzt hatten, oder an die Zeit, die wir vergeudet hatten. Ich hielt mich nicht lange mit Fragen auf, die mir einmal so wichtig erschienen waren und jetzt verblassten wie ein seit langem verlorener Brief in einem Regenguss.

Es gibt Geheimnisse in meiner Welt. Sie reihen sich aneinander wie Dominosteine und im letzten September waren sie umgefallen, weil ich zu einem Jungen Hallo gesagt hatte. Jetzt hatte ich zu einem anderen Tschüss gesagt. Aber ich kannte nun wenigstens die Wahrheit, jedenfalls was Zach betraf. Oder das meiste davon.

Und die Wahrheit hatte mich befreit.

Der ganze Sommer lag vor uns – Zeit zum Ausruhen, Zeit zu warten. Und wenn die Zukunft kommt, werde ich klüger sein, egal, was sie bringt. Ich werde stärker sein. Ich werde bereit sein.